Ullstein

ÜBER DAS BUCH:

Bart Anderson, einer der Spitzendetektive der Parnell Agency, hat ein kostspieliges Hobby – er kann schönen Frauen nicht widerstehen. Wen wundert es da, daß bei seinem relativ bescheidenen Gehalt fortwährend Probleme auftreten. Auch Bertha, Andersons aktuelle Flamme mit ausgeprägtem Hang zum Luxus, will verwöhnt sein, um bei Laune zu bleiben. Dann, eines schönen Tages, bietet sich die Gelegenheit: Der schwerreiche Bestsellerautor Russ Hamel heuert Anderson an, um dessen junge Frau Nancy zu beschatten. Anonyme Briefe deuten darauf hin, daß Nancy Hamel ihrem Gatten untreu ist. Anderson nimmt sich des Falles an und entdeckt Sensationelles ...

DER AUTOR:

Der Engländer James Hadley Chase, eigentlich René Brabazon Raymond, ist der unumstrittene König des harten Thrillers. Bis zu seinem Tode 1985 veröffentlichte Chase etwa 85 Romane, die weltweit eine Gesamtauflage von mehr als 20 Mio. Exemplaren erreichten. Rund 20 davon wurden verfilmt und etwa ein Dutzend zu Bühnenstücken verarbeitet.

James Hadley Chase

Einmal zuviel geheiratet

Aus dem Englischen
von
Dagmar Hartmann

Ullstein

Kriminalroman
Ullstein Buch Nr. 10740
im Verlag Ullstein GmbH,
Frankfurt/M – Berlin
Titel der englischen
Originalausgabe:
A Can of Worms

Deutsche Erstausgabe

Umschlaggestaltung:
Theodor Bayer-Eynck
Illustration:
Bascove
c/o Irmeli Holmberg

Printed in Germany 1993
Gesamtherstellung:
Ebner Ulm
ISBN 3 548 10740 0

September 1993
Gedruckt auf alterungs-
beständigem Papier mit
chlorfrei gebleichtem Zellstoff

Vom selben Autor
in der Reihe
der Ullstein Bücher:

Wer steckt hinterm Feigenblatt? (10197)
Jagt den Killer (10240)
Zahltag (10331)
Das Fleisch der Orchidee (10386)
Lotusblüten für Miss Quon/Einen Kopf kürzer/Ein Double für die Falle *Dreifachband* (10397)
An einem Freitag um halb zwölf . . . (10430)
Dumme sterben nicht aus (10501)
Die anderen sind tot (10607)
Nicht mein Bier (10623)
Ängstlich sind die Schuldigen (10637)
Ein Grab für zwei (10648)
Er schwieg bis zuletzt (10671)
Mord am Canal Grande (10678)
Sareks Sore (10687)
Die Kanaille (10696)
Miss Callaghan muß Trauer tragen (10711)
Blondine unter Banditen (10721)
Ich lache zuletzt (10729)
Mach mir den Pelz nicht naß (10735)
Eva (30173)
Hallo, ist da jemand? (40075)

Die Deutsche Bibliothek –
CIP-Einheitsaufnahme

Chase, James Hadley:
Einmal zuviel geheiratet / James Hadley
Chase. Aus dem Engl. von Dagmar
Hartmann. – Dt. Erstausg. – Frankfurt/M;
Berlin: Ullstein, 1993
(Ullstein-Buch; Nr. 10740:
Ullstein-Kriminalroman)
ISBN 3-548-10740-0
NE: GT

Erstes Kapitel

Die Büroräume der *Parnell Detective Agency* befanden sich im obersten Stock des Trueman-Gebäudes an der Paradise Avenue. Die von Colonel Victor Parnell gegründete und geleitete Agentur übertraf bei weitem alle anderen Agenturen dieser Art an der Atlantikküste.

Nachdem er die Armee verlassen hatte, war Parnell clever genug gewesen, die Agentur in Paradise City zu eröffnen, dem Spielplatz der Milliardäre. Die Agentur war nur etwas für Reiche, und in Paradise City gab es mehr Reiche als in jeder anderen Stadt der Vereinigten Staaten von Amerika.

Parnell stammte aus Texas. Er hatte das Ölvermögen seines Vaters geerbt und besaß die Mittel, die Agentur in genau dem üppigen, luxuriösen Stil einzurichten, den die Bürger der Stadt von ihm erwarteten. Er beschäftigte zwanzig Detektive, zehn Schreibkräfte, einen Buchhalter, Charles Edwards, und Glenda Kerry, seine persönliche Assistentin.

Die zwanzig Detektive, alles frühere Bullen oder ehemalige Militärpolizisten, arbeiteten zu zweit. Jedes Paar hatte ein Büro, und abgesehen von Notfällen wußten sie nichts über die Arbeit ihrer Kollegen. Dieses System sorgte dafür, daß nichts an die Presse durchsickerte. Sollte es dennoch dazu kommen – und das war nur ein einziges Mal der Fall –, wurden beide Detektive, die an dem Fall arbeiteten, gefeuert.

Mein Partner war Chick Barley, der genau wie ich im Vietnamkrieg unter Parnell als Leutnant der Militärpolizei gedient hatte. Wir waren beide achtunddreißig und unverheiratet. Seit drei Jahren arbeiteten wir zusammen, und wir hatten uns den Ruf erworben, das beste Team unter Parnells Leitung zu sein.

Die Detektei übernahm Fälle von Scheidung, Elternproblemen, Erpressung, Wucher, die Überwachung von Ehefrauen oder -männern, praktisch alles bis auf Mord.

Die Agentur arbeitete eng mit der Polizei von Paradise City zusammen. Sollte ein Detektiv über eine kriminelle Sache stolpern, händigte Parnell seinen Bericht Polizeichef Terrell aus und wir klinkten uns aus dem Fall aus. Auf diese Weise stieg die Agentur niemandem auf die Zehen. Aber sie behielt sich das Recht vor, einen Klienten zu schützen, bis Parnell davon überzeugt war, daß der Fall Sache der Polizei und nur der Polizei war.

An diesem strahlenden Sommermorgen hockten Chick und ich an unserem Schreibtisch – vorübergehend ohne Auftrag. Wir hatten gerade einen Kleptomanie-Fall abgeschlossen und warteten auf einen neuen Auftrag.

Die Füße auf dem Tisch las Chick ein Sexmagazin. Er war groß und massig, hatte sandfarbenes Haar und die eingeschlagene Nase eines Boxers. Von Zeit zu Zeit stieß er ein langes, leises Pfeifen aus, das mir verriet, daß er auf ein Foto gestoßen war, das ihn aufgeilte.

Auf der anderen Seite des Büros saß ich an meinem Tisch und addierte Zahlen auf meinem Notizblock. Ich kam zu dem unvermeidbaren Schluß, daß ich schon vor Monatsende, wenn ich mein Geld bekam, bereits wieder einmal in den roten Zahlen sein würde. Geld hielt sich bei mir einfach nicht. Ich lieh mir oft welches, und wenn ich dann mein Geld bekam, zahlte ich zurück, was ich mir geliehen hatte, und war wieder knapp bei Kasse. Nicht, daß ich schlecht bezahlt worden wäre. Parnell zahlte viel besser als die anderen Agenturen. Nur weigerte sich das Geld einfach, bei mir zu bleiben.

Empört schob ich meinen Notizblock beiseite und sah Chick hoffnungsvoll an.

»He, alter Junge«, fing ich an und setzte mein Bettlergesicht auf, »wie steht's bei dir mit den grünen Scheinchen?«

Chick ließ die Zeitschrift sinken und seufzte.

»Wird Zeit, daß du diese Angewohnheit ablegst, Bart«, meinte er. »Was ist denn los mit dir? Was machst du mit deinem Geld?«

»Gute Frage. Ich wünschte, ich wüßte es. Es kommt und geht, und ich hab' keine Ahnung, wohin.«

»*Ich* schon.« Er sah ziemlich überheblich aus. »Bin schließlich Detektiv, verstehst du? Wenn du aufhören würdest, dieses teure Huhn auszuführen, wenn du diese teure Wohnung aufgeben würdest, wenn du dich mit 'nem vernünftigen Wagen zufriedengeben würdest anstatt mit diesem benzinfressenden Maserati, wenn du weniger trinken und dich nicht wie 'n Filmstar anziehen würdest, dann, und nur dann würdest du aufhören, mich anzupumpen.«

»Gut erkannt. Ehrlich, hervorragend erkannt, alter Junge.« Ich lächelte ihn an. »Also, wie sieht's jetzt aus mit 'nem Hunderter bis zum Zahltag, hm?«

»Wenn man dich so reden hört, könnte man meinen, ich wär 'n verdammter Banker. Ich kann fünfzig erübrigen, aber keinen Cent mehr.« Er holte seine Brieftasche raus, zog einen Fünfziger und hielt ihn hoch. »Okay?«

»Muß wohl.« Ich verließ meinen Stuhl, ging zu ihm rüber und schnappte mir den Schein. »Danke, Chick. Kriegst es am Zahltag wieder ... Ehrenwort.«

»Ja, bis zum nächsten Mal. Ehrlich, Bart, du solltest was unternehmen wegen deiner Ausgaben. Wenn der Colonel wüßte, daß du jeden Monat in der dritten Woche pleite bist – würd' ihm gar nicht gefallen.«

»Dann muß er mich eben besser bezahlen.«

»Wozu sollte das gut sein? Du würdest bloß mehr ausgeben und wieder pleite sein.«

»Wieder richtig erkannt«, gab ich zu. »Heute morgen hast du den vollen Durchblick.« Ich schlenderte zu dem großen Fenster rüber und sah unten aufs Meer, das in der Sonne glitzerte, sah meilenweit Sand und Palmen und Körper, die von den Sonnenschirmen nur halb verdeckt waren.

»Mensch! Wär ich jetzt gern da unten bei diesen sexy Bienen«, sagte ich. »Wir sind doch grade mit 'nem Job durch, oder? Warum gibt uns der Colonel nicht einen Tag frei, zur Belohnung für die gute Arbeit, die wir geleistet haben? Na, warum macht er das nicht?«

»Frag ihn doch«, antwortete Chick, ohne den Blick von seinem Heft loszureißen.

Ich steckte mir eine Zigarette an, trat hinter ihn und spähte ihm über die Schulter. Er blätterte um, und wir stießen beide 'nen Pfiff aus.

»Also, das nenn' ich mal 'ne Versuchung«, meinte Chick. »Hätte nichts gegen 'ne Woche auf 'ner einsamen Insel mit der Kleinen.«

»Müßte ja keine einsame Insel sein.«

»Wieder falsch! Auf 'ner einsamen Insel brauchst du ihr nichts kaufen.«

Die Gegensprechanlage summte. Chick drückte auf den Schalter. »Der Colonel will Bart sprechen«, ertönte Glenda Kerrys Stimme und schaltete wieder ab. Glenda verschwendete niemals Worte oder Zeit.

»Na also«, murmelte ich. »Neue Arbeit. Was ist es diesmal?«

»Irgend 'ne alte Ziege hat ihren Hund verloren«, bemerkte Chick gleichgültig und machte es sich wieder mit seinem Heft bequem.

Ich ging zu Parnells Büro hinüber, klopfte und trat ein.

Parnell war ein Riese von Mann mit fleischigem, sonnengebräuntem Gesicht, kleinen, stechenden Augen und einem Mund wie einer Rattenfalle. Er war jeder Zoll ein zäher Veteran, und ich mußte mich jedes Mal zusammenreißen, wenn ich vor ihm erschien, sonst hätte ich noch salutiert.

Er saß hinter dem Schreibtisch. In dem Kundensessel davor saß ein gewichtiger Mann, nahezu kahl, mit rosig-weißer Gesichtsfarbe, buschigen Augenbrauen, die Augen hinter einer grünen Sonnenbrille verborgen.

»Bart Anderson«, stellte Parnell vor und deutete auf mich. »Bart, das ist Mr. Mel Palmer.«

Der Dicke mühte sich hoch, um mir die Hand zu schütteln. Sein kahl werdender Kopf reichte mir gerade bis zur Schulter. Ich bemerkte aufmerksame, genau musternde Augen hinter den grünen Gläsern.

»Anderson ist einer meiner besten Detektive«, fuhr Parnell fort, als der Dicke wieder in den Sessel zurücksank. »Sie können sich auf seine Diskretion verlassen.« Er bedeutete mir, Platz zu nehmen, und als ich saß, fuhr er fort: »Mr. Palmer ist der Manager von Mr. Russ Hamel.« Er unterbrach sich, um mir einen steinernen Blick zuzuwerfen. »Sagt dir der Name Russ Hamel was?«

Ich lese zwar keine Bücher, aber ich hatte von Hamel gehört. Erst letzte Woche war ich mit Bertha in einem Film gewesen, der auf einem seiner Bücher basierte. Ich weiß nicht, wie es mit seinen Büchern aussieht, aber der Film war nicht besonders.

»Klar doch«, antwortete ich und setzte mein intelligentes Gesicht auf. »Seine Taschenbücher müssen millionenfach verkauft werden. Hab' erst letzte Woche 'nen Film von ihm gesehen.«

Mel Palmer strahlte.

»Ich würde sagen, man kann Mr. Hamel mit Robbins und Sheldon auf eine Stufe stellen.«

Ich wechselte zu meinem ehrfürchtigen Ausdruck, strich ihn aber schnell wieder, als ich sah, wie Parnell mich wütend anfunkelte. Dann sah er Palmer an.

»Kann ich Anderson einweihen? Haben Sie sich entschieden, Mr. Palmer? Sollen wir loslegen?«

Palmer verzog das Gesicht.

»Ich will zwar nichts unternehmen, aber Mr. Hamel wünscht es. Also los, fangen Sie an.«

Parnell wandte sich mir zu.

»Mr. Hamel hat anonyme Briefe hinsichtlich seiner Frau erhalten. Sie ist fünfundzwanzig, er achtundvierzig. Er fängt an zu glauben, daß er einen Fehler gemacht hat, als er eine so junge Frau geheiratet hat. Wenn er schreibt, muß er allein sein, und sie bleibt sich selbst überlassen. In diesen Briefen wird behauptet, sie würde sich mit einem jüngeren Mann vergnügen. Hamel steckt mitten in einer wichtigen Arbeit.« Er sah zu Palmer hinüber. »Ist das richtig so?«

Palmer rieb seine dicken, kleinen Hände aneinander.

»Es ist wichtig, wenn man einen Filmvertrag über zehn Millionen Dollar, einen Taschenbuchvertrag über eine Million Dollar und, natürlich, die Auslandsrechte als wichtig bezeichnen will. Mr. Hamel hat all diese Verträge unterzeichnet, und das Buch soll in vier Monaten geliefert werden.«

Ich unterdrückte ein Pfeifen. Elf Millionen Dollar dafür, daß er ein Buch schrieb! Mensch! Ich hatte wohl den falschen Beruf!

An mich gewandt, fuhr Parnell fort: »Diese Briefe haben Mr. Hamels Konzentration beeinträchtigt.«

»Er hat einfach aufgehört zu schreiben!« warf Palmer mit schriller Stimme ein. »Ich hab' ihm erklärt, diese Briefe hätte ein armer Irrer geschrieben, und er solle sie einfach ignorieren. Wenn das Buch nicht pünktlich erscheint, verklagen uns die Filmleute vielleicht.« Er wedelte mit den Händen. »Mr. Hamel sagt, er kann nicht weiterschreiben, bevor er nicht vollkommen überzeugt ist, daß hinter den Anschuldigungen dieses Irren nichts steckt. Er will, daß seine Frau überwacht wird.«

Wieder so 'n langweiliger Überwachungsauftrag, dachte ich. Da hockt man dann stundenlang im Auto, tagelang passiert nichts, und dann passiert plötzlich doch was, und man verliert die Spur, weil man vor lauter Sonne und Langeweile träge ist. Diese Art von Auftrag mochte ich am allerwenigsten.

»Kein Problem«, erklärte Parnell. »Deshalb sind wir ja da, Mr. Palmer. Ich stimme mit Ihnen überein, daß es am klügsten wäre, wenn Mr. Hamel diese Briefe seiner Frau zeigen würde, aber wie Sie sagen, widerspricht er dem ganz energisch?«

»Leider ja. Er findet das beleidigend.« Palmer machte eine zornige Bewegung. »So sieht es aus. Er will, daß sie beobachtet wird und man ihm wöchentlich Bericht erstattet.«

»Er traut seiner Frau also nicht?«

»Er hat früher eine äußerst unglückliche Erfahrung gemacht und ist seither mißtrauisch.« Nach kurzem Zögern fuhr Palmer fort: »Nancy ist nicht seine erste Frau. Vor drei Jahren heiratete er eine Frau, die damals so alt war wie Nancy jetzt. Diese Frau fühlte sich vernachlässigt, meiner Meinung nach zu Recht, und Hamel erwischte sie mit einem jungen Playboy. Es kam zur Scheidung.«

»Zu Recht?«

»Wenn Mr. Hamel schreibt, dann unterbleibt jeglicher gesellschaftlicher Kontakt. Er arbeitet von neun bis sieben, und in dieser Zeit darf er nicht gestört werden. Er läßt sich sogar sein Mittagessen im Arbeitszimmer servieren. Für eine junge, frisch verheiratete Frau kann diese Routine in einem Fiasko enden, wie es bei seiner ersten Frau dann ja auch der Fall war.«

Das Telefon auf Parnells Schreibtisch läutete. Stirnrunzelnd hob er ab und sagte: »Okay, in zehn Minuten«, und legte auf. Er sah Palmer an. »Ich schlage vor, Sie begleiten Anderson und geben ihm eine Beschreibung von Mrs. Hamel, erzählen ihm, wer ihre Freunde sind und was sie tagsüber unternimmt, sofern Sie darüber informiert sind.« Er stand auf. »Es gibt keinen Grund zur Sorge, Mr. Palmer. Bitte sagen Sie Mr. Hamel, daß er unseren Bericht bekommen wird, persönlich überbracht heute in sieben Tagen. Wenn Sie Anderson alle Informationen gegeben haben, seien Sie bitte so gut und suchen Sie Miss Kerry auf, die Ihnen alles über das Honorar und die Kaution erzählen wird.«

Palmer starrte düster vor sich hin.

»Ich hoffe, das wird nicht zu teuer.«

Parnells fleischiges Gesicht legte sich in freundliche Falten.

»Ich versichere Ihnen, es wird Mr. Hamels Möglichkeiten nicht übersteigen.«

Ich führte Palmer den langen Flur entlang und in mein Büro. Chick entfernte hastig die Füße vom Schreibtisch und ließ die Zeitschrift in einer Schublade verschwinden.

Ich machte Palmer und Chick miteinander bekannt und sie schüttelten sich die Hände. Da ich Lust auf einen Drink hatte, sagte ich: »Fühlen Sie sich ganz wie zu Hause, Mr. Palmer. Einen Scotch?«

Ich sah Chicks Gesicht strahlen, dann wieder einfallen, als Palmer antwortete: »Nein – nein, vielen Dank. Für mich ist Scotch um diese Zeit etwas zu stark. Vielleicht einen kleinen Gin?«

»Machst du uns ein paar Drinks, hm?« bat ich Chick.

Während er zwei Scotchs und einen Gin einschenkte, setzte sich Palmer in den Kundensessel und ich nahm meinen Platz hinter dem Schreibtisch ein.

»Ich würde gern meinen Kollegen einweihen«, sagte ich. »Er und ich, wir arbeiten zusammen.«

Palmer nickte und nahm den doppelten Gin entgegen, den Chick ihm hinhielt.

Jedes Büro war mit einem Barschrank ausgestattet, aber die Detektive durften nichts trinken, außer mit den Kunden. Wir umgingen dieses Problem, indem wir unsere eigenen Flaschen Scotch kauften und sie in unseren Schreibtischschubladen aufbewahrten.

Ich umriß für Chick, was Parnell mir erzählt hatte.

»Also beobachten wir Mrs. Hamel, und sie soll es nicht merken ... richtig?« Ich sah Palmer an, der zustimmend nickte. Ich konnte Chicks Gesicht ansehen, daß er genauso enttäuscht war wie ich, daß wir wieder bei so etwas gelandet waren.

»Beschreiben Sie Mrs. Hamel«, bat ich.

»Ich habe etwas Besseres. Ich habe ein Foto von ihr mitgebracht.« Palmer öffnete seine Aktenmappe und zog eine Vergrößerung heraus, die er mir reichte.

Ich betrachtete die Frau auf dem Foto. Hübsches Ding, dachte ich. Dunkle Haare, große Augen, schmale Nase und volle Lippen. Der Art nach zu urteilen, wie ihre Brust sich unter der weißen Bluse abzeichnete, war sie recht gut gebaut. Ich gab das Foto an Chick weiter, der gerade noch ein Pfeifen unterdrückte.

»Wie steht es mit ihrem Tagesablauf, Mr. Palmer?«

»Sie steht um neun auf, verläßt das Haus, um mit ihrer Freundin Penny Highbee Tennis zu spielen. Das ist die Frau von Mark Highbee, Mr. Hamels Anwalt. Für gewöhnlich ißt sie im Country Club zu Mittag und scheint sich dann damit zu vergnügen, Boot zu fahren, zu angeln oder andere Freunde zu treffen. Das erzählt sie jedenfalls Mr. Hamel.« Palmer zuckte mit den dicken Schultern. »Ich habe keinen Grund, daran zu zweifeln, aber Mr. Hamel denkt, daß man ihre Nachmittage überprüfen sollte. Er zweifelt nicht daran, daß sie mit Mrs. Highbee Tennis spielt. Er glaubt, daß es zu gefährlich sei, diesbezüglich zu lügen.«

»Diese Briefe, Mr. Palmer.«

»Ich habe sie bei mir.« Wieder kramte er in seiner Aktenmappe und förderte zwei blaugetönte Umschläge und seine Visitenkarte zutage, die er mir reichte. Dann warf er einen Blick auf seine Armbanduhr. »Ich habe noch eine andere Verabredung. Wenn Sie noch weitere Informationen benötigen, setzen Sie sich mit mir in Verbindung. Mr. Hamel darf nicht gestört werden.« Er schickte sich an, zur Tür zu gehen, blieb dann aber stehen. »Es versteht sich, daß diese ganze unselige Geschichte streng vertraulich ist.«

»Selbstverständlich, Mr. Palmer«, versicherte ich und schenkte ihm mein Pfadfinderlächeln. Dann begleitete ich ihn zu Glendas Büro. »Miss Kerry wird Ihnen die Bedingungen erläutern.«

»Ja – ja, natürlich.« Er starrte düster vor sich hin. »Ich bin ganz sicher, daß das alles reine Zeit- und Geldverschwendung ist, aber Mr. Hamel ist ein wichtiger Mann. Ich muß ihn dazu bringen, wieder zu arbeiten.« Durch seine grüne Sonnenbrille hindurch schaute er mich an. »Sollten Sie zufällig einen ungünstigen Bericht über Mrs. Hamel bekommen – ich bin sicher, daß das nicht der Fall sein wird – dann lassen Sie es mich unverzüglich wissen. Es geht hier um eine Menge Geld.«

Zehn Prozent von elf Millionen Dollar, das war wirklich 'ne Menge Kies, dachte ich, als ich ihn in Glendas Büro schob. Ich hatte allmählich das Gefühl, Palmer machte sich mehr Sorgen um seine Provision als um Hamel und seine Frau.

Glenda saß an ihrem Schreibtisch. Sie war zwar nicht unbedingt meine Favoritin, aber sie war ein angenehmer Anblick. Groß, dunkel und gutaussehend, in einem dunkelblauen Kleid mit weißem Kragen und Manschetten, das Haar makellos frisiert, sah sie genau so aus, wie sie war: hundertprozentig effektiv.

»Mr. Palmer«, stellte ich vor und überließ ihn Glendas stählernem Lächeln, während ich in mein Büro zurückkehrte.

Chick las einen der Schmähbriefe, die Füße auf dem Tisch. Ich sah, daß er sich nachgeschenkt hatte, also tat ich dasselbe, ehe ich mich setzte.

»Hör dir das an«, meinte er und las vor:

»Während Sie Ihren Mist schreiben, vergnügt sich Ihre sexy Frau mit Waldo Carmichael. Ein Rassepferd wird ein Arbeitspferd immer schlagen, vor allem ein altes Arbeitspferd!«

Er sah mich an und streckte die Hand nach dem zweiten Brief aus. »Dieser hier ist echt gemein:

›Carmichael macht es viel besser als Sie, und Nancy mag

das. Sex ist was für die Jungen: ganz und gar nicht für die Alten!‹«

Er ließ den Brief auf den Schreibtisch sinken. »Beide sind unterschrieben mit: Ihr Nicht-Fan. Wenn ich in seinem Alter wäre und dieses Zeug bekäme . . . ich könnte mir vorstellen, ich würde in eine Ecke schleichen und leise vor mich hinwimmern.«

Ich überprüfte die Briefe. Sie waren mit der Maschine geschrieben. Ich untersuchte die Umschläge: abgestempelt in Paradise City. Dann schnappte ich mir Nancy Hamels Foto und betrachtete es.

»Ich weiß, was in der Ecke vor sich geht, die du dein Gehirn schimpfst«, bemerkte Chick. »Wenn du an ihrer Stelle wärst, verheiratet mit einem Knaben, der von neun bis sieben arbeitet und dich auf dem Trockenen sitzen läßt, dann würdest du dir was nebenbei suchen.«

»Du etwa nicht?«

»Doch. Also . . .?«

Ich warf einen Blick auf meine Uhr. Es war fünf Minuten nach zwölf.

»Wenn Palmer recht hat, müßte sie jetzt im Country Club sein. Mir bleibt gerade noch Zeit, um schnell einen Happen zu essen, dann fahre ich rüber. Ich bleibe in ihrer Nähe, bis sie heimfährt. Ich schlage vor, daß du in der Zwischenzeit herausfindest, wer Waldo Carmichael ist. Mal sehen, was wir über den in der Hand haben.«

Auf dem Weg zum Lift sah ich kurz bei Glenda hinein.

»Ich fange mit der Arbeit an, sobald ich was gegessen habe. Wie sieht es mit Spesen aus?«

»Vernünftig«, erzählte sie mir. »Ich habe einen hübschen Handel mit ihm abgeschlossen.«

»Jede Wette. Ich habe ihn kreischen hören. Wieviel?«

»Frag den Colonel. Ich sag's dir, wenn er will, daß du es weißt.« Damit wandte sie sich wieder ihrer Schreibmaschine zu.

Alle Mitarbeiter der *Parnell Detective Agency* waren Mitglieder des Country Club, des Jacht Club, des Casinos und all der Night Clubs, die die Reichen aufsuchten.

Alle Detektive verfügten über die Parnell Kreditkarte, die sie in allen diesen Clubs zu kostenlosen Mahlzeiten, Drinks, zu allem, was man eben so braucht, berechtigte. Es mußte Parnell eine Stange Geld gekostet haben, aber es machte sich bezahlt. Doch da war immer noch Charles Edwards mit dem stählernen Blick, der Buchhalter, der übertriebene Ausgaben überprüfte. Die Kreditkarte erlaubte uns Detektiven Zugang zu den Clubs während unserer Arbeit.

Ich saß in der Lounge des Country Clubs und blätterte im *Time Magazine*, ein Auge auf den Ausgang des Restaurants geheftet, als Nancy Hamel erschien. Ich erkannte sie anhand des Fotos, aber in Fleisch und Blut ließ sie das Foto zu einem ausgesprochen armseligen Abklatsch verkommen.

Sie trug ein weißes T-Shirt und weiße Shorts, und sie hatte eine Figur, daß mir fast die Augen aus dem Kopf fielen. Es gab viele tolle Frauen in Paradise City, aber sie war außergewöhnlich. Sie war in Begleitung einer anderen Frau, die etwa zehn Jahre älter war, kurzbeinig, mit breitem Lächeln, blond, süß, wenn man süße Frauen mag . . . ich tu's nicht. Ich vermutete, daß das Penny Highbee war.

Die beiden Frauen unterhielten sich lebhaft. Sie rauschten an mir vorbei, und ich hörte Penny sagen: »Ich kann es nicht glauben! In ihrem Alter!« Was sie nicht glauben konnte, blieb ein Rätsel für mich. Sie erreichten den Ausgang und winkten sich zu. Penny rannte zu einem Caddy, und Nancy machte sich auf den Weg zu einem stahlgrauen Ferrari.

Ich schaffte es, in den Bürowagen zu springen, als der Ferrari losfuhr. Ich benutzte meinen Maser nie, wenn ich jemanden beschattete. Ich hätte sie wohl verloren, wäre nicht der Verkehr gewesen. Sie war gezwungen, langsam zu fahren, und ich klemmte mich hinter einen Lincoln und folgte ihr zum Hafen hinunter.

Sie stieg aus ihrem Wagen und ich aus meinem. Dann ging sie den Kai entlang, an dem die Jachten vertäut waren. Ich immer hinter ihr her. Bei einer etwa zwanzig Meter langen Motorjacht blieb sie stehen. Sie lief die Gangway hinauf und verschwand unten.

Ich konnte nichts weiter tun. Also wartete ich.

Ein großer, muskulöser Neger tauchte auf und machte die Leinen los. Gleich darauf suchte sich die Jacht ihren Weg aus dem überfüllten Hafen und brummte dann in die Sonne und aufs Meer hinaus. Ich sah zu, wie sie langsam außer Sicht kam.

Auf einem Poller, eine Dose Bier in der Hand, hockte Al Barney.

Nun sah und hörte dieser Al Barney alles, was sich am Hafen tat. Wenn man ihn mit Bier versorgte, machte er den Mund auf. Kein Bier: kein Reden.

»Hi, Barney«, grüßte ich und baute mich vor ihm auf. »Wie wär's mit 'nem Drink?«

Er warf die Dose ins Wasser, zog die Hose über seinen riesigen Bauch hinauf und lächelte. Er sah aus wie ein liebenswürdiger Hai, der sein Dinner anschwimmen sieht.

»Hi, Mr. Anderson. Klar doch, ein kleines Bier wäre fein.« Er hievte sich auf die Füße und ging entschlossen auf die Neptun-Taverne zu. Ich folgte ihm in die dunkle Bar. Sie war zu dieser Zeit leer, aber Sam, der Barkeeper, war da. Er grinste und zeigte seine weißen Zähne, als er Barney und mich sah.

»Hi, Mr. Anderson«, grüßte er. »Was darf's sein?«

»Alles Bier, was er braucht, und eine Cola für mich«, sagte ich und folgte Barney an einen Ecktisch.

»Hört sich gut an, Mr. Anderson«, meinte Barney und machte es sich auf einer Holzbank bequem. »Brauchen Sie was?«

Bier und Cola kamen.

»Na ja, du weißt ja: Arbeit ist Arbeit. Ich hab' gesehen, wie diese Jacht rausgefahren ist. Bin neugierig. Irgendwelche Informationen?«

Barney trank gemächlich sein Bier. Als das Glas leer war, stellte er es mit einem Knall ab. Sofort eilte Sam herbei und brachte ein neues.

»Das war Russ Hamels Boot«, erklärte Barney und griff nach dem Glas. »Der Schriftsteller. Verkauft sich gut, hat man mir erzählt.« Er runzelte die Stirn. »Bücher zu lesen ist Zeitverschwendung.«

»Sicher. Das Mädchen, das an Bord gegangen ist. War das seine Frau?«

Barneys winzige Augen musterten mich mißtrauisch.

»Genau: nettes Mädel. Bedeutet eine große Verbesserung gegenüber der anderen. Das war wirklich 'ne Ziege. Die jetzige Mrs. Hamel ist nett. Sie winkt mir zu oder sagt Guten Tag. Die ist kein Snob.« Er trank einen Schluck, seufzte und fuhr dann fort: »Warum interessiert Sie das?«

»Mich interessiert eigentlich mehr der große Kerl«, log ich. »Ist der ständig an Bord?«

»Josh Jones?« Barney verzog das Gesicht. »Ein dummer

Nigger. Geborener Spieler. Hat nie Geld. Der würde seine Mutter verkaufen, wenn die irgend jemand haben wollte, was aber unwahrscheinlich ist. Arbeitet für Hamel. Schon seit zwei Jahren. Ist ein guter Matrose, aber das ist auch alles.«

»Fährt Mrs. Hamel oft raus?«

»Etwa vier Mal pro Woche. Da hat sie was zu tun. Nach allem, was ich so höre, führt sie ein einsames Leben.«

»Was ist mit Hamel? Was ist das für einer?«

Barney trank sein Bier aus, und Sam rauschte mit dem nächsten heran.

»Ein reicher Snob«, erzählte Barney. »Wie all die anderen, die hier Boote haben. Seh' ihn nicht sehr oft. Wenn der mal mit dem Boot fährt, könnte man glauben, ihm gehört die ganze Küste. So einer ist das.«

Ich entschied, daß ich alles erfahren hatte, was ich von Barney hören konnte, ohne ihn neugierig zu machen. Also schob ich meinen Stuhl zurück.

»Ist Jones von hier?« erkundigte ich mich noch, als ich aufstand.

»Klar doch. Wohnt gleich da vorne.« Barney blinzelte mich an. »Hat der Ärger? Würde mich nicht wundern. Hat schon früher Probleme mit den Bullen gehabt. Haben ihn verdächtigt, daß er schmuggelt, konnten ihm aber nie was beweisen.«

»Wann kommt die Jacht wieder?« fragte ich, ohne auf seine Frage einzugehen.

»Um sechs – pünktlich auf die Minute. Da kannste die Uhr nach stellen.«

»Bis dann, Al.« Ich bezahlte Sam und ging hinaus in die heiße Sonne. Ich mußte vier Stunden warten, also fuhr ich erst einmal ins Büro zurück.

Ich warf einen Blick zu Glenda hinein.

»Hat der Colonel zu tun?«

»Kannst reingehen. Er hat zwanzig Minuten Zeit.«

Parnell las in einer dicken Akte, als ich sein Büro betrat.

»Es gibt da ein Problem, Sir«, sagte ich und erzählte ihm, daß Nancy auf der Jacht davongefahren war. »Kann ihr unmöglich folgen. Sie bleibt irgendwo für vier Stunden: genug Zeit, um etwas anzustellen. Ihr Matrose ist schwarz. Er spricht auf Geld an, aber ich wollte erst mit Ihnen sprechen, bevor ich mich an ihn ranmache. Der könnte mir für Geld eine Menge Lügen erzählen und dann Nancy stecken, daß ich ihn ausgehorcht habe.«

»Laß ihn in Ruhe«, sagte Parnell. »Wir haben Anweisung, sie nicht merken zu lassen, daß sie beobachtet wird. Wenn sie das nächste Mal mit der Jacht loszieht, verfolgst du sie mit einem Hubschrauber. Sorg dafür, daß immer einer zur Verfügung steht. Das wird teuer, aber Hamel hat's ja.«

Ich erklärte mich damit einverstanden und kehrte in mein Büro zurück. Chick war nicht da. Ich rief beim Hubschrauber-Taxidienst an und sprach mit Nick Hardy, einem guten Freund von mir. Er erklärte, das sei kein Problem, eine seiner Maschinen wäre für mich bereit, wenn ich nur früh genug anrief. Da ich noch Zeit hatte, rief ich Bertha an. Sie war meine derzeitige Bettgenossin. Wir waren ungefähr sechs Monate zusammen. Ihr gefiel mein Geld, und sie war immer für mich da. Unsere Beziehung hatte nichts Ernstes: keine Hochzeitsglocken in Sicht. Sie war ein prima Kumpel und es machte Spaß, mit ihr auszugehen. Sie arbeitete irgendwas in einem Modehaus und wohnte in einem Studio-Apartment in einem Hochhaus mit Blick aufs Meer.

Irgendein Mädchen erklärte mir, Bertha hätte einen Kunden. Ich sagte, man solle sie nicht stören, ich würde später wieder anrufen. Dann verließ ich das Büro, kaufte an dem Zeitungsstand in der Halle eine Schachtel Zigaretten und die *Newsweek* und fuhr wieder runter zur Küste. Ich parkte so, daß ich Hamels Jacht bei ihrer Rückkehr sehen konnte, und schickte mich an zu warten.

Als sich die Zeiger meiner Armbanduhr in Richtung 18 Uhr bewegten, sah ich die Jacht in den Hafen einlaufen. Ein paar Minuten später hatte Josh Jones festgemacht. Nancy rannte die Gangway hinab und auf den Kai.

Sie blieb stehen und rief: »Morgen um dieselbe Zeit, Josh.« Sie winkte und ging zu ihrem Ferrari hinüber. Als sie den Wagen in Bewegung setzte, ließ ich ebenfalls den Motor an und folgte ihr.

Glenda hatte mir erzählt, daß Hamel am Paradise Largo lebte, wo nur die wirklich Reichen hausten. Paradise Largo war eine Landenge im Kanal und bildete die Verbindung zwischen dem E. I. Highway und dem A. I. A. Highway. Der Durchgang nach Largo wurde von bewaffneten Sicherheitsbeamten bewacht, und außerdem gab es eine elektronische Schranke. Niemand – wirklich niemand – wurde nach Largo hineingelassen, ohne sich vorher auszuweisen und zu erklären, was er wollte. Es gab ungefähr vierzig prachtvolle Häuser und Villen dort. Sie versteckten sich hinter meterhohen blühenden Hecken und nagelbewehrten, schweren Eichentoren.

Ich folgte Nancys Wagen bis zum Durchgang. Als ich sicher war, daß sie heimfuhr, bog ich vom Highway ab und kehrte ins Büro zurück. Ich fand Chick, der sich gerade einen Scotch einschenkte, die Füße auf dem Tisch.

»Mir auch«, sagte ich.

»Nimm deine eigene Flasche.« Chick schob seine Flasche zurück in seine Schreibtischschublade. »War irgendwas?«

»Nur Routine.« Ich setzte mich hinter meinen Schreibtisch. »Sie hat Tennis gespielt, gegessen, ist dann mit einer tollen Jacht abgerauscht. Der Colonel sagt, ich kann sie morgen in einem Hubschrauber verfolgen. Müßte Spaß machen. Und du?«

Chick spitzte die Lippen.

»Ich habe den Eindruck, diesen Waldo Carmichael gibt es gar nicht. Jedenfalls habe ich bisher noch niemanden getroffen, der ihn kennt.«

Ich zauberte meine Flasche hervor, musterte sie und stellte fest, daß mir noch ein kleiner Drink geblieben war. Ich schenkte ein und warf die leere Flasche in den Abfalleimer.

»Hast du es in den Hotels versucht?«

»In allen großen. Die kleineren hake ich morgen ab. Habe mit Ernie und Wally geredet. Sie kennen ihn nicht, haben aber versprochen, das zu überprüfen.«

Ernie Bolshaw schrieb die Klatschspalte für den *Paradise City Herald.* Wally Simmonds war der Pressechef der Stadt. Wenn irgend jemand etwas über Waldo Carmichael wußte, dann diese beiden.

»Palmer könnte Recht haben«, sagte ich. »Diese Briefe könnten einem kranken Hirn entsprungen sein, jemand versucht Unheil zu stiften.«

»Möglich. Ich habe die Briefe ans Labor gegeben. Vielleicht finden die was.«

Ich zog das Telefon zu mir herüber und rief Nick Hardy an. Ich buchte einen Hubschrauber für den nächsten Nachmittag.

Inzwischen war es 18 Uhr 45. Bertha mußte daheim sein. Ich wählte ihre Nummer, als Chick anfing, seinen Schreibtisch aufzuräumen.

Als Bertha sich meldete, sagte ich: »Hi, Babe! Wie wär's mit einem Hamburger und mir zur Gesellschaft?«

»Bist du das, Bart?«

»Wenn ich's nicht bin, steckt jemand anderer in meinem Anzug.«

»Ich will keine Hamburger essen. Sie widerstreben mir. Laß uns ins Seagull gehen. Ich habe Hunger.«

»Nicht das Seagull, Honey. Bin knapp bei Kasse im Augenblick. Nächsten Monat gehen wir ins Seagull.«

»Frag Chick, ob er dir was leiht«, schlug Bertha vor. Sie wußte, daß ich Chick von Zeit zu Zeit anpumpte. »Ich bin am Verhungern!«

»Habe ihn schon gefragt. Hat mir bloß 'nen schlappen Fünfziger geliehen.«

»Dann laß uns ins Lobster and Crab gehen. Da können wir für fünfzig Dollar gut essen.«

»Ich komme vorbei, Honey. Dann können wir Pläne machen, okay?« Ich legte auf.

»Gibst du mein Geld etwa für diese Erpresserin aus?« wollte Chick wissen. »Das Seagull! Du solltest dir den Kopf untersuchen lassen!«

»Man stirbt nur einmal«, erklärte ich. »Kein Seagull. Was machst du heute abend?«

Chick sah mich hochmütig an.

»Ich speise mit Wally. Er übernimmt die Rechnung. Hab' ihn davon überzeugt, daß ich ihm was zu bieten habe: Geschäft und Vergnügen. Also dann, Spinner.« Er verschwand.

Ich tippte meinen Bericht, in dem nur stand, daß ich Nancy beobachtet hatte. Dann schob ich den Bericht in den Ausgangskorb. Anschließend räumte ich meinen Schreibtisch auf und startete zum Lift.

Charles Edwards, der sich um die finanziellen Angelegenheiten der Agentur kümmerte, kam aus seinem Büro und ging zusammen mit mir zum Fahrstuhl. Er war ein kleiner, dunkelhaariger, zäher Typ mittleren Alters. Er musterte mich mißbilligend durch seine Brille.

»Genau der, den ich brauche!« sagte ich und drückte auf den Knopf zum Fahrstuhl. »Gib mir 'nen Fünfziger, Kumpel. Kannst es von meinem nächsten Lohn abziehen. Das ist ein Notfall.«

»Du bittest immer um einen Vorschuß«, sagte Edwards und trat in den Lift. »Das würde dem Colonel gar nicht gefallen.«

»Muß man es ihm denn sagen? Komm schon, Kumpel, du willst doch nicht daran schuld sein, daß meine alte Mutter ihren Gin nicht kriegt, oder?«

Als der Lift nach unten fuhr, zog Edwards seine Brieftasche heraus und zückte einen Fünfziger.

»Das wird von deinem nächsten Lohn abgezogen, Anderson. Vergiß es nicht.«

»Danke.« Ich schnappte den Geldschein. »Ich helfe dir auch in 'nem Notfall.«

Die Tür glitt auf. Edwards nickte mir kurz zu und ging davon. Ich drückte auf den Knopf zur Tiefgarage, stieg in meinen Maserati, ließ den Motor an, der ein tiefes Brummen von sich gab, und steuerte den Wagen hinaus in den dichten Feierabendverkehr.

Bertha überredete mich, sie ins Seagull zu führen. Sie war besonders talentiert darin, ihren Willen durchzusetzen. Ich war überzeugt, sie würde sich noch aus dem Sarg herausreden, wenn ihre Zeit gekommen war.

Sobald wir an einem der Tische saßen und ich trockene

Martinis bestellt hatte, lehnte ich mich zurück und betrachtete sie.

Sie sah zum Fressen aus. Ihr flammendrotes Haar, die großen, grünen Augen und die ockerfarbene Haut, dazu ein Körper, der den Verkehr zum Stillstand bringen konnte, all das fügte sich zu einer aufreizend sexgeladenen Mischung zusammen.

Wenn man sie so ansah, mal ganz abgesehen von ihrer Schönheit, hätte man meinen können, sie sei einfach ein prachtvolles, sexy Spatzenhirn. Sie konnte einen strahlenden, interessierten Ausdruck aufsetzen, der die Männer zum Narren hielt, die blöd genug waren, sich einzubilden, daß sie ernsthaft an ihnen interessiert war und daß sie sich danach sehnte, ihren Prahlereien über große, erfolgreiche Taten, ihr Können beim Golf, Angeln oder Was-auchimmer zu lauschen. Aber mich hielt sie nicht zum Narren. Ich kannte sie lange genug, um zu wissen, daß Bertha Kingsley sich nur für zwei Dinge interessierte: Geld und sich selbst.

Trotz dieses Makels war sie fröhlich, fabelhaft und eine Sensation im Bett. Ich gab mein Geld lieber für sie aus als für irgendein anderes Mädchen, das ich kannte. Sie war ihren Preis wert, auch wenn sie teuer war.

»Starr mich nicht so an«, fauchte sie. »Du siehst aus, als würdest du mich gleich unter den Tisch zerren und vergewaltigen.«

»Gute Idee! Zeigen wir diesen Kerlen mal, wozu wir fähig sind, wenn wir allein sind.«

»Sei ruhig. Ich bin hungrig.« Sie studierte die Speisekarte wie ein verhungerter Flüchtling. »Hmm. King Prawns! Genau! Und danach was Solides.« Sie schenkte Luigi ihr sexy Lächeln, als er sich unserem Tisch näherte.

»Was würden Sie einer Frau vorschlagen, die gleich verhungert, Luigi?«

»Hören Sie nicht auf sie«, sagte ich entschieden. »Wir nehmen die Prawns und Steaks.«

Luigi musterte mich kühl, dann strahlte er Bertha an.

»Ich wollte unser Hähnchen vom Spieß vorschlagen, Miss Kingsley, mit Hummerfleisch gefüllt und in einer Sahnesauce mit Trüffeln angerichtet.«

»Ja!« Bertha schrie es förmlich.

Ohne mich zu beachten, schrieb Luigi die Bestellung auf seinen Block, lächelte Bertha erneut zu und ging davon.

»Ich habe genau fünfzig Dollar«, log ich. »Wenn es teurer wird, und das wird es, dann muß ich mir das Geld von dir leihen, Kleine.«

»Leih dir niemals was von einer Frau«, sagte Bertha. »Das ist nicht ritterlich. Zeig deine Kreditkarte. Dafür sind Kreditkarten doch schließlich da.«

»Meine Kreditkarte ist ausschließlich fürs Geschäft gedacht.«

»Na und? Wir sind doch im Geschäft, oder?«

Die Krabben kamen.

Während wir aßen, fragte ich: »Sagt dir der Name Waldo Carmichael etwas?«

»Also doch Geschäft.« Bertha lächelte mir zu.

»Möglich. Antworte, Honey. Hast du den Namen je gehört?«

Sie schüttelte den Kopf.

»Neu für mich. Waldo Carmichael? Klingt sexy, hm?«

»Wir sind noch immer im Spiel. Russ Hamel. Sagt dir der was?«

»Machst du Witze? Russ Hamel! Ich liebe seine Bücher! Arbeitest du etwa für ihn?«

»Bitte keine Fragen. Du gibst mir die Antwort und ißt auf meine Kosten. Weißt du mehr von ihm, als daß er Bücher schreibt, die du liebst?«

»Nun ja, . . . ein bißchen. Er ist frisch verheiratet. Wohnt am Paradise Largo. Und jetzt sag – warum diese Fragen?«

»Fütter du nur einfach dein hübsches Gesicht.« Die Prawns waren nicht von dieser Welt. »Weißt du irgend etwas über seine Frau?«

Bertha starrte mich weiterhin nachdenklich an. Ich wußte, das war ein schlechtes Zeichen.

»Seine Frau? Hab' sie gesehen. Sie ist zu jung für einen Kerl wie Hamel. Nicht mein Typ.« Sie schenkte mir ein listiges Lächeln. »Wenn du mich nach seiner ersten Frau gefragt hättest . . .« Sie ließ den Satz unbeendet.

»Also schön. Frage ich dich nach seiner ersten Frau.«

»Gloria Cort.« Bertha schnaubte. »Als Hamel sie rauswarf, weil sie mit jedem schlief, nahm sie wieder ihren Mädchennamen an. Hab' ich tatsächlich *Mädchen* gesagt? Daß ich nicht lache. Diese Hure war kein Mädchen mehr seit sie sechs Jahre alt war.«

»Vergiß die alten Geschichten«, sagte ich. »Weiter.«

»Sie lebt mit einem Mexikaner zusammen, der sich Alphonso Diaz nennt. Ihm gehört die Alameda Bar an der Küste.«

Ich hatte von der Alameda Bar gehört. Da trieb sich der Abschaum vom Hafenviertel herum. In dieser Kneipe gab es Samstagabends mehr Schlägereien als in irgendeiner anderen Bar am Hafen.

»Gloria tritt da oben ohne auf und spielt Gitarre. Kannst du dir das vorstellen? Wenn man bedenkt, daß sie mal die Frau von Russ Hamel gewesen ist! So kann's gehen. Einen Tag hat man alles, am nächsten ist alles weg. Und das kann ich dir sagen: Ich würde lieber mit 'nem Ziegenbock schlafen als mit Alphonso Diaz!«

Das Hühnchen wurde unter viel Aufhebens gebracht. Wir aßen. Es war so gut, daß ich aufhörte, mir Sorgen darüber zu machen, was es kosten würde. Nachdem wir fertig waren und Kaffee getrunken hatten, kehrten meine Gedanken wieder zu der Nacht zurück, die vor uns lag.

Bertha reagierte schnell.

»Gehen wir, ich bin auch in Stimmung«, forderte sie mich auf und tätschelte meine Hand.

Ich bat um die Rechnung, zuckte zusammen, als ich die Summe sah und trennte mich von meinen beiden Fünfzigern. Als ich bezahlt, Kellner, Oberkellner und Türmann, der den Wagen brachte, mit Trinkgeld versehen hatte, hatte ich noch dreißig Dollar für den Rest der Woche.

Als ich zu meiner Wohnung zurückfuhr, sagte Bertha: »Ich hab' über dich nachgedacht, Bart. Es wird Zeit, daß du den Job wechselst. Wenn du und ich zusammenbleiben wollen, dann mußt du etwas finden, das besser bezahlt wird.«

»Das ist nichts Neues«, erklärte ich. »Ich habe schon das ganze letzte Jahr darüber nachgedacht, aber nichts, was ich tun kann, wird besser bezahlt.«

»Denk noch ein bißchen nach. Bei deiner Erfahrung mit Verbrechen muß es etwas geben. Ich habe letzte Woche 'nen Typ kennengelernt, der im Geld schwamm. Hat alte Damen übers Ohr gehauen. Die haben ihm säckeweise Geld nur für ein Lächeln gegeben.«

»Du solltest besser aufpassen, mit wem du dich abgibst, Honey«, warnte ich. »Gigolos sind ganz und gar nicht mein Fall.«

»Wie wär's dann mit Schmuggel? Ich kenne einen Kerl, der stinkt vor Geld. Schmuggelt Zigarren aus Kuba.«

»Willst du mich ins Gefängnis bringen?«

Sie zuckte mit den Schultern.

»Vergiß es. Ich weiß, was ich an deiner Stelle tun würde.«

Ich steuerte den Wagen in die Tiefgarage meines Hochhauses.

»Und das wäre?« fragte ich, als ich den Motor und die Schweinwerfer ausschaltete.

»Ich würde mich ein bißchen unter den reichen Kerlen umsehen, für die ich arbeite, und sie um Geld angehen«, sagte Bertha, als sie aus dem Wagen stieg.

»Du meinst die Typen, für die ich arbeite?«

»Ich meine die reichen Männer wie Russ Hamel, für die du arbeitest?«

Ich trat zu ihr und wir gingen zum Lift hinüber.

»Hab' ich dir gesagt, daß ich für Hamel arbeite?«

»Hör schon auf, Bart. Du hast es mir nicht erzählt, aber es ist ganz offensichtlich. Vergiß es. Du gebrauchst deinen Verstand nicht. Nur wenige haben die Chance, für all die reichen Kerle zu arbeiten, wie du es tust. Die paar, die diese Chance haben, vertun sie nicht so wie du. Aus diesen reichen Kerlen kann man das große Geld herausholen. Man muß bloß ein bißchen nachdenken. Komm, laß uns raufgehen, sonst habe ich keine Lust mehr.«

Als ich ihr in den Fahrstuhl folgte, fing ich an, über das nachzudenken, was sie gesagt hatte. Ich dachte noch immer, als wir ins Bett rollten, aber als sich ihre Arme und Beine um mich legten, hörte ich auf zu denken.

Alles zu seiner Zeit.

Zweites Kapitel

Südöstlich von Paradise City, ungefähr dreißig Meilen weit im Golf, erstreckt sich eine Kette kleinerer Inseln bis hinunter nach Key West.

Ich saß neben Nick Hardy in seinem Helikopter und schaute auf diese Inselkette hinab. Sie sahen aus wie grüne Blasen im blauen, funkelnden Meer.

Nick hatte keine Mühe, Hamels Jacht zu entdecken. Wir kreisten schon über dem Hafen, als die Jacht die Leinen losmachte und aufs Meer hinaussteuerte.

Es gab noch andere Hubschrauber hier oben: die Reichen auf Sightseeing-Tour, und so brauchte ich mir keine Sorgen zu machen, daß Nancy oder Josh Jones auf die Idee kommen könnten, wir würden sie beschatten.

Ich benutzte Nicks Feldstecher. Ich konnte Nancy auf der Brücke ausmachen. Jones mußte im Steuerhaus sein. Von meiner Position aus konnte ich ihn nicht sehen.

»Die steuern die Keys an«, erklärte ich. »Flieg zurück zum Hafen und kreise dort. Wir können sie nicht verlieren, und ich will nicht, daß die dahinter kommen, daß wir uns an ihre Fersen geheftet haben.«

Nick, ein stämmiger Kerl mit rotem, gutmütigem Gesicht, gehorchte.

»Das ist Mrs. Hamel da unten«, sagte er. »Worum geht es, Bart?«

»Seit wann stellst du denn Fragen? Frag den Colonel, wenn du es wissen willst.«

Er grinste.

»Okay. Also will ich's nicht wissen.«

Die Jacht näherte sich jetzt den Keys. Sie wurde langsamer, wendete und fuhr an der Küste entlang, bis sie Matecombe Key erreichte. Dann drehte sie bei und steuerte auf eine Gruppe winziger Inseln zu, ungefähr fünf Meilen östlich.

»Was sind das für Inseln?« erkundigte ich mich.

»Waren früher mal Piraten-Unterschlüpfe«, erzählte mir Nick. Er kannte sich in der Geschichte Floridas gut aus. »Die Piraten haben sich dort versteckt und jedes vorbeikommende Schiff überfallen. Auch Blackbeard soll sein Hauptquartier dort gehabt haben. Jetzt sind die Inseln unbewohnt.«

Die Jacht wurde langsamer und schickte sich an, in einen breiten Sund einzubiegen, der durch zwei Inseln verlief und halb von der dichten Vegetation verborgen war. Schließlich verschwand sie unter einem Schirm aus Moos und Ranken.

Ich hielt es für zu riskant, zu kreisen und abzuwarten, ob die Jacht wieder auftauchte. Nancy oder Jones, vielleicht auch beide, könnten finden, daß wir zuviel Interesse zeigten, und das mußte vermieden werden.

»Also schön, Nick, zurück nach Hause«, sagte ich. »Und wenn du nicht den Colonel am Hals haben willst, dann sag nichts davon.«

Er schenkte mir einen erstaunten Blick und zuckte dann mit den Schultern.

»Du bist der Kunde.« Er flog zum Festland zurück. »Alles in allem, Bart, ist sie ein nettes Mädchen.«

»Woher weißt du das? Kennst du sie?«

»Klar, und auch Mr. Hamel. Habe sie letzten Monat nach Daytona Beach gebracht und wieder zurück. Kann Hamel nicht ausstehen. Eingebildeter Knabe. Aber sie ist wirklich süß: viel zu jung für eine Ehe mit ihm.«

»Scheinen sie sich zu verstehen?«

»Keine Ahnung. Er saß hinten und hat kein Wort gesagt. Sie saß da, wo du jetzt sitzt, und plapperte die ganze Zeit.«

»Worüber?«

»Sie war an der Maschine interessiert: war ihr erster Ausflug damit. Stellte alle möglichen Fragen: gute Fragen. Dumm ist die nicht.«

Also war Nancy nett und nicht dumm, aber auch nette Mädchen bumsen rum. Ich wechselte das Thema. Ich sprach mit ihm über sein Geschäft und fragte, wie es so laufe. Wir redeten noch immer, als er landete. Als er neben mir zu meinem Wagen ging, sagte ich: »Behalt das für dich, Nick.«

»Klar doch.«

Wir schüttelten uns die Hand, und ich fuhr ins Büro zurück. Glenda erklärte, der Colonel hätte zu tun. Dann wollte sie wissen, wie ich vorankäme.

Ich wollte ihr gerade von Nancys Besuch im Piratennest erzählen, als ich in meinem Kopf Berthas Stimme hörte: *»Aus diesen reichen Kerlen kann man das große Geld rausholen. Man muß bloß ein bißchen nachdenken.«*

Schnell griff ich zu einer Lüge.

»Bin ihr in einem Hubschrauber gefolgt. Sie hat den ganzen Nachmittag geangelt. Totale Zeitverschwendung.«

Glenda nickte.

»Könnte sein, daß Hamel hysterisch ist«, fuhr ich fort. »Soll vorkommen.«

»Ich werd's dem Colonel sagen.«

Ich kehrte in mein Büro zurück. Chick war nicht da. Ich zog die Flasche Scotch aus meiner Schreibtischschublade, schenkte mir ein Glas ein und steckte eine Zigarette an.

Man muß bloß nachdenken.

Also dachte ich nach. Nach einer Weile beschloß ich, diese Inseln auf eigene Faust zu untersuchen. Vielleicht fuhr Nancy dahin, um nackt zu sonnen oder sogar zum Angeln, aber vielleicht traf sie dort auch Waldo Carmichael und vergnügte sich mit ihm. Diese Inseln waren verschwiegen. Wenn sie nun so etwas tat? Ich wurde vom Colonel bezahlt, also hätte ich ihm berichten müssen, daß ich Grund zu der Annahme hatte, daß Nancy verdächtig war. Aber wenn ich es nun nicht tat? Was sprang für mich dabei raus, wenn ich nichts von ihrem Besuch der Pirateninsel erzählte?

Ich schenkte mir noch einen Drink ein und dachte ein bißchen mehr nach. Dann zog ich das Telefon zu mir heran und wählte Toni Lambertis Nummer. Toni vermietete Boote zum Angeln. Ich hatte schon oft eines von seinen Booten gemietet, wenn ich frei hatte und Bertha ein bißchen Seeluft schnuppern wollte. Ich machte mit ihm aus, daß er mir um 5.00 Uhr ein Boot mit Außenborder überließ.

»Wie lange wollen Sie es, Mr. Anderson?«

»Bis mittag.«

»Wenn Sie bar zahlen, Mr. Anderson, kann ich Ihnen Rabatt geben. Zwanzig Dollar; Kredit dreißig Dollar.«

»Okay, Cash.«

»Das Boot wird fertig sein. Kommen Sie vorbei.«

Als ich auflegte, kam Chick rein.

»Was war los?« fragte er, als er sich setzte.

»Sie hat geangelt. Nichts war los.«

»Um Himmels willen!«

»Richtig. Aber mir hat der Ausflug Spaß gemacht. Und bei dir?«

»Hab' mir die Hacken abgelaufen! Ich möchte wetten, daß dieser Waldo Carmichael nicht existiert. Nicht mal die Bullen kennen den. Hab' alle Hotels und Motels überprüft. War sogar in den Krankenhäusern: kein Waldo Carmichael.«

Ich stand auf.

»Erzählen wir's dem Colonel.«

Wir mußten zehn Minuten warten, bis Parnell frei war. Dann berichtete ich, daß wir bislang nichts herausgefunden hatten.

»Deutet alles darauf hin, daß irgendein Irrer Hamel anpiekt«, sagte ich. »Mir wurde gesagt, daß seine Frau nett, charmant und nicht dumm sei. Niemand, mit dem ich gesprochen habe, hatte was gegen sie zu sagen.«

»Und dieser Kerl, dieser Waldo Carmichael, ist nirgendwo bekannt.«

Parnell zupfte an seiner Nase, während er überlegte.

»Wir können es nicht dabei belassen«, meinte er schließlich. »Es ist zu früh, um die ganze Sache schon abzublasen. Du beobachtest sie erst seit zwei Tagen. Laß uns noch bis zum Wochenende weitermachen, Bart.« Er wandte sich an Chick. »Hat keinen Sinn, daß ihr beide an der Sache arbeitet. Da ist was Neues gekommen, da kannst du einsteigen.« Zu mir: »Du kümmerst dich um Mrs. Hamel. Wenn sie wieder mit der Jacht rausfährt, laß sie fahren, aber bleib ihr auf den Fersen, wenn sie nicht auf der Jacht ist. Wenn du Ende der Woche noch immer nichts zu berichten hast, dann rede ich mit Palmer und kläre mit ihm das weitere Vorgehen.« Er verabschiedete mich und bedeutete Chick, sich zu setzen.

Ich ging zurück in mein Büro. Nachdem Chick aus dem Fall ausgestiegen war, hatte ich freie Hand. Ich würde ein paar Stunden brauchen, um zu den Inseln zu kommen. Niemand im Büro würde wissen, daß ich nicht hinter Nancy her war. Ich konnte den ganzen Morgen über auf der Insel herumschnüffeln, und wenn ich nichts herausfand, dann konnte ich mich nachmittags auf Nancys Spuren heften.

Dann fiel mir ein, daß es bis zum Zahltag noch neun

Tage waren, und ich hatte nicht einmal dreißig Dollar in der Tasche. Und zwanzig Dollar würde ich für die Bootsmiete zahlen müssen! Ich richtete mich erschreckt auf.

Mein Konto hatte ich überzogen. Ich lehnte mich zurück und dachte über meine düstere Zukunft nach. Wenn ich nicht jemanden fand, den ich anpumpen konnte, hatte ich in den nächsten Tagen ein Problem mit dem Essen und Trinken. Ich hatte noch nie so in der Klemme gesteckt. Ich verfluchte mich, weil ich Bertha ins Seagull geführt hatte. Dann tröstete ich mich damit, daß es ein tolles Essen gewesen war. Kein Bedauern. Es mußte einen Ausweg geben. Mir fielen meine verschiedenen Freunde ein, die mir in der Vergangenheit schon aus der Patsche geholfen hatten. Nachdem ich die Namen durchgegangen war, mußte ich mir eingestehen, daß es keine Hoffnung mehr gab. Meine sogenannten Freunde wechselten inzwischen auf die andere Straßenseite, wenn sie mich sahen.

Bertha?

Ich strahlte. Das war eine Idee. Wenn ich es richtig verkaufte, müßte es klappen. Aber ich mußte äußerst vorsichtig mit ihr umgehen. Ich hatte sie noch nie angepumpt, aber es gab für alles ein erstes Mal.

Nach meiner Uhr war es 17 Uhr 40. Bertha verließ das Geschäft für gewöhnlich gegen 18 Uhr. Wenn ich mich beeilte, könnte ich sie gerade noch erwischen. Ich beeilte mich.

Als ich an der Parkbucht ankam, wo sie immer ihren Honda abstellte, war der Wagen noch da. Ich steckte mir eine Zigarette an und wartete. Zehn Minuten später kam sie aus dem Haus.

»Hi, Babe«, grüßte ich und packte ihren Arm. »Na, ist das eine Überraschung?«

Sie musterte mich mißtrauisch. Ich konnte sehen, daß sie nicht in der üblichen fröhlichen Stimmung war.

»Warum arbeitest du nicht?« fragte sie.

»Das ist ja 'ne nette Art, deinen Bettgenossen zu begrüßen. Hat dir schon jemand gesagt, daß du noch toller aussiehst als gestern abend? Hm?«

»Du kannst dir das Gesäusel sparen«, fuhr sie mich an. »Was willst du hier?«

»Ich hatte das Bedürfnis, meine Augen an dir zu weiden. Komm zu meinem Wagen rüber. Ich möchte mit dir reden.«

»Ich will nicht in deinem Wagen sitzen. Laß uns irgendwo was trinken.«

Da ich wußte, daß Bertha nur Champagner-Cocktails trank, verstärkte ich meinen Griff um ihren Arm und bugsierte sie zum Maserati.

»Das ist geschäftlich, Babe. Ich hab' darüber nachgedacht, was du gestern abend gesagt hast.«

»Ich will 'nen Drink! Was hab' ich gestern gesagt?«

Ich öffnete die Autotür und schubste sie förmlich hinein. Dann lief ich um den Wagen herum und glitt hinter das Steuer.

»Du hattest eine tolle Idee«, erklärte ich. »Hier, nimm eine Zigarette.«

Mürrisch nahm sie sich eine und ich gab ihr Feuer. Dann steckte ich mir selbst eine an.

»Ich weiß nicht mehr, was ich gesagt habe. Also, was war es?«

»Ich werde dich zitieren. Du hast gesagt: ›Ich würde mich ein bißchen unter den reichen Kerlen umsehen, für die ich arbeite, und sie um Geld angehen.‹ Erinnerst du dich?«

Sie sah jetzt nicht mehr so mürrisch aus, und ihre Augen verengten sich.

»Ja, das habe ich gesagt. Warum?«

»Ich habe nachgedacht. Je mehr ich nachgedacht habe, desto besser erschien mir der Vorschlag. Ich habe da so 'ne Idee, wie ich eine Menge Geld machen könnte, und wenn ich das schaffe, dann vergeß ich meine Bettgenossin nicht.«

»Ich hab's gehört. Die Sache hat 'nen Haken, aber ich werde zuhören.«

»Ich brauche ein bißchen Kapital, um die Idee auf die Beine zu stellen«, sagte ich. »Wie würde es dir gefallen, meine Partnerin zu sein?«

Ihre Augen blitzten.

»Bittest du mich etwa um Geld?«

»Wenn du so fragst, lautet die Antwort, ja. Bloß ein Darlehen, plus zwanzig Prozent Zinsen für zehn Tage. Und du hast Anspruch auf Action.«

»Was für Action . . .«

»Das muß ein Geheimnis bleiben, Babe.« Ich schenkte ihr mein geheimnisvollstes Lächeln. »Ich garantiere dir die Rückzahlung in zehn Tagen. Du weißt doch, daß ich dich nicht reinlegen würde, oder?«

»Nein, weiß ich nicht!« Sie musterte mich. »Willst du Russ Hamel anmachen?«

»Wer hat denn von dem gesprochen? Ich nicht.«

»Du arbeitest für ihn. Du hast gestern abend nach ihm gefragt. Du bist ausgewichen, als ich wissen wollte, ob du für ihn arbeitest, und das hat mir verraten, daß es so ist.«

Ich seufzte.

»Ganz unter uns, Babe, es stimmt. Er glaubt, daß seine Frau ihn betrügt und hat uns angeheuert, um sie zu beobachten. Aber behalt das um Himmels willen für dich.«

»Diese kleine Zicke?« sagte Bertha verächtlich. »Der ist

doch verrückt! Sie ist nicht der Typ, der mit anderen spielt. Die ist nur zum Tennis und Fischen gut.«

»Ja, aber sie könnte auch verführt worden sein. Stell dir nur mal vor, sie hat einen reichen Knaben gefunden, jünger als Hamel, der sie rumkriegen will. Sie ist einsam, wo doch Hamel den ganzen Tag schreibt. Also führt der Knabe sie aus, bearbeitet sie, und schließlich haben sie eine tolle, romantische Affäre. Das ist schon öfter passiert und wird auch wieder passieren.«

Bertha zuckte die Achseln.

»Vielleicht. Und was habe ich damit zu tun?«

»Ich arbeite daran, Babe. Was ich brauche, ist ein bißchen Kapital.«

»Wieviel?«

Ich konnte sehen, wie sie interessiert war. Ich wollte mir fünfzig Dollar pumpen, beschloß aber, bei mir nicht zu knausern.

»Sagen wir, dreihundert und . . .«

»Dreihundert!« kreischte sie förmlich. »Du bist wohl völlig übergeschnappt!«

»Okay, vergiß es, Babe. Ich find' schon jemand anders. Es handelt sich um ein Darlehen, nicht um ein Geschenk. Ich kenne Dutzende von Puppen, die mir lausige Dreihundert mit zwanzig Prozent für zehn Tage leihen würden.«

»Du lügst. Niemand außer mir würde dir auch nur fünf Dollar leihen. Also gut, Bart.« Sie öffnete ihre Handtasche und zog das Portemonnaie heraus. »Einhundertfünfzig, zahlbar in zehn Tagen mit zwanzig Prozent Zinsen.«

Ich warf einen Blick in die Börse. Sie schien mit Grünen vollgestopft zu sein.

»Hast du die Bank ausgeraubt?«

Sie hielt mir die beiden Scheine hin und schloß die Tasche.

»Wenn du wirklich 'ne Menge Geld da rausholst, dann erwarte ich eine Beteiligung. Kapiert?«

»Du kriegst es, wenn ich was kriege.« Ich schob die beiden Scheine in meine Brieftasche und kam mir wieder reich vor.

»Jetzt können wir was trinken gehen. Komm, fahr mich zu Caesar's. Ich habe Durst.«

Ich zögerte. Ein Champagner-Cocktail in Caesar's Bar kostet zehn Dollar. Ich zögerte nur ein paar Sekunden. Ich war wieder reich. Wozu ist Geld gut, wenn nicht zum Ausgeben?

Ich ließ den Motor an und fuhr zu Caesar's Bar.

Kurz nach 6 Uhr 30 kam ich auf der Pirateninsel an. Es war verdammt schwer gewesen, um 4 Uhr 30 aufzustehen, aber mit Hilfe eines Weckers und drei Tassen starken Kaffees schaffte ich es mehr oder weniger.

Da Bertha verabredet gewesen war, hatte sie mich nach zwei Champagner-Cocktails und einer Unmenge weiterer Fragen, die sie nicht weiterbrachten, verlassen. Ich war in meine Wohnung zurückgekehrt und hatte die Vorbereitungen für den Morgen getroffen. Ich förderte meine Dschungeluniform zutage, in der ich praktisch gelebt hatte, als ich in Vietnam gewesen war. Ich packte die Tarnjacke, die Drillich-Hose, die Stiefel und ein Jagdmesser in einen Rucksack. Dann noch einen Schlapphut, Insektenmittel und eine Thermoskanne mit eiskaltem Scotch und Wasser.

Auf dem Weg zum Hafen kaufte ich in einem Café, das die Nacht über geöffnet hatte, ein paar Sandwiches. Das Boot wartete bereits auf mich.

Als ich die Inseln sehen konnte, stellte ich den Motor ab und zog die Uniform an. Kam mir komisch damit vor, aber wenn ich mir die dichte Vegetation auf den Inseln ansah, dann waren diese Klamotten genau das Richtige.

Nachdem ich Gesicht und Arme mit Insektenmittel eingeschmiert hatte – schließlich wußte ich, daß Moskitos Menschenfresser sind –, hielt ich auf den breiten Sund zu, in dem Nancys Jacht verschwunden war.

Ich kam langsam voran. Der Außenborder tuckerte nahezu geräuschlos vor sich hin. Ich steuerte das Boot unter den Baldachin aus Moos und Ranken.

Nach der strahlenden Sonne war es so, als käme ich in einen heißen, dampfenden Tunnel. Moskitoschwärme summten um meinen Kopf herum, aber das Mittel hielt sie in Schach. Vor mir sah ich die Sonne, und ein paar Augenblicke später lenkte ich das Boot in eine winzige Lagune. Ich stellte den Motor ab und ließ das Boot zum Ufer treiben. Ich sah einen ausgetretenen Weg, der in den Dschungel führte. Es gab einen Pfahl, der ins Ufer getrieben war, und ich schätzte, daß sie daran die Jacht vertäuten. Ich machte mein Boot an dem Pfosten fest, hängte mir den Rucksack um und machte mich vorsichtig auf den Weg. Ich achtete sorgfältig auf Schlangen, das Jagdmesser in der Hand. Ich ging etwa eine Viertelmeile. Vögel zwitscherten in dem Laub über mir, wenn ich näher kam. Die Hitze war erdrückend, Schweiß strömte mir über den Körper. Vor mir sah ich, daß der Weg einen scharfen Knick machte, und da es heller wurde, schätzte ich, daß hinter der Ecke eine Lichtung lag.

Meine Dschungelausbildung kam mir jetzt zugute. Ich kroch vorwärts, geräuschlos, bis ich den massigen Stamm eines abgestorbenen Baumes erreichte. Aus seinem Schutz heraus konnte ich die Lichtung überblicken.

Im Schatten war ein grünes Zelt aufgebaut. In dieser Art von Zelt hatte ich in Vietnam gelebt: groß genug, um vier

Mann bequem unterzubringen. Der Eingang zum Zelt war zugebunden. Neben dem Zelt standen ein tragbarer Grill und zwei Klappstühle aus Stoff. Gras und Unkraut um das Zelt herum waren plattgetrampelt.

Dieser Anblick überraschte mich. Das konnte doch niemals ein Liebesnest sein! Es fiel mir schwer zu glauben, daß Nancy hierher kam, um sich mit einem Liebhaber zu treffen. In diesem Zelt mußte es wie in einem Ofen sein.

Ich verhielt mich still, wartete ab, überlegte, ob jemand in dem Zelt war. Die Tatsache, daß der Eingang zugebunden war, sprach dagegen. Ich sah mich um, entschied mich für einen großen, blühenden Busch, huschte lautlos hinüber, kauerte mich dahinter und war jetzt unsichtbar, konnte das Zelt aber gut sehen.

Moskitos summten um mich herum. Abgesehen vom Vogelgezwitscher war der Dschungel still. Ich wischte mir übers Gesicht, öffnete den Rucksack und trank etwas aus der Thermoskanne. Ich hätte gern geraucht, entschied aber, daß der Rauch mich verraten könnte. Ich schickte mich an zu warten. Es dauerte lange. Immer wieder sah ich auf die Uhr. Als sich die Zeiger 8 Uhr 45 näherten, hörte ich ein Geräusch, das mich veranlaßte, mich flach auf den Boden zu pressen: ein pfeifender Mann. Dann hörte ich das Rascheln toter Blätter und das Rauschen von Zweigen, die ungeduldig beiseite geschoben wurden. Wer immer da kam, war überzeugt, allein zu sein. Er war überhaupt nicht vorsichtig.

Ich spähte durch die Blätter meines Strauches und sah einen Mann aus dem Dschungel auf der anderen Seite der Lichtung treten. Er war mittelgroß, breitschultrig und muskulös. Ich schätzte ihn auf ungefähr fünf- oder sechsundzwanzig. Sein schwarzes Haar war lang und ungekämmt. Der buschige Bart verdeckte den größten Teil seines Gesichtes. Er trug ein langärmeliges grünes Hemd und eine schwarze Hose, die er in seine mexikanischen Stiefel gesteckt hatte. In einer Hand hielt er eine Angelrute, in der anderen zwei ziemlich große Barsche, bereits ausgenommen und gesäubert.

Während er sich anschickte, den Grill anzuwerfen, lag ich reglos da, verwirrt. Konnte dieser tough aussehende Hippie Waldo Carmichael sein? Ich glaubte es nicht, aber möglich war es schon. Als ich seine geschickten Bewegungen beobachtete, sah, wie die Muskeln unter dem schweißnassen Hemd spielten, sagte ich mir, daß er einem Mädchen wie Nancy schon den Kopf verdrehen könnte.

Als der Fisch auf dem Grill brutzelte, öffnete er das Zelt und ging hinein. Nach ein paar Minuten kehrte er ins Freie zurück, mit einem Blechteller, einem Messer und einer Gabel. Ich sah ihm beim Essen zu. Als er sein Mahl beendet hatte und die Überreste vergrub, beschloß ich zu handeln. Lautlos schlug ich einen großen Bogen und kehrte dann wieder auf den Weg zurück. Ich ging auf die Lichtung zu, machte absichtlich Lärm, indem ich trockene Blätter aufwirbelte, und als ich an die Kurve im Weg kam, fing ich an zu pfeifen. Ich wollte ihm mein Kommen ankündigen. Ich hatte das instinktive Gefühl, daß es keine gute Taktik wäre, mich an ihn heranzuschleichen.

Als ich auf die Lichtung trat, sah ich ihn neben dem Zelt stehen. Er hielt ein Gewehr, dessen Lauf in meine Richtung zielte.

Ich blieb abrupt stehen und schenkte ihm mein freundlichstes Lächeln.

»Hi! Entschuldigen Sie. Ich wollte Sie nicht erschrecken. Ich dachte, ich hätte diese Insel für mich.«

Er senkte den Gewehrlauf, so daß er jetzt auf meine Füße

zielte, aber ich konnte erkennen, daß er auf dem Sprung war, angespannt.

»Wer sind Sie?« Seine Stimme war tief und heiser.

Ich hatte ihm einen höllischen Schrecken eingejagt.

»Bart Anderson. Kann ich näher kommen? Das Gewehr sieht ziemlich unfreundlich aus.« Ich lächelte wieder. »Könnte losgehen.«

Er blieb so achtsam wie eine in die Enge getriebene Katze.

»Bleiben Sie, wo Sie sind. Was wollen Sie hier?«

»Ich suche nach Blackbeards Höhle. Wissen Sie vielleicht, wo die ist?«

»Auf dieser Insel gibt es keine Höhle. Verschwinden Sie!«

»Sind Sie sicher? In der Neptun Bar war ein Knabe, der mir versichert hat, daß sie hier sei.«

»Ich habe gesagt, Sie sollen verschwinden.«

»Sind Sie ein Einsiedler oder so was?« Noch immer lächelnd bewegte ich mich vorwärts.

Das Gewehr kam hoch.

»Verschwinden Sie! Ich sag's nicht noch mal!« Die Drohung in seiner Stimme war nicht zu überhören.

»Ach, kommen Sie. Seien Sie doch nicht so. Wollen Sie denn nicht . . .«

Das Gewehr ging krachend los. Die Kugel wirbelte die Blätter an meinen Füßen auf. Es war ein einschüssiges Gewehr. Ich bewegte mich schnell. Ich war schon über ihm, als er noch nach der nächsten Kugel suchte.

Seine Reflexe waren schlangengleich. Hätte ich nicht Erfahrung im Dschungelkampf gehabt, hätte er mich mit dem Stoß in den Schritt zum Krüppel gemacht. So landete der Hieb – ein harter – auf meinem Schenkel und ließ mich taumeln. Er schwang das Gewehr, und der Kolben verfehlte mein Gesicht nur knapp. Als er erneut ausholte, krachte mein Arm in seinen Bauch, mit meinem ganzen Gewicht dahinter. Sein Atem pfiff wie ein durchlöcherter Reifen, und er ging in die Knie. Während er versuchte, Luft in seine leeren Lungen zu saugen, hieb ich hart auf seinen Nacken. Er streckte sich, mit dem Gesicht nach unten.

Schnell ging ich zum Zelt und spähte hinein. Da gab es zwei Betten, schön getrennt, ein Waschbecken aus Kanevas auf einem faltbaren Ständer und einen Falttisch. Auf einer Seite des Tisches lagen die Dinge einer Frau: eine Bürste, Kamm, Zahnbürste, Parfümspray und Puder. Auf der anderen Tischseite lagen seine Sachen: Zahnbürste, Zigaretten und ein billiges Feuerzeug.

Ich drehte mich zu ihm um. Er bewegte sich. Ich ging zu dem Gewehr, hob es auf, hockte mich dann in einiger Entfernung von ihm hin und wartete.

Langsam wurde er wieder lebendig, stützte sich auf die Knie und richtete sich schließlich auf. Mit der Hand massierte er sich das Genick, während er mich wütend anfunkelte.

»Lassen Sie uns freundlicher sein«, bat ich und stand auf. Ich beobachtete ihn genau. In seinen stahlgrauen Augen lag ein gefährlicher Glanz.

»Was machen Sie hier?« fragte er. »Und vergessen Sie diesen Mist mit Blackbeards Höhle. Was wollen Sie?«

»Sagen wir mal, ich bin auf der Suche nach etwas Ruhe und Frieden – genau wie Sie«, antwortete ich lächelnd. »Diese Inseln sind toll, wenn ein Kerl untertauchen will, bis sich die Lage abgekühlt hat.«

Er kniff die Augen zusammen.

»Was sind Sie . . . ein Deserteur?«

»Sagen wir einfach, ich bin auf der Suche nach Ruhe und

Frieden«, wiederholte ich. »Wenn Sie aus demselben Grund hier sind, dann kann ich es Ihnen vielleicht erzählen. Nun?«

Er zögerte, dann meinte er achselzuckend:

»Ich hab' die Army vor sechs Monaten hingeschmissen. Hab' die Nase voll gehabt von dem Mist.«

Ich war überzeugt, daß er log. Der sah nicht aus wie jemand von der Army. Nach drei Jahren als M. P. erkannte ich einen Ex-Army-Mann, wenn ich ihn sah.

»Nun, hübsch haben Sie's hier: schönes Zelt. Wollen Sie lange bleiben?«

»Solange es mir gefällt. Hier ist kein Platz für Sie. Suchen Sie sich eine andere Insel.«

Ich dachte über die Sachen der Frau nach, die ich im Zelt gesehen hatte. Lebte er auf der Insel mit einer Frau, oder waren das Nancys Sachen?

»Okay. Ich hab' gern Gesellschaft, aber wenn Sie mich nicht in der Nähe haben wollen ...« Ich zuckte die Schultern. »Schätze, ich schau mal woanders. Viel Glück, Soldat.« Ich ging zu dem Strauch hinüber, hinter dem ich mich versteckt hatte, und nahm meinen Rucksack.

»Wie sind Sie hierher gekommen?« wollte er wissen.

»Genau wie Sie.« Ich winkte ihm zu und schlug dann den Weg zurück zu meinem Boot ein.

Ich war noch keine vier Minuten gelaufen, als ich ihn hinter mir hörte. Er hatte keine Dschungelausbildung, aber er war nicht schlecht. Wenn ich nicht auf der Hut gewesen wäre, hätte ich nicht gewußt, daß er mir folgte. Ich ging weiter, bis ich beim Boot ankam. Ich wußte, er war nur wenige Schritte von mir entfernt, aber er unternahm nichts. Er wollte sich bloß vergewissern, ob ich auch wirklich abfuhr.

Ich kletterte ins Boot, machte die Leine los, startete den Außenborder und hielt auf den langen, dunklen Tunnel zum

Meer zu. Ich war überzeugt, daß er mir nachsah, bis ich außer Sichtweite war, also hielt ich aufs Festland zu. Dann, als die Inseln am Horizont verschwanden, änderte ich meinen Kurs und fuhr Richtung Matecombe Key. Ich legte in einem kleinen Hafen an und überquerte den Kai Richtung Fisherman's Bar.

Der schwarze Barkeeper starrte mich an, Überraschung im Blick. Dann zogen sich seine Lippen zu einem breiten Grinsen zurück.

»Dachte schon, ich wäre wieder in der Army, Boss«, meinte er. »Diese Dschungel-Uniform weckt Erinnerungen.«

Die Bar war leer, mit Ausnahme von ihm und mir. Ich kletterte auf einen Hocker.

»Bier.«

Er öffnete eine Flasche und schenkte ein. Ich war ausgedörrt wie ein Kamel. Ich trank das Bier, schob das leere Glas zu ihm hinüber und steckte mir eine Zigarette an.

»Hab' mich auf den Pirateninseln umgesehen«, erzählte ich. »Die Uniform ist genau das Richtige für diesen Dschungel.«

»Das kann man wohl sagen.« Er goß ein neues Bier ein. »Da gibt's nichts weiter als Vögel. Haben mal Indianer gelebt, da drüben. Das war noch vor meiner Zeit. Heute ist da niemand mehr.«

»Genehmigen Sie sich auch eins.«

»Zu früh für mich, Boss, aber danke.«

Ich sah auf die Uhr. Es war kurz nach elf.

»Kann ich hier irgendwo 'ne Angelrute und Köder leihen? Bin auf Urlaub und versuche ein bißchen Sonne zu tanken.«

»Können meine haben. Hab' Sie reinkommen sehen. Wenn ich mich nicht irre, ist das eines von Tonis Booten.«

»Richtig. Hab's für einen Tag gemietet. Sie überlassen mir Ihre Angel?«

»Klar. Ich hole sie.« Er verschwand hinter einem schmutzigen Vorhang, und ich hörte ihn herumwühlen. Nach einer Weile kam er mit einer hübschen kleinen Angel und einer Dose Würmer zurück.

Ich schob meine letzten fünfzig Dollar über die Theke.

»Nur für den Fall, daß ich über Bord gehe«, sagte ich, als ich die Angel und die Köder von ihm entgegennahm. »Komme vielleicht nicht vor 5 Uhr wieder. Okay?«

Er schob mir den Geldschein wieder rüber.

»Wir sind Kriegsveteranen, Boss. Von Ihnen brauche ich keine Sicherheit.«

Ich war froh, das Geld wiederzuhaben. Ich dankte ihm und ging zum Boot zurück. Als ich draußen auf dem offenen Meer war, stellte ich den Motor ab und zog mir wieder Hemd und Hose an. Ich verstaute die Uniform im Rucksack und kehrte dann zu den Inseln zurück. Ich machte einen großen Bogen um den Sund, der zum Versteck des Hippies führte, und verschwand unter den überhängenden Bäumen einer Insel, die ungefähr eine Viertelmeile vom Sund entfernt war. Ich packte die Sandwiches aus und aß sie, während ich nachdachte.

Was machte dieser Mann? Warum versteckte er sich auf der Insel? Er war kein Deserteur der Army. Hatte er eine Frau dabei oder benutzte Nancy die Sachen, die ich im Zelt gesehen hatte? Noch was anderes: Dieses Zelt kostete Geld. Der Hippie sah nicht so aus, als hätte er welches. Bezahlte Nancy ihn?

Um die Zeit totzuschlagen, fing ich an zu angeln, aber ich war mit dem Herzen nicht dabei. Ständig dachte ich nach, grübelte, kam aber zu keinem Ergebnis. Ich brauchte mehr Fakten und Informationen. Trotzdem reizte mich die Sache.

Gegen 15 Uhr hörte ich das ferne Geräusch eines Motorboots. Ich legte meine Angel hin, griff nach überhängenden Zweigen und zog das Boot aus dem Blickfeld.

Ein paar Minuten später sah ich Hamels Jacht schnell näher kommen. Sie hielt auf den Sund zu und verschwand im Laub.

Ich zögerte. Angenommen, Nancy hatte Josh Jones als Wache zurückgelasen? Es wäre fatal, wenn er mich entdekken würde. Also beschloß ich zu warten. Eine Stunde verstrich. Ich saß im Boot, schlug nach den Moskitos und war in Schweiß gebadet. Dann hörte ich den Motor der Jacht anspringen, einen Moment später tauchte sie auf und raste aufs Festland zu.

Ich beschloß, mich nochmal mit dem Hippie zu unterhalten. Ich konnte ihm erzählen, mir sei das Benzin ausgegangen, und ob ich ihm was abkaufen könne? Er brauchte nicht zu wissen, daß ich sicher war, daß er kein Boot hatte, daß Nancy als seine Lebensader fungierte. Ob er nun ihr Liebhaber war oder nicht, ich war bereit zu wetten, daß sie ihn auf die Insel gebracht und ihm die Camping-Ausrüstung gekauft hatte.

Ich ließ den Motor an und steuerte das Boot zum Sund. Ich machte am Pfosten fest, marschierte dann eilig den gewundenen Pfad entlang und machte keinen Versuch, mein Kommen zu verheimlichen.

Ich erreichte den scharfen Knick in dem Weg, der mich zur Lichtung bringen würde. Als ich um die Kurve bog, blieb ich abrupt stehen.

Die Lichtung war verlassen, wirkte leer und benutzt. Es gab kein Zelt, keine Faltsessel, keinen Grill. Es war ganz offensichtlich, daß mein Hippie ausgeflogen war, mit der Hilfe von Nancy und Josh Jones. Gleich bei ihrer Ankunft mußte mein Hippie ihnen von meinem Besuch erzählt haben, und es war nur eine Sache von Minuten, zu packen und zu verschwinden.

Wenigstens verriet mir das eines: Dieser Hippie steckte in größten Schwierigkeiten. Er ging kein Risiko ein. Könnte ja sein, daß ich jemandem erzählte, daß er auf der Insel war.

Ich schlenderte über das niedergedrückte Gras, wo das Zelt gestanden hatte. Bei diesem hastigen Aufbruch könnte etwas zurückgelassen worden sein. Nach ein paar Minuten Suche fand ich das billige Nickel-Feuerzeug, das ich auf dem Falttisch gesehen hatte. Ich kniete hin und betrachtete es, allerdings ohne es anzufassen. Wenn mein Glück mir treu war, dann könnte sich auf dieser glatten Nickeloberfläche ein Fingerabdruck zeigen. Ich zog mein Taschentuch heraus, ließ es über das Feuerzeug fallen und hob es dann auf. Ich wickelte es sorgfältig ein und schob es in die Tasche. Ich suchte weiter, fand aber nichts mehr. Also kehrte ich schnell zum Boot zurück.

Es war inzwischen 16 Uhr 30. Ich mußte in Matecombe Key haltmachen, um die Angelrute zurückzugeben. Ich würde kaum vor 19 Uhr wieder im Büro sein. Es war möglich, daß Harry Meadows, der für unser Labor zuständig ist, noch da war.

Ich warf den Außenborder an und fuhr nach Matecombe Key.

Glenda verließ gerade ihr Büro, als ich eintraf.

»Ist der Colonel da?« fragte ich.

»Hast ihn um fünf Minuten verpaßt.« Sie sah mich kühl an. »Irgend etwas Neues?«

»Nichts. Hab' sie den ganzen Nachmittag beschattet«, log ich. »Hat sich genauso benommen wie jede andere Ehefrau: Schaufensterbummel, Tee mit ein paar anderen Frauen, dann heim. Mann! Ich hasse das vielleicht, Frauen zu beobachten!«

»Das gehört zu deinem Job«, erklärte Glenda knapp und verschwand.

Ich ging den Flur entlang bis zum Labor. Harry Meadows saß auf einem Schemel und spähte durch ein Mikroskop.

Er war groß, schlank und nahe siebzig. Früher einmal war er für das Labor der Paradise City Police verantwortlich gewesen. Als dann der Ruhestand kam, machte ihm Parnell das Angebot, das kleine, aber effiziente Labor der Detektei zu übernehmen. Meadows, der nicht wußte, was er mit seiner Zeit anfangen sollte, wenn er im Ruhestand war, hatte sich auf dieses Angebot gestürzt.

»Hi, Harry«, grüßte ich und schloß die Tür. »Arbeitest du immer noch?«

Harry blickte auf und nickte.

»Eigentlich fummel ich nur so rum«, gestand er. »Vertreibt die Zeit, besser als daheim fernsehen. Was kann ich für dich tun?«

Ich zog das Feuerzeug hervor, das sich noch immer in meinem Taschentuch befand.

»Schau mal, ob da Fingerabdrücke drauf sind, Harry, und nimm sie für mich ab, ja? Ich will sie überprüfen lassen.«

»Morgen früh sind sie fertig, Bart. Willst du die Abdrücke nach Washington schicken?«

»Klar. Will alles darüber wissen.« Als ich mich zur Tür umwandte, fragte ich: »Was ist mit den Briefen, die Chick dir gegeben hat?«

»Waren auf einer IBM 82C Kugelkopf-Maschine geschrieben. Ich habe ein paar verschmierte Abdrücke von den Briefen gekriegt, aber die sind durch so viele Hände gegangen, da ist bei den Abdrücken nichts herausgekommen. Das Papier ist interessant. Ich habe Proben von allen Schreibwaren, die hier in der Stadt verkauft werden. Dies Papier ist was besonderes. Ich schätze, es könnte aus Italien sein. Aber nur eine Vermutung.«

Da ich wußte, daß Harrys Vermutungen ziemlich genau waren, prägte ich mir diese Information für weitere Nachforschungen ein.

»Was ist aus den Briefen geworden?«

»Ich habe sie zusammen mit dem Bericht Glenda gegeben.«

»Okay, Harry. Sag mir Bescheid, wenn du auf diesem Feuerzeug irgendwelche Abdrücke findest. Bis dann.« Ich kehrte in mein Büro zurück. Chick war schon fort. Ich setzte mich und dachte ein bißchen nach.

Wohin hatte Nancy meinen Hippie gebracht? Ich konnte mir nicht denken, daß sie ihn in den immer vollen Hafen gebracht hatte. Es würde eine Menge Klatsch geben, wenn irgend jemand ihn beim Verlassen der Jacht sah. Wenn ich an ihrer Stelle wäre, würde ich ihn bis gegen 3 Uhr unter Deck lassen. Um diese Zeit war der Kai immer verlassen und sie konnte ihn von der Jacht schmuggeln, ohne zu riskieren, daß er gesehen wurde.

Ich beschloß, die Nacht unten am Kai zu verbringen. Ich hatte noch viel Zeit. Ich zog meine .38er Spezial aus der Schreibtischschublade, lud sie und legte mein Halfter an. Dann verließ ich das Büro und fuhr im Lift hinunter in die Garage.

In drei Stunden war es dunkel. Ich fragte mich, ob Bertha

Zeit hätte, entschied mich aber gegen einen Anruf bei ihr. Das würde wieder nur zu einem teuren Abendessen führen. Ich sagte mir, ich müßte mit dem Geld, das mir geblieben war, sparsam umgehen.

Ich fuhr zum Hafen hinunter, parkte den Wagen und schlenderte dann ziellos umher, an den Fischständen, den Obstverkäufern vorbei zum Jachthafen.

Ich entdeckte Al Barney, der auf seinem üblichen Poller saß, eine Bierdose in der Hand. Ich machte einen weiten Bogen um ihn. Unter die Touristen und Fischer gemischt, gelang es mir, unbemerkt an ihm vorbeizukommen.

Es kam mir in den Sinn, in die Alameda Bar zu gehen. Ich könnte einen Blick auf Gloria Cort werfen, Hamels Ex-Frau, und gleichzeitig zu Abend essen.

Ich wurde langsamer, als ich mich dem großen Jachthafen näherte. Ungefähr sechshundert elegante Jachten waren hier vertäut. Hamels Jacht war zwischen einem Segelboot und einer anderen Motorjacht eingeklemmt. Die Gangway war eingeholt, und Josh Jones saß in einem Kanevas-Sessel und schnipselte mit einem gefährlich wirkenden Springmesser an einem Stück Holz herum. Sein massiger Körper versperrte den Niedergang. Ich warf ihm vorsichtig nur einen Blick zu und ging dann weiter. Es sah aus, als würde er Wache schieben, was darauf hindeutete, daß sich mein Hippie unten befand. Ich war ziemlich sicher, daß bis nach Mitternacht nichts passieren würde. Dann erst wurde es auf dem Kai ruhiger. Ich ging also etwas schneller auf die Alameda Bar am anderen Ende des Kais zu.

Heute war Mittwoch, die meisten Bars waren leer. Erst am Wochenende, wenn die Fischer und die Dockarbeiter Geld zum Ausgeben hatten, erwachten sie zum Leben.

Auf meinem Weg bemerkte ich einen Zeitungsstand, in

dem auch Taschenbücher verkauft wurden. Ich drängte mich durch die Menge. Es gab ein paar Bücher von Russ Hamel: alle mit grellen sexy Einbänden. Ich kaufte eines: *Love is a Lonely Thing.* Das Mädchen auf dem Einband sah nachdenklich aus. Sie hatte Brüste, die den Verkehr zum Erliegen bringen würden.

Ich ging weiter, bis ich zur Alameda Bar kam. Vor dem Eingang hing ein Vorhang, der die Fliegen abhalten sollte. Ich schob ihn beiseite und trat in einen großen Raum mit einer hufeisenförmigen Bar zu meiner Linken, einem Podium, auf dem ein schwarzer Pianist leisen, traurigen Jazz spielte, und einer Anzahl von Tischen, die zum Essen gedeckt waren.

Über ein Dutzend Männer hielt sich an der Bar auf. Drei mexikanische Kellner, in schwarz gekleidet, mit langen, weißen Schürzen, standen herum und bemühten sich, beschäftigt auszusehen. Der Barkeeper war ein großer, fetter Mexikaner, der mich mit einem schmierigen Lächeln anstarrte. Er war kahl, schmuddelig, trug einen langen, nach unten hängenden Schnurrbart. Die Männer an der Bar sahen aus wie harte Fischer. Keiner von ihnen machte sich die Mühe, in meine Richtung zu schauen. Ich ging an einen der hinteren Tische und setzte mich, legte Hamels Buch auf den Tisch.

Einer der Kellner, jung und dunkel, kam zu mir und zog die Brauen hoch.

»Gibt's etwas zu essen?« erkundigte ich mich.

»Unsere Spezialität, Signor. Arroz con pollo. Sehr gut.«

»Was ist das?«

»Hühnchen, Reis, rote Peperoni, Spargelspitzen. Sehr lekker.«

»Okay, und Scotch on the rocks.«

Ich sah ihn das Mädchen auf dem Umschlag anstarren.

»Tolle Biene, was?« meinte ich.

Er starrte mich nur stumm an, ging dann davon. Ich machte es mir auf dem Stuhl bequem, zündete eine Zigarette an und nahm mir das Buch. Der Rückseite konnte ich entnehmen, daß *dieser spannungsgeladene Roman des sensationellen Meisters amerikanischer Literatur, der schon bald verfilmt werden soll, bereits über 5 000 000 Mal verkauft wurde.*

Der fette Barkeeper kam rüber und stellte einen Scotch on the rocks auf den Tisch. Mit einem freundlichen Lächeln zeigte er mir gelbe Zähne, dann kehrte er an die Bar zurück.

Nachdem ich zehn Minuten gewartet hatte, wurde mir mein Essen gebracht. Ich war hungrig, und das Hühnchen sah gut aus. Der Kellner stellte den Teller vor mich hin, nickte und trat zu den anderen Kellnern.

Während ich aß, kamen drei Touristinnen herein: zwei ältliche Frauen und eine mit Kameras behängte junge. Sie setzten sich in einiger Entfernung von mir.

Das Hühnchen war zäh, die Peperoni scharf, aber ich hatte schon schlechter gegessen. Als ich an meinem Hühnerbein knabberte, tauchte eine Frau hinter einem Vorhang auf der anderen Seite des Raumes auf, blieb stehen und sah sich um, kam dann an meinen Tisch.

Sie hatte dichtes Haar, karottenrot gefärbt. Sie hatte hübsche Gesichtszüge, einen üppigen Körper, der von einer weißen, hautengen Hose und einem grünen Top, das ihre Brust gerade eben unter Kontrolle hielt, vorteilhaft zur Geltung gebracht wurde. Sie blieb an meinem Tisch stehen und lächelte. Ihre weißen Zähne waren zu gleichmäßig, um echt zu sein.

»Schmeckt es Ihnen?« wollte sie wissen.

Ich schätzte, sie war Gloria Cort.

Ich schenkte ihr mein verführerisches Lächeln.

»Jetzt, wo Sie da sind, viel besser.«

Sie lachte.

»Einsam?«

Ich bemerkte, daß die drei Touristinnen mißbilligend herübersahen. Ich stand halb auf und hievte mich aus dem Stuhl.

»Trinken Sie doch etwas mit mir.«

Sie machte dem Kellner ein Zeichen, und er schoß herüber wie ein Greyhound aus dem Startloch.

»Scotch«, bestellte sie und setzte sich. »Sie sind hier fremd«, fuhr sie fort. »Ich habe ein gutes Gedächtnis für Gesichter.«

Ich starrte auf ihre Brust.

»Ich würde es wissen, wenn ich Sie schon einmal gesehen hätte.«

Wieder lachte sie.

»Wie ich sehe, lesen Sie ein Buch meines Ex-Mannes.«

Ich setzte ein verdutztes Gesicht auf.

»Sagen Sie das noch mal. Ein Buch Ihres Mannes?«

»Wir haben uns letztes Jahr getrennt.«

»Was Sie nicht sagen!« Ich schob meinen Teller beiseite. »Erzählen Sie: Wie ist es, wenn man mit einem Bestseller-Autor verheiratet ist?«

Sie verzog das Gesicht.

»Ich weiß nicht, wie das mit anderen Autoren ist, aber Russ war ein Arschloch. Seine Bücher sind voll mit Sex. Haben Sie das da schon gelesen?«

»Hab's grad erst gekauft. Habe von seinem Zeug noch nichts gelesen. Aber da ich weiß, daß er hier wohnt, hab' ich mir gedacht, ich schau's mir mal an.«

»Man sollte meinen, ein Kerl, der dieses Zeug schreibt, wäre auch gut im Bett, oder?« Sie beugte sich vor, den Kopf auf eine Seite gelegt. »Was soll ich sagen? Der ist für eine Frau so nützlich wie gekochte Spaghetti.«

»So was kommt vor«, meinte ich. »Hart für die Frau.«

»Das kann man wohl sagen.«

Der Kellner kam und räumte ab. Ich bestellte Kaffee.

»Er ist wieder verheiratet, glaube ich?«

»Sie ist gern gesehen. Aber sie ist nicht mehr als ein Vögelchen. Es gibt Mädchen, denen macht das nichts aus.« Sie schenkte mir ein langes, aufreizendes Lächeln. »Mir schon.«

Der Kellner brachte den Kaffee.

»Gefällt es Ihnen hier?« fragte ich. »Sie treten doch auf, oder?«

»Nur samstags, wenn der Laden voll ist. Das ist schon in Ordnung.« Sie stand auf. »Ich sehe Sie noch.« Lächelnd ging sie zu den drei Touristinnen hinüber, denen ebenfalls die Spezialität gebracht wurde. Sie wechselte ein paar Worte mit ihnen und verschwand dann wieder hinter dem Vorhang.

Ich steckte mir eine Zigarette an und nippte am Kaffee. Ich hatte eine Information erhalten. Russ Hamel könnte impotent sein. Ich dachte an Nancy, sah sie im Geist vor mir. Wenn sie es von Hamel nicht kriegen konnte, würde sie vielleicht für einen Hippie leicht zu haben sein.

Ich fing an, Hamels Buch zu lesen. Es fing mit einer Verführung an, die mir einen Steifen machte. Der konnte wirklich lebendig schreiben.

Nach ein paar Kapiteln kam der Kellner mit der Rechnung. Ich bezahlte, gab ihm Trinkgeld und schlenderte dann hinaus in die Dunkelheit. Ich mußte noch immer ein paar Stunden totschlagen. Hamels Heldin interessierte mich nicht. Ich hätte sie gern leibhaftig getroffen, aber so auf dem Papier war sie mir zu fern. Ich ließ das Buch in eine Mülltonne fallen, schlenderte dann den Kai entlang, an Hamels Jacht vorbei.

Es war hell genug für mich, um zu erkennen, daß Josh Jones noch immer dort Wache schob. Ich warf ihm einen kurzen Blick zu und ging weiter. Die Touristen waren in ihre Hotels zurückgekehrt, aber noch immer liefen Fischer umher oder standen in Gruppen zusammen und unterhielten sich. Ich sah Al Barney, der auch noch hoffnungsvoll auf seinem Poller saß. Ich hielt mich von ihm fern. Ich suchte jetzt nach einem Ort, von wo aus ich ungesehen die Jacht beobachten konnte. Mir blieben noch zwei Stunden bis Mitternacht. Ein großer Mond war aufgegangen, ließ das Meer funkeln und tauchte den Kai in tiefen Schatten. Ein kleines Café schloß über Nacht seine Pforten. Ein müde aussehender Kellner schloß die Jalousien, ging dann hinein und sperrte die Tür zu. Es gab eine Holzbank, dicht an der Wand des Cafés, unter einem schäbigen Baldachin. Ich ging hinüber und setzte mich. Ich konnte Hamels Jacht sehen, ungefähr hundert Yards von mir entfernt. Ich war sicher, daß Jones mich nicht sah.

Ich wartete. Das Leben eines Detektivs besteht aus Warten, und darin bin ich gut. Ich sah, wie eine Gruppe Fischer nach der anderen aufbrach. Diese Männer würden bei Morgengrauen aufs Meer hinausfahren, und jetzt schickten sie sich zögernd an heimzukehren.

Gegen 23 Uhr warf Al Barney seine leere Bierdose ins Wasser, kam schwerfällig auf die Füße und watschelte in die Dunkelheit davon. Inzwischen war der Kai fast verlassen.

Einige wenige Nachtwächter, die die elegantesten Jachten bewachten, standen in einer Gruppe zusammen. Ein Bulle kam vorbei. Zwei dürre Katzen tauchten auf. Eine von ihnen kam zu mir und schnupperte an meinem Hosenaufschlag. Ich versetzte ihr mit dem Fuß einen ordentlichen Tritt, und sie schlich davon.

Jetzt konzentrierte ich mich auf Hamels Jacht. Das war nur gut so, denn plötzlich merkte ich, daß Josh Jones nicht mehr auf seinem Stuhl saß.

Ich sprang auf.

Minuten verstrichen. Dann sah ich drei schattenhafte Gestalten an Deck und hörte, wie die Gangway herabgelassen wurde. Fast sofort standen die drei Gestalten am Kai. Sie blieben kurz stehen, um zu den Nachtwächtern hinüberzusehen, die ihnen den Rücken zukehrten. Dann entfernten sie sich hastig in die entgegengesetzte Richtung.

Ich hielt mich im Schatten, als ich ihnen folgte. Als sie unter einer Lampe hindurchgingen, erkannte ich, daß der größte der drei Jones war. Der andere mußte, dem schwarzen Haar nach zu urteilen, mein Hippie sein. Das dritte Mitglied der Gruppe war eine Frau. Sie war zierlich und trug ein Tuch über dem Kopf. Ich schätzte, daß sie es war, die auf der Pirateninsel das Zelt mit meinem Hippie geteilt hatte.

Sie gingen nicht weit. Sie bogen in eine enge Gasse ein. Ich schlich hinter ihnen her, von einer Einfahrt zur nächsten.

Ich sah, wie Jones stehenblieb, dann seine Kameraden heranwinkte und in einer Einfahrt verschwand.

Vorsichtig spähte ich um die Ecke, gerade rechtzeitig, um zu sehen, wie Jones eine Tür öffnete und außer Sicht geriet, gefolgt von den beiden anderen. Mir fiel ein, daß Al Barney erzählt hatte, Josh Jones hätte ein Zimmer gleich am Hafen, und ich vermutete, daß Jones hier wohnte.

Ich trat in den Schatten und wartete.

Hinter einem Fenster im dritten Stock ging Licht an. Ich

sah Jones zum Fenster treten und hinaussehen. Dann verschwand er aus meinem Blickfeld.

Ich wartete.

Nach einer Stunde ging das Licht aus.

Noch immer wartete ich.

Nichts geschah. Als schließlich der Morgen heraufzog und die Schatten vertrieb, gab ich auf und ging heim.

Drittes Kapitel

Vor ungefähr fünfzehn Jahren hatte man Pete Lewinski für den besten und nettesten Bullen am Hafen gehalten. Von Anfang an hatte er dort seine Runden gedreht, und sogar die Drogenhändler, die Schmuggler und jungen Tunichtgute erklärten übereinstimmend, daß Pete sie immer fair behandelt hatte.

Dann kaufte Pete seiner Frau Carrie eines Tages eine Spülmaschine. Jeder im Hafen wußte, daß Pete seine Frau anbetete. Sie war eine dicke, fröhliche Schwedin, die den Alkohol und Pete gleichermaßen liebte. Also kaufte ihr Pete zu ihrem zweiundvierzigsten Geburtstag diese Spülmaschine. Carrie war eine gute Köchin, aber das Aufräumen deprimierte sie. Die Spülmaschine war das schönste Geschenk, das sie jemals in ihrem Leben bekommen hatte. Das erzählte sie allen im Hafen, und die Fischer, ihre Frauen, die Obst- und Fischverkäufer und sogar die Drogenhändler freuten sich für sie.

Es war nicht klar, was eigentlich genau passiert war, aber drei Jahre nachdem die Spülmaschine angeschlossen worden war, fand Pete Carrie eines Tages, als er von der Arbeit heimkehrte, tot neben der Maschine liegen. Man vermutete, daß etwas mit der Maschine nicht in Ordnung gewesen war, daß Carrie daran herumgefummelt und einen elektrischen Schlag bekommen hatte.

Von diesem schrecklichen Augenblick an, als Pete in die kleine Küche gekommen war und Carrie wie einen gestrandeten Wal hatte am Boden liegen sehen, verfiel er. Seine vielen Freunde im Hafen machten sich seinetwegen Sorgen und bestanden darauf, daß er ein bißchen was trank, um sich aufzumöbeln. Pete hatte immer nur wenig getrunken, und überhaupt nichts, wenn er im Dienst war. Doch nachdem er festgestellt hatte, daß der Scotch seinen Kummer vertrieb, wurde er zum Säufer. Polizeichef Terrell, der seine Frau selbst sehr liebte, hatte Verständnis. Er redete mit Pete, aber die Mühe hätte er sich sparen können.

Zwei böse Jungs, noch halbe Kinder, versuchten eine der zahlreichen Hafenkneipen zu überfallen. Pete tauchte völlig betrunken auf und erschoß die Knaben. Als er nüchtern genug war, um zu begreifen, was er getan hatte, weinte er. Dem Polizeichef blieb nichts anderes übrig, als ihn in den Ruhestand zu schicken. Die Stadtverwaltung verweigerte Pete eine Pension. Nachdem er seine wenigen Ersparnisse aufgebraucht hatte, wurde auch Pete zu einem der vielen Männer, die sich im Hafen herumtrieben und hier und da einen Job erledigten. Es war ein hartes Leben.

Durch Al Barney, einen engen Freund von Pete, lernte ich diesen riesigen Mann mit den geröteten Augen und dem kurzgeschnittenen weißen Haar kennen, und wann immer ich ihm in die Arme lief, steckte ich ihm eine Schachtel Zigaretten zu. Ich wußte, wäre da nicht die Spülmaschine gewesen, würde er noch immer im Hafen für Recht und Ordnung sorgen.

Gegen 9 Uhr am folgenden Morgen, nachdem ich Josh Jones und seinen beiden Freunden bis zu Jones Zimmer gefolgt war, machte ich mich auf die Suche nach Pete.

Die Sonne kämpfte sich allmählich durch, und nach nur wenigen Stunden Schlaf fühlte ich mich wie gerädert. Ich lief den Kai entlang. Es war noch zu früh für Al Barney. Der kam erst aus seinem Zimmer, wenn die Touristen auftauchten, aber ich fand Pete, der dabei war, ein Fischernetz zu reparieren. Er saß auf einer umgedrehten Kiste.

»Hi, Pete«, grüßte ich.

Er sah auf und lächelte mir zu. Sein gerötetes Gesicht war sonnengebräunt und seine blauen Augen wässrig.

»Hi, Bart. Bist früh dran.«

»Stecke mitten in einem Job. Kannst du das Netz allein lassen und mit mir 'nen Kaffee trinken?«

Sorgfältig legte er das Netz hin, stand dann auf.

»Sicher. Hat keine Eile. Kaffee? Ja, 'nen Kaffee könnte ich brauchen.«

Wir gingen zur Neptun Bar rüber. Mir fiel auf, daß Pete schlurfte. Er bewegte sich so langsam wie ein kranker Elefant.

Sam strahlte mich an, als Pete und ich uns an einen Tisch setzten.

»Morgen, Mr. Anderson«, sagte er, kam zu uns und wischte mit einem schmutzigen Lappen über den Tisch. »Was darf's sein?«

»Zwei Kaffee, eine Flasche Scotch, ein Glas und Wasser«, sagte ich, ohne Pete anzusehen.

»Kommt sofort, Mr. Anderson.« Sam eilte zurück zur Bar.

»Pete, ich hab' 'nen Job für dich«, erklärte ich leise. »Kannst dir zwanzig Bucks verdienen.«

Pete starrte mich an, die Augen drohten aus dem Kopf zu springen.

»Du meinst doch nicht ...« Er brach ab, als Sam eine Kanne Kaffee, den Scotch, Becher und ein Glas auf den Tisch stellte. Als er an die Bar zurückgekehrt war, fuhr Pete fort: »Was ist das für ein Job, Bart? Mann, ich könnte 'nen Zwanziger gebrauchen!« Er starrte die Flasche Scotch an wie ein Kind ein Eis.

»Nur zu«, forderte ich ihn auf. »Trink 'nen Schluck.«

»Sollte ich eigentlich nicht tun. Aber vielleicht wenigstens einen. Es ist noch so früh.«

Mit zitternder Hand schenkte er Scotch ins Glas, bis es randvoll war. Ich wandte mich ab, wollte nicht zusehen, wie ein anständiger, netter Mann weiter verkam. Aber ich wußte, er hing an der Flasche und es gab nichts, was irgend jemand dagegen hätte tun können.

Ich ließ ihm ein paar Augenblicke Zeit. »Weißt du irgend etwas über Josh Jones?« erkundigte ich mich dann.

Pete wischte sich mit dem Handrücken den Mund ab und holte tief Luft.

»Josh Jones? Es gibt niemanden im Hafen, den ich nicht kenne. Das ist so 'n Nigger. Kein guter Mann. Arbeitet für diesen reichen Autor, diesen Mr. Hamel. Der würde seine Mutter verkaufen ...«

»Das weiß ich alles«, unterbrach ich ihn. »Ich hab' schon mit Al Barney gesprochen.«

Pete nickte. Seine Hand wanderte zu der Flasche. Blieb in der Luft hängen.

»Nur zu, Pete. Ich weiß, du brauchst das.«

»Schätze schon.« Er schenkte sich noch einmal nach, soviel, daß ich danach kopfgestanden hätte.

»Pete! Ich möchte, daß du dafür sorgst, daß Jones beschattet wird. Ich will alles wissen, was er tut. Er hat zwei Leute in seiner Bude. Ich will wissen, wann sie gehen, wohin sie gehen: ein Mann und eine Frau. Schaffst du das?«

Er kippte den Scotch die Kehle hinab, seufzte, streckte sich und goß dann mit fester Hand Kaffee für mich und sich ein.

»Kein Problem, Bart. Habe da 'n paar Jungs, die sich wie Leim an Jones und die beiden anderen heften werden.«

»Dann organisiere das.« Ich nippte am Kaffee und fuhr fort: »Es ist wichtig, daß die drei keine Ahnung haben, daß sie beschattet werden. Der Mann ist mittelgroß, schwarzes Haar, Bart. Von der Frau habe ich nicht viel gesehen, aber die sind zusammen.«

»Dafür gibt's zwanzig?«

Ich sah mich in der Bar um. Sam wandte uns den Rücken zu. Ich schob einen Zwanziger zu Pete rüber.

»Du kannst noch mehr kriegen.« Ich zog meine Visitenkarte. »Ruf mich an, wenn der Mann und die Frau was unternehmen, okay?«

Pete nickte. Er war jetzt ganz Bulle. Der Scotch hatte dafür gesorgt, daß er wieder so war wie damals, ein guter Polizist.

»Kannst dich auf mich verlassen, Bart.«

»Nimm den Scotch mit. Das ist mir wichtig.«

Er grinste, zeigte schwarze, faulige Stummelzähne.

»Okay, Bart. Kein Problem.«

Ich ließ ihn allein, bezahlte den Scotch und den Kaffee und trat hinaus in die Sonne.

Mehr konnte ich nicht tun, sagte ich mir selbst. Es war nicht gut, aber besser als gar nichts.

Ich ging zu dem Platz, wo ich den Maserati zurückgelassen hatte, stieg ein und fuhr zum Eingang von Paradise

Largo. Ich hockte im Wagen, Bob Dylan leistete mir auf Kassette Gesellschaft, während ich darauf wartete, daß Nancy Hamel erschien.

Chick Barley stärkte sich mit Scotch, als ich ins Büro zurückkam.

Von dem Geld, das Bertha mir geliehen hatte, hatte ich eine Flasche Cutty Sark gekauft. Als ich sie auswickelte, fragte Chick: »Wen hast du denn diesmal angepumpt?«

Ich setzte mich an meinen Schreibtisch, schenkte mir ein und grinste ihn an.

»Ich habe Freunde. Was ist denn mit dir los?«

Er blies die Backen auf.

»Hör bloß auf. Es gibt Zeiten, da hasse ich diesen Job. Im Paradise Supermarkt gibt's Probleme. Einer aus der Mannschaft klaut. Also marschiere ich in dem verdammten Laden rum und versuche, bedrohlich zu wirken. Und du?«

»Nichts. Reine Zeit- und Geldverschwendung.«

Ich war Nancy zum Club gefolgt, hatte zugesehen, wie sie mit Penny Highbee Tennis spielte, hatte zugesehen, wie sie zu Mittag einen Krabbensalat verspeiste und war ihr dann zum Hafen gefolgt. Sie benutzte die Jacht nicht, sondern spazierte herum wie jemand, der Zeit totschlagen muß. Sie kaufte ein paar Austern und einen Hummer, dann fuhr sie heim: Eine einsame Frau, die scheinbar nichts zu tun hatte, aber ich wußte, daß es anders war. Ich hatte gehofft, sie würde zu Josh Jones Bude fahren, aber den Gefallen tat sie mir nicht. Von Jones war nichts zu sehen, weder auf der Jacht noch im Hafen.

Nachdem ich mein Glas geleert hatte, ging ich in Glendas Büro. Sie erklärte mir, daß der Colonel beschäftigt sei.

Ich gab ihr den Bericht, den ich auf der Schreibmaschine getippt hatte.

»Wie gesagt . . . nichts.«

»Trotzdem, bleib dran«, sagte Glenda. »Vielleicht passiert noch was.«

»Wie etwa der Weltuntergang? Dabei fällt mir ein, Glenda, mein Urlaub ist fällig.«

»Wenn du mit diesem Job durch bist.«

»Ja, ja. Brauchst du mir nicht zu erzählen.« Ich kehrte in mein Büro zurück.

Chick war auf dem Weg nach draußen.

»Also dann, Freund, bis morgen.«

»Bleib sauber«, verabschiedete ich ihn. Als er fort war, fing ich an, meinen Schreibtisch aufzuräumen. Ich beschloß, mich mit Bertha zu treffen. Ich warf einen Blick in meine Brieftasche, um zu sehen, wieviel ich wert war. Mir blieben noch knapp einhundert Dollar und acht Tage, in denen ich damit auskommen mußte. Vielleicht wäre Bertha nicht ganz so teuer wie sonst, aber ich bezweifelte das.

Als ich nach dem Telefon griff, läutete es.

»Yeah? Bart Anderson, Parnell Agency«, meldete ich mich.

»Hier ist Lu Coldwell. Ich muß Sie sprechen. Es ist dringend. Soll ich zu Ihnen kommen oder kommen Sie hierher?«

Ich wurde vorsichtig. Lu Coldwell arbeitete für das FBI. Er hatte ein Büro in der Stadt, wo er sich aber nur selten aufhielt. Für einen FBI-Mann gab es in Paradise City kaum etwas von Interesse. Er arbeitete hauptsächlich in Miami.

»Ich hab' 'ne Verabredung, Lu. Wie wär's mit morgen?«

»Unmöglich. Ich sagte doch, es ist dringend.«

»Dann spucken Sie's aus.«

»Die Fingerabdrücke auf dem Feuerzeug, das Harry Meadows nach Washington geschickt hat. Die flippen aus da oben. Also, Sie zu mir oder ich zu Ihnen?«

Ich zögerte keine Sekunde. Ich wußte, wenn Glenda Coldwell hier entdeckte, dann würde sie wissen wollen, warum er mich aufsuchte.

»Warten Sie auf mich, Lu. Ich bin in zehn Minuten drüben.« Ich legte auf.

So, sagte ich mir, jetzt mußte ich ganz schön vorsichtig sein. Mein Hippie war also identifiziert worden. Wenn Washington ausflippte, hieß das, daß er wichtig war. Und wieder konnte ich Bertha sagen hören: *Ich würde mich unter den reichen Kerlen umsehen, für die ich arbeite, und sie um Geld angehen.*

Laß dir bloß nicht in die Karten schauen, Bart, dachte ich, als ich das Büro verließ und mit dem Lift hinunter in die Garage fuhr.

Lu Coldwell wartete in seinem kleinen, schäbigen Büro auf mich. Er war ein großer, kräftiger Mann um die vierzig, mit grauen Strähnen im Haar und einem kräftigen, eckigen Kinn. Hin und wieder spielten er und ich eine Runde Golf zusammen. Ich hatte es mir zur Aufgabe gemacht, mit den Bullen und dem FBI in Kontakt zu bleiben.

Als wir uns die Hand schüttelten, sagte ich: »Du hast mir ein Date kaputtgemacht, aber das Geschäft kommt immer vor dem Vergnügen.«

Er deutete auf einen Stuhl und setzte sich hinter seinen Schreibtisch.

»Dieses Feuerzeug . . . wo hast du es gefunden? Warum hast du die Abdrücke überprüfen lassen?« Er stützte die Ellbogen auf den Tisch und das Kinn in die Hände. Er sah nicht sonderlich freundlich aus.

Während ich zu seinem Büro gefahren war, hatte ich mir eine Geschichte zurechtgelegt. Ganz bestimmt würde ich ihm nichts von der Pirateninsel oder von Nancy erzählen.

»Was ist daran so wichtig?«

»Komm schon, Bart!« Der harte Klang seiner Stimme machte mir deutlich, daß dies nicht der rechte Augenblick war, um mit ihm herumzuspielen. »Wo hast du das Feuerzeug gefunden?«

»Vor ein paar Tagen. Ich war unten am Kai . . .«

»Warum?«

»Das klingt ja wie ein Verhör.«

»Was hast du am Kai gemacht?«

»Ich war mit der Arbeit fertig und ich mag die Gegend. Ich kenne da ein paar Leute.«

»Woran arbeitest du gerade?«

»Hab' 'nen Job. Wenn du Einzelheiten wissen willst, frag den Colonel. Der wird dich zum Teufel schicken.«

»Es ist mir ernst, Bart«, sagte Coldwell in sanfterem Ton. »Also gut, du warst also am Kai . . . um welche Zeit?«

»Bin gegen 10 Uhr da gewesen. Hab' mich mit Al Barney getroffen, hab' ihm ein paar Biere ausgegeben und bin dann zum Handelshafen rüber. Hab' mir eine Weile die Schiffe angesehen. Als ich gerade beschlossen hatte, noch ein Bier zu trinken und dann heimzufahren, tauchte dieser Kerl aus der Dunkelheit auf. Ich steckte mir gerade 'ne Zigarette ins Gesicht, und der gab mir Feuer, mit dem Feuerzeug, das dich so aufregt.«

»Stop! Alles hübsch der Reihe nach. Also dieser Kerl . . .« Er zog einen Notizblock heran und fand auch einen Bleistift. »Wie sah er aus?«

»Mittelgroß, untersetzt, Vollbart, dunkles, dichtes, ungeschnittenes Haar, Jeans und ein dunkles T-Shirt.«

Coldwell schrieb das auf, öffnete dann eine Schublade in seinem Schreibtisch und zog einen Ordner heraus. Dem entnahm er einen Hochglanz-Schnappschuß und schob ihn über den Tisch.

»Ist er das?«

Ich musterte das Foto. Es zeigte einen glattrasierten Mann von ungefähr fünfundzwanzig mit kurz geschnittenem, schwarzem Haar, schmalem Gesicht und kleinen, bösen Augen. Die Augen verrieten ihn. Das war jedenfalls mein Hippie.

»Möglich.« Ich setzte mein zweifelndes Gesicht auf. »Das Licht war schlecht, und er hatte 'nen Bart und sein Haar war lang, aber ... yeah, ich würde es nicht beschwören, aber er könnte es sein.«

Coldwell nahm das Foto wieder an sich, fand einen Filzstift und versah das Gesicht mit Bart und langem Haar. Dann schob er mir das Foto wieder rüber.

Jetzt hatte ich keinen Zweifel mehr, daß es mein Hippie war.

»Möchte es immer noch nicht beschwören, aber ich bin ziemlich sicher, daß das der Kerl ist.«

Coldwell holte scharf Luft.

»Also weiter.«

»Ich hab' mich gefragt, wer das war», erzählte ich. »Ich treffe alle möglichen Leute am Hafen, aber den hatte ich noch nie gesehen. Er schien verängstigt, sah sich ständig um, als würde er beschattet. Fragte mich, ob ich was wüßte über Boote, die zu den Bahamas fahren. Ich sagte, ich hätte keine Ahnung, aber Al Barney könne es ihm erzählen, und den würde er bestimmt in der Neptun Bar finden. Ich kündigte ihm an, daß ihn das ein paar Bier kosten würde. Er murmelte was und ging davon. Hielt auf die Kneipe zu, blieb dann stehen, als hätte er seine Meinung geändert, und dann hab' ich ihn aus den Augen verloren. Da, wo er gestanden hatte, lag das Feuerzeug am Boden. Schätze, der hatte 'n Loch in der Tasche.« Ich lächelte Coldwell zu. »Da ich ein schlauer Detektiv bin, sagte ich mir, der Kerl könnte auf der Fahndungsliste stehen. Richtig?«

Coldwell nickte.

»Also brachte ich das Feuerzeug zu Harry und bat ihn, die Abdrücke zu untersuchen. Den Rest kennst du.«

»Havanna . . . yeah, das würde passen«, murmelte Coldwell nachdenklich. Er griff zum Telefon, wählte und redete dann mit jemandem über Schiffe nach Nassau. Er kritzelte etwas, bedankte sich und legte auf. »Die Chrystabelle ist heute morgen nach Nassau ausgelaufen. Sie ist ein altes Schiff, das zweimal wöchentlich zu den Inseln tuckert. Dieser Kerl könnte sich an Bord geschmuggelt haben. Gute Arbeit, Bart. Ich werd' seine Beschreibung durchgeben. Vielleicht entdecken die ihn in Nassau.« Er machte eine kurze Pause, streckte die Hand nach dem Telefon aus. »War er allein?«

»Jedenfalls war er es, als er mit mir gesprochen hat. Sollte da noch jemand dabei sein?«

»Wir vermuten, daß er mit seiner Frau unterwegs ist. Hör zu, Bart, ich habe jetzt einiges zu erledigen, und dann muß ich zum Hafen runter.«

»Ich fahre dich rüber. Mein Wagen steht draußen. Wenn er nicht an Bord gegangen ist, treibt er sich vielleicht noch immer da rum und ich könnte ihn entdecken.«

Coldwell nickte und fing an zu wählen.

»Ich warte im Wagen«, sagte ich und verließ ihn.

Ich stieg in den Maser und dachte hastig nach. *Ist mit seiner Frau unterwegs.* War das die Erklärung für die beiden Betten und die Frauensachen, die ich im Zelt gesehen hatte?

Coldwell gesellte sich fünf Minuten später zu mir, und ich fuhr zum Hafen.

»Wer ist denn dieser Kerl, Lu, und warum die ganze Aufregung?« wollte ich wissen.

»Wenn er es ist, dann ist sein Name Aldo Pofferi: ein italienischer Terrorist. Er wird wegen dreifachen Mordes gesucht, seine Frau wegen Doppelmordes. Die italienische Polizei hat erklärt, daß sie die gefährlichsten Mitglieder der Roten Brigade sind.«

»Was macht der dann hier, um Himmels willen?«

»Italien ist zu heiß für ihn geworden. Er ist hier, um Geld für die Brigade aufzutreiben. Na ja, jedenfalls behaupten sie das. Wäre möglich. Er und seine Frau haben drei Banküberfälle in Mailand begangen. Die Polizei hat uns aufgefordert, nach ihm Ausschau zu halten. Sie glauben, er wäre vor ungefähr einem Monat in New York gelandet. Wir haben nachgeforscht, aber nichts herausgefunden. Diese Fingerabdrücke, die du gefunden hast, sind unsere erste Spur.«

Ich hielt im Hafen und wir stiegen aus. Detective Tom Lepski und Detective Max Jacoby kamen aus der Menge und gesellten sich zu uns. Hastig erklärte Coldwell ihnen, wie ich auf Pofferi gestoßen war, und daß ich so schlau gewesen war, die Fingerabdrücke auf dem Feuerzeug überprüfen zu lassen.

»Du würdest immer noch einen guten Cop abgeben, Bart«, grinste Lepski.

Ich meinerseits hielt ihn für den schlauesten Beamten der Polizei: Eine Meinung, die er mit mir teilte.

Coldwell zeigte ihm und Jacoby Pofferis Foto. Das, welches er mit Bart und langem Haar verändert hatte.

»Bart hat ihn gesehen und mit ihm gesprochen. Ich schlage also vor, er geht mit dir, Tom, und Max und ich arbeiten zusammen. Der ist verdammt gefährlich, also seid vorsichtig.«

»Klar doch.« Lepski sah mich an. »Hast du ’ne Waffe?«

»Immer.«

»Wenn geschossen wird, mußt du mich decken«, forderte Lepski mich auf. »Also los.«

Wir überließen es Coldwell und Max, den Jachthafen und die Verkaufsstände abzudecken, während Lepski und ich den Kai entlang liefen, auf den Handelshafen zu.

»Laß uns mit Al Barney reden«, schlug Lepski vor. »Der alte Säufer weiß immer, was hier passiert.«

Wir fanden Al Barney auf einem Poller sitzend, eine leere Bierdose in der Hand. Er starrte Lepski mißbilligend an.

»Hi, Al«, grüßte der ihn und blieb vor Barney stehen.

»’n Abend, Mr. Lepski.« Barneys kleine Augen wanderten zu mir, dann zurück zu Lepski.

»Wir suchen einen Mann.« Lepski gab eine Beschreibung von Pofferi. »Hast du den irgendwo hier gesehen?«

Ich wußte, so würde er nicht weiterkommen. Die einzige Art, von Barney Informationen zu bekommen, bestand darin, ihn in die Neptun Kneipe zu schleppen und ihm Bier in unbegrenzter Menge zu kaufen.

Als kleinen Tip warf Barney die leere Bierdose in den Hafen, aber Lepski sprang nicht darauf an.

»Irgend jemanden gesehen, auf den die Beschreibung passen könnte?« wiederholte er mit Bullenstimme.

»Könnt’ ich nicht sagen«, antwortete Barney gleichgültig. »Diese jungen Kerle sehen doch alle gleich aus.«

»Dieser Kerl ist ein Killer«, blaffte Lepski.

Barney zog die Brauen hoch.

»Tatsächlich?« Er stemmte sich hoch. »Ich hab’ Durst.«

»Wann hast du den nicht, du alter Säufer?« höhnte Lepski. »Hast du ihn jetzt gesehen oder nicht?«

»Ich kann mich nicht erinnern, Mr. Lepski«, erklärte Barney würdevoll und watschelte zum Neptun hinüber.

Lepski starrte ihm wütend hinterher.

Ich hatte zum Jachthafen hinübergesehen. Ich konnte Coldwell und Jacoby mit ein paar Fischern reden sehen. Ich sah auch Josh Jones, der an Deck von Hamels Jacht saß. Als Barney fortging, sah ich, wie Jones aufstand, von der Jacht sprang und schnell in der Menge verschwand.

»Wir müssen mit Pete Lewinski reden. Wenn der Pofferi nicht gesehen hat, dann hat ihn niemand gesehen«, meinte Lepski. »Er müßte hier irgendwo sein.«

Pete Lewinski!

Mein Herz setzte aus. Wenn er auch ständig besoffen war, so wußte ich doch, daß Pete im Herzen immer ein Bulle geblieben war. Er würde keine Informationen verschweigen, von denen er annahm, daß sie der Paradise City Police helfen könnten. Wenn Lepski ihm die richtigen Fragen stellte, dann würde er ihm von meinem Interesse an Josh Jones und dem Mann und der Frau erzählen, die dieser gestern abend mit in sein Zimmer genommen hatte. Daraufhin würde sich Lepski an mich halten. Ich hatte Pete eine Beschreibung von meinem Hippie gegeben, und er würde es Lepski erzählen. Wenn mein Hippie Aldo Pofferi war, und davon war ich überzeugt, dann saß ich in der Klemme. Ich würde angeklagt werden, weil ich einen Kriminellen gedeckt hatte, oder, was noch schlimmer war, man würde mir sogar Tatbeihilfe vorwerfen.

»Pete ist ein Säufer, Tom. Laß uns doch mit dem keine Zeit verschwenden.«

»Vielleicht ist er ein Säufer, aber er ist auch ein Ex-Polizist. Das reicht mir.«

Er hielt einen der Männer an, die sich im Hafen herumtrieben, einen kleinen, alten Mann mit abgeschabter Mütze und dreckigen, zerlumpten Segeltuchklamotten.

»Hast du Pete irgendwo gesehen, Eddie?«

»Crab Yard. Nummer 26«, antwortete Eddie und fügte dann hoffnungsvoll hinzu: »Haste 'ne Zigarette für mich, Chief?«

Lepski gab ihm eine, nickte dann und marschierte am Hafen entlang weiter. Ich folgte ihm, trotz der Hitze in kalten Schweiß gebadet.

Lepski tauchte in einer der kleinen Nebenstraßen unter. Es war dunkel hier und stank, die alten Häuser waren eine Konstruktion aus Holz und Teerpappe: das Slumviertel des Hafens. Er schien zu wissen, wohin er ging. Ich folgte ihm.

»Was für ein Loch«, bemerkte er.

Ich sagte nichts. Mein Mund war trocken geworden. Ich suchte krampfhaft nach einer Lüge, die ich Lepski auftischen konnte, wenn Pete ihm erzählte, daß ich ihn angeheuert hatte, um Jones zu beobachten.

»Da wären wir«, sagte Lepski, als er an ein Tor kam, das auf einen kleinen Hof führte, der von hohen, schäbigen Häusern umgeben war. Abgetragene Wäsche hing vor den Gebäuden und war auch quer über den Hof gespannt. Übervolle Mülltonnen standen vor den Hauseingängen, und der Gestank von fauligem Fleisch, altem Bratfett, Urin und faulem Gemüse ließ mich durch den Mund atmen.

Ein paar dreckige Kinder stießen einen Ball herum. Als sie Lepski sahen, hörten sie auf zu spielen und verschwanden alle in einer anderen Gasse.

Auf der anderen Seite des Hofes entdeckte Lepski die Nummer 26. Ich hatte das Gefühl, wir würden beobachtet, konnte aber niemanden sehen, als ich mich umschaute.

Lepski blinzelte durch den Eingang von Nr. 26.

»Was für ein Loch!«

Ich blickte über seine Schulter in eine schwach erhellte Halle. Gegenüber sah ich die Treppe. Rechts führte ein Gang in völlige Dunkelheit hinein.

»Also, wo treibt der sich jetzt rum?« murmelte Lepski. Er ging vorwärts, zog eine Taschenlampe und ließ den Strahl den Gang entlang leuchten.

Am anderen Ende des Flures stand eine Tür einen Spaltbreit auf.

»Versuchen wir es mal mit der«, meinte Lepski, machte einen Schritt vorwärts, blieb dann wieder stehen. Er richtete den Strahl der Taschenlampe auf den Boden.

Ein roter Blutstreifen lief unter der Tür hervor.

Eine Pistole tauchte plötzlich in Lepskis Hand auf, er machte die Lampe aus.

»Deck mich«, murmelte er.

Ich ging runter auf die Knie, zog meine Waffe. Lepski erreichte die Tür, stieß sie weit auf, preßte sich dann flach an die Wand.

Nichts geschah. Die Pistole vor sich, spähte er um den Türrahmen herum ins Zimmer.

Jetzt, da die Tür aufstand, fiel mehr Licht in den Flur.

»Teufel auch!« schrie er und ging ins Zimmer. »Bleib, wo du bist.«

Ich trat vor, so daß ich in den Raum hineinsehen konnte.

Auf dem Boden lag ein Indianerjunge von etwa vierzehen Jahren. Er trug eine schmutzige weiße Hose und Sandalen. Sein T-Shirt war blutig, und Blut verklebte sein Gesicht. Ein Blick auf seine starren Augen sagte mir, daß er tot war.

»Sieh mal da«, sagte Lepski und richtete den Strahl seiner Taschenlampe in eine dunkle Ecke.

An die Wand gekauert hockte dort Pete Lewinski, eine leere Flasche Scotch in der Hand. Sein Gesicht war ein einziger Blutklumpen. Ich konnte das Loch sehen, das die Kugel über seiner dicken Nase hinterlassen hatte.

»Such ein Telefon und informiere die Zentrale«, fuhr Lepski mich an. »Ich bleibe hier.«

Als ich das Gebäude verließ und über den Hof rannte, wurde mir zu meiner Erleichterung klar, daß der arme alte Pete Lewinski Lepski nun nichts mehr verraten würde.

Es war kurz nach 22 Uhr, als ich die Tür zu meinem Apartment aufsperrte, das Licht einschaltete, die Tür schloß und verriegelte und dann zu einem Sessel hinüberging. Ich hatte mir unterwegs Rindfleisch-Sandwiches gekauft, hatte jetzt aber keine Lust zu essen. Ich mußte nachdenken.

Pete hatte mir erzählt, daß er ein paar Kinder hatte, die an Jones dranbleiben würden. Für mich war klar, daß der Indianerjunge mit der Kugel im Kopf eines dieser Kinder gewesen war. Möglich, daß Jones ihn entdeckt hatte, ihm zu Petes Wohnung gefolgt war und beide erschossen hatte. Diese Vorstellung behagte mir zwar nicht, aber ich mußte davon ausgehen. Auf jeden Fall zeigte es mir, daß Jones und Pofferi so gefährlich waren, wie Coldwell behauptet hatte.

Das große Fragezeichen in meinem Kopf stand für Nancy Hamel. Wie kam es, daß sie mit Pofferi zu tun hatte? Ich zweifelte nicht daran, daß sie ihm half.

Ich drückte meine Zigarette aus und steckte eine neue an. Eine halbe Stunde später rätselte ich immer noch herum, ohne weitergekommen zu sein, als es an der Wohnungstür klingelte.

Ich ging in den Flur hinaus, schob den Riegel zurück und öffnete die Tür.

Lu Coldwell trat ein, als ich beiseite ging.

»Hab' Licht gesehen«, erklärte er. »Diese Morde ... sagen die dir was?«

»Überhaupt nichts. Willst du was trinken?«

»Warum nicht?« Er spazierte in mein Wohnzimmer, setzte sich und streckte die langen Beine aus. »Da unten war ein so verdammter Aufruhr, daß ich es aufgegeben habe, irgend jemanden zu fragen, ob sie Pofferi gesehen hätten. Werde morgen ein paar von meinen Männern hinschicken, wenn sich der Wirbel gelegt hat.«

»Schätze, Pofferi ist fort, wenn er überhaupt jemals da war«, sagte ich und reichte ihm einen großzügigen Scotch.

»Ich hab' rumgehorcht, ehe die halbe Polizei der Stadt auftauchte. Niemand hat ihn gesehen. Vielleicht hab' ich bis morgen Nachricht aus Nassau.«

»Ich möchte wetten, daß er da ist.«

Coldwell trank die Hälfte von seinem Scotch, seufzte, trank dann den Rest.

»Was hältst du von dieser Schießerei, Bart? Hab's mir mal angesehn. Würde sagen, das waren Profis. Zwei Schüsse: zwei Tote. So mordet Pofferi. Frag' mich, ob es da eine Verbindung gibt. Was meinst du?«

»Würde eher sagen, jemand hatte was gegen Pete«, sagte ich. »Hat zu seiner Zeit 'ne ganze Reihe Dealer hinter Gitter gebracht. Könnte 'n Racheakt gewesen sein.«

»Und warum dann der Junge?«

Ich zuckte die Achseln.

»Vielleicht ein Zeuge?«

Er zupfte an seiner Nase und gähnte.

»Das ist Lepskis Problem. Mein Problem ist Pofferi.«

Ich brauche so dringend Informationen wie ein Junkie einen Schuß.

»Erzählst du mir von Pofferis Frau? Komm, ich hol' dir noch 'nen Drink.«

»Nein, danke. Ich muß noch was erledigen. Seine Frau? Nun ja, die interessiert mich auch. Hab' nach Washington telegrafiert wegen eines Fotos. Ich zeig's dir. So, wie du rumkommst, entdeckst du sie vielleicht irgendwo – und ihn womöglich auch.«

»Habt ihr 'ne Akte von ihr?«

»So gut wie nichts. Nannte sich Lucia Lambretti, bevor sie Pofferi geheiratet hat. Die italienischen Beamten haben ihren Namen überprüft; es ist ein Deckname. Tauchte vor etwa achtzehn Monaten aus dem Nichts auf und hat sich Pofferi angeschlossen. Die italienischen Bullen haben sie erwischt, als sie und Pofferi versuchten, eine Bank auszurauben. Er entkam. Sie wurde lange genug festgehalten, um Fingerabdrücke und ein Foto zu machen, dann entwischte sie. Jemand hat 'ne Pistole in ihre Zelle geschmuggelt, und weg war sie. Dabei hat sie zwei Wachen umgebracht.« Er warf einen Blick auf seine Uhr. »Ich pack's dann. Bis bald.« Und fort war er.

Mir blieb nichts weiter übrig, als ins Bett zu gehen. Es war inzwischen zu spät, um mich mit Bertha zu treffen. Ich aß die Sandwiches, dachte an Pete Lewinski und fragte mich, ob Josh Jones ihn erschossen hatte.

Ich mochte Pete, und ich war traurig, also genehmigte ich mir noch einen Drink und ging dann in mein Schlafzimmer. Das Bett sah einsam aus. Ich fragte mich, ob Bertha wohl herkommen und es mit mir teilen würde, entschied dann aber, daß es dazu zu spät sei. Trotzdem, es wäre einen Versuch wert. Ich ging ins Wohnzimmer zurück und griff nach dem Telefon, als es ganz kurz an der Wohnungstür läutete.

Es war kurz nach Mitternacht. Ich ging zur Tür, legte die

Kette vor und öffnete einen Spalt, ohne mich sehen zu lassen. In meinem Hochhaus waren im letzten Monat ein paar Einbrüche vorgekommen, und mein Nachbar lag noch immer im Krankenhaus.

»Wer ist da?« wolte ich wissen.

»Ich komme von Pete.« Der leichte Akzent verriet mir, daß es sich um einen Indianer handelte.

Ich drückte die Tür zu, löste die Kette und öffnete ganz.

Ein dünner Junge von ungefähr dreizehn Jahren, mit dichtem, schwarzem Haar und in schmutzige, weiße Sachen gehüllt, schlüpfte an mir vorbei in die Diele.

Ich schloß die Tür und deutete aufs Wohnzimmer. Er sah sich um. Sein Atem ging stoßweise und hastig, Schweiß stand auf seinem Gesicht.

»Wie heißt du, mein Kleiner?« fragte ich, ging zu einem Sessel und nahm Platz.

Er sah sich noch immer um, knabberte an seiner Unterlippe. Seine schwarzen Augen starrten mich nun an.

»Joey. Ich arbeite für Pete.«

»Hast du gehört, was Pete passiert ist?«

Er nickte, schluckte und ballte seine schmutzigen Hände zu Fäusten.

»Das war hart«, bemerkte ich. »Setz dich.«

Er zögerte, hockte sich dann auf die Stuhlkante mir gegenüber.

»Warum bist du hergekommen, Joey?«

»Tom und ich sind Brüder.«

»War Tom der . . .?«

Er schluckte wieder, nickte dann.

»Joey, das tut mir leid. Ehrlich.«

Sein Gesicht verspannte sich, er kniff die Augen zusammen.

»Das hilft auch nichts mehr«, sagte er heiser. »Daß es irgend jemandem leid tut.«

»Da hast du wohl recht. Warum bist du hierher gekommen, Joey?«

Er fuhr sich mit der Zungenspitze über die Lippen.

»Sie haben doch Pete zwanzig Steine dafür bezahlt, daß er Josh Jones beobachtet, richtig?«

Ich fühlte mich plötzlich nicht mehr recht wohl.

»Und?«

»Pete hat Tom und mich beauftragt, Jones zu beobachten. Pete sagte, Sie würden mehr bezahlen, wenn wir irgendwas Neues hätten. Pete war anständig. Er sagte, wir würden die zwanzig Dollar durch drei teilen.«

»Weißt du, wer geschossen hat?«

»Einer der drei. Ich weiß nicht, welcher.«

»Was weißt du dann?«

Er beugte sich vor, seine schwarzen Augen blitzten.

»Ich weiß, wo die beiden gerade jetzt stecken. Tom wollte es Pete erzählen. Dabei ist er umgebracht worden.«

Ich fing an zu schwitzen.

»Hast du das den Bullen erzählt, Joey?«

»Nach dem, was die mit meinem Dad gemacht haben, rede ich nicht mehr mit Bullen.« Seine schwarzen Augen blickten böse.

»Was ist denn mit deinem Dad passiert, Joey?«

»Die haben ihn für zehn Jahre eingebuchtet. Muß noch fünf Jahre absitzen.«

Ich entspannte mich langsam.

»So? Also, wo stecken die beiden jetzt, Joey?«

Er musterte mich eine Weile. »Was ist Ihnen das wert, Mr. Anderson?«

Ich zog meine Brieftasche heraus und überprüfte den Inhalt, ohne ihn Joey zu zeigen. Dann zückte ich eine Zehn-Dollar-Note und hielt sie hoch.

Er schüttelte den Kopf.

»Ich könnte genauso umgebracht werden wie Tom.«

»Nicht, wenn du vorsichtig bist, Joey.«

»Ich könnte umgebracht werden«, wiederholte er ruhig.

Zögernd legte ich noch zehn Dollar drauf.

»Das wär's, Joey. Ich bin knapp bei Kasse.«

Er zögerte. Dann streckte er die Hand aus und nahm die beiden Scheine.

»Sie sind in der Alameda Bar.«

Ich starrte ihn mit offenem Mund an.

»Das glaub' ich einfach nicht.«

»Heute morgen, um fünf Uhr, haben Jones und die beiden anderen Jones Wohnung verlassen und sind zur Alameda Bar gegangen«, berichtete Joey. »Sind durch den Hintereingang rein, und dann ist Jones in seine Wohnung zurück. Mein Bruder Jimbo ist jetzt da und beobachtet ihn.«

»Du hast noch 'nen Bruder, Joey?«

»Ja. Der arbeitete auch für Pete.«

»Paßt weiter auf. Ich gebe euch später mehr. Ich will wissen, wenn die was unternehmen. Und seid vorsichtig.«

Er stand auf, schob die beiden Scheine in seine Hüfttasche, nickte und ging zur Tür.

»Wart mal, Joey. Wo kann ich dich erreichen?«

»Lobster Court. Das ist gleich neben Crab Court. Nr. 2. Im obersten Stock. Meine Brüder und ich haben da ein Zimmer.«

»Was ist mit deiner Mutter?«

»Hat sich umgebracht, als sie Dad abgeholt haben«, antwortete Joey mit hölzernem Gesicht. »Jetzt sind nur noch Jimbo und ich übrig.«

»Sei vorsichtig, Joey«, sagte ich noch mal.

Ich brachte ihn zur Tür, ging dann zurück und ließ mich in den Sessel fallen.

Ich dachte nach. Pofferi und seine Frau hatten sich auf der Pirateninsel versteckt. Nancy hatte sie besucht und sie auf der Jacht zurück in den Hafen gebracht. Dann hatte Josh Jones sie in seine Wohnung geschafft und später in die Alameda Bar. Warum ausgerechnet dahin? Kam mir fast so vor, als hätte Jones, über Gloria Cort, mit Diaz ausgemacht, daß dieser die beiden versteckte. Das war auch ein viel sichereres Versteck als Jones' Zimmer. Er hatte sich an Gloria gewandt, weil sie als Hamels Ex-Frau ihn von der Jacht her kannte. So weit ergab das ja Sinn, aber warum sollte ein nettes Mädchen wie Nancy einem gefährlichen Terroristenpärchen helfen? Hatte sie sie in Rom kennengelernt? Das schien wahrscheinlich. Hatten sie sie irgendwie in der Hand?

Ungeduldig drückte ich meine Zigarette aus. Was sollte ich jetzt tun? Ich wußte, was ich hätte tun sollen. Ich hätte die Polizei anrufen und ihnen erzählen sollen, wo sich Pofferi und seine Frau versteckten, aber was kam dabei für mich heraus? Nichts als Ärger, soweit ich das beurteilen konnte. Lepski würde wissen wollen, wie ich herausgefunden hatte, daß sich die Pofferis im Alameda aufhielten. Selbst wenn ich mir eine überzeugende Lüge einfallen ließ, hatte ich doch nichts in der Hand. Niemand würde mir eine Belohnung geben.

Plötzlich schoß mir durch den Kopf, daß die Zeit reif war, um mit Nancy Hamel zu reden. Ob sie bereit sein würde, sich mein Schweigen zu erkaufen?

Ich verzog das Gesicht. Ich würde vorsichtig sein müssen. Wenn ich eines jetzt ganz und gar nicht gebrauchen konnte, dann war es eine Anklage wegen Erpressung.

Erpressung?

Ich hatte schon mit einer Reihe von Erpressern zu tun gehabt, seit ich für die Agentur arbeitete. Ich hatte dafür gesorgt, daß sie ins Gefängnis wanderten. Bis zu diesem Augenblick hatte ich Erpressung für die niedrigste Form von Verbrechen gehalten.

Aber handelte es sich hier um Erpressung? Ich wollte doch nur ein vertrauliches Gespräch mit Nancy Hamel führen. Ich wollte ihr erzählen, daß ich von ihrer Beziehung zu Pofferi wußte und auch, wo er und seine Frau sich versteckt hielten. Ich würde erklären, daß ein Detektiv im Leben nicht weit kam. Ich würde sie ernst anlächeln. Natürlich würde ich die ganze Sache vergessen, wenn wir zu einem finanziellen Arrangement kommen würden, und alle wären glücklich. Die Entscheidung lag selbstverständlich allein bei ihr.

War das Erpressung?

Ein geschäftliches Arrangement, ja. Erpressung, nein.

Ich bin ganz geschickt, wenn es darum geht, Leute an der Nase herumzuführen, aber ich bin einsame Klasse, wenn ich mich selbst an der Nase herumführe.

VIERTES KAPITEL

Am nächsten Morgen marschierte ich gegen 9 Uhr in Glendas Büro, als Glenda gerade die Post sortierte.

»Hi«, grüßte ich, stützte mich auf ihrem Schreibtisch ab und beugte mich über sie. »Wie geht's unserem fleißigen Bienchen an diesem schönen Tag?«

Sie hörte nicht auf zu lesen.

»Was willst du? Du solltest an der Arbeit sein.«

»Bin ich auch, Süße. Aber ich brauche diese anonymen Briefe. Hab' das Gefühl, das Papier könnte eine Spur sein. Harry hat mir 'nen Tip gegeben.«

»Bedien dich.« Sie deutete auf einen Aktenschrank und las weiter.

»Geschäftskram? Unmengen neuer Kunden?« fragte ich, als ich die beiden Briefe gefunden hatte. Da ich keine Antwort bekam, schob ich sie in meine Brieftasche und rauschte aus dem Büro.

Ich nahm den Lift zur Garage und fuhr mit dem Maserati zum Country Club hinüber. Ich parkte, machte es mir mit einer Ausgabe der *Newsweek* in einem Sessel bequem und schickte mich an zu warten.

Ich war schon früh aufgestanden und hatte zwei Berichte mit Durchschlag geschrieben. Jetzt wollte ich mich ganz im Vertrauen mit Nancy Hamel unterhalten. Während ich in der Halle saß, dachte ich über sie nach. Ich rief mir den Eindruck in Erinnerung, den sie auf mich gemacht hatte, sowohl auf dem Foto als auch in natura. Ich war so sicher, wie ich nur sein konnte, daß ich mit ihr keine Probleme haben würde, wenn ich sie richtig anpackte, und das beabsichtigte ich zu tun.

Gegen 10 Uhr 30 kam sie in die Halle, in Tenniskleidung, einen Schläger unter dem Arm. Sie ging zum Portier hinüber, einem ältlichen Schwarzen mit weißem, krausem Haar, der sie anstrahlte.

»Ist Mrs. Highbee schon gekommen, Johnson?« fragte sie. Ich war nahe genug, um sie zu hören.

»Sie ist auf dem Platz, Mrs. Hamel.«

Nancy lächelte, nickte und durchquerte die Halle in Richtung der Tennisplätze. Ich sah sie gehen. Ihr Hüftschwung war nett.

Nachdem ich ungefähr fünfzehn Minuten gewartet hatte, ging ich auf die Terrasse hinaus und sah sie mit Penny Highbee spielen. Ich sagte mir, daß die richtige Zeit für mein Gespräch mit ihr das Mittagessen sein würde. Also ging ich zum Pool hinüber, zog mich aus und schwamm eine Runde. Hier trieben sich eine Menge wichtige, fette, schlanke und puppenhafte Vögel herum.

Nach einer Stunde trocknete ich mich ab, zog mich um und schlenderte zu den Tennisplätzen zurück. Nancy und Penny spielten immer noch.

Ich fand einen Platz unter einem Sonnenschirm und setzte mich. Ein Kellner tauchte auf. Ich bestellte Whisky-Cola. Er brachte den Drink, ich unterschrieb, gab Trinkgeld, und er ging.

Eine Stimme erklang. »Mr. Anderson, nicht wahr?«

Ich schaute auf und entdeckte Mel Palmer, Hamels Agenten. In einem makellosen, weißen Tropenanzug stand er vor mir.

Ich grinste ihm breit und freundlich zu, aber unter der Oberfläche lächelte ich ganz und gar nicht. Er war der Letzte, den ich jetzt sehen wollte.

»Hi, Mr. Palmer.« Ich stand auf. »Wollen Sie was trinken?«

Er ließ sich schwer in einen Stuhl fallen, und schon tauchte ein Kellner neben ihm auf. Er bestellte einen Gin und lehnte sich dann zurück. Seine Sonnenbrille zielte in meine Richtung.

»Wie ich sehe, sind Sie bei der Arbeit.« Er schaute zu den Tennisplätzen hinüber, dann wieder zurück zu mir.

»Ziemlich langweiliger Job«, bemerkte ich.

Der Kellner stellte Palmers Drink auf den Tisch, und Palmer unterschrieb. Als der Kellner gegangen war, trank er einen Schluck, wischte sich mit einem seidenen Taschentuch die Lippen und lächelte mir zu.

»Langweiliger Job? Das ist natürlich eine gute Nachricht. Gibt es bisher irgend etwas zu berichten?«

»Kein Grund zur Sorge, Sir. Ich beobachte sie jetzt seit vier Tagen, und es gibt nichts zu erzählen.«

Sein Lächeln wurde noch breiter.

»Genau wie ich vermutet habe. Ich habe schon versucht, Mr. Hamel davon zu überzeugen, daß er sein Geld verschwendet, aber er ist sehr hartnäckig.«

»Wir haben auch Waldo Carmichael überprüft, Mr. Palmer. Er existiert nicht«, sagte ich.

Palmer nickte.

»Das überrascht mich auch nicht. Wir haben es natürlich mit einem kranken Hirn zu tun. Ich habe Mr. Hamel das wieder und wieder gesagt, aber er will sich einfach nicht überzeugen lassen. Es ist eine sehr beunruhigende Situation.«

Für dich vielleicht, Dicker, dachte ich. Du siehst schon, wie sich deine schöne Provision in Rauch auflöst.

»Ende der Woche werde ich einen ausführlichen Bericht bezüglich Mrs. Hamels Aktivitäten schreiben. Dieser Bericht wird zeigen, daß sie ein anständiges, ziemlich langweiliges Leben führt. Wenn mein Bericht Mr. Hamel nicht überzeugt, dann überzeugt ihn gar nichts.«

»Ausgezeichnet.« Palmer trank sein Glas leer und stand auf. »Ich muß weiter. Dann kann ich Ihren Bericht also Ende der Woche erwarten?«

»Darauf können Sie sich verlassen, Sir.« Ich erhob mich ebenfalls und schüttelte ihm die Hand. »Ich versichere Ihnen, es gibt keinen Grund zur Sorge.«

Ich sah zu, wie er sich über die Terrasse entfernte und

dann verschwand. Ich schaute wieder zu den Tennisplätzen hinüber. Nancy und Penny hatten ihr Spiel beendet und zogen ihre Pullis über. Ich wartete. Die beiden Frauen unterhielten sich und kamen auf mich zu.

»Trinken wir noch etwas, Penny?« fragte Nancy, als sie nur noch wenige Meter von mir entfernt waren.

»Keine Zeit, Honey. Ich bin ohnehin schon spät dran. Sehen wir uns morgen?«

»Ja.«

Penny eilte davon, und Nancy ging zu einem Tisch auf der anderen Seite und setzte sich. Ein Kellner trat zu ihr, nahm ihre Bestellung entgegen und marschierte zur Bar.

Dies schien mir der richtige Augenblick. Ich wartete, bis der Kellner einen Tom Collins vor sie auf den Tisch gestellt, Nancy unterschrieben hatte und der Kellner wieder gegangen war. Dann ging ich zu ihr hinüber und schenkte ihr mein respektvolles Lächeln.

»Mrs. Hamel. Mein Name ist Bart Anderson. Ich habe gerade mit Mel Palmer gesprochen, der, wie Sie wissen, der Agent Ihres Gatten ist.«

Sie lehnte sich in ihrem Sessel zurück und sah mich an. Die kühlen, dunklen Augen zeigten Interesse, gemischt mit Überraschung.

»Sie kennen Mr. Palmer?«

»Sicher.« Ich zeigte ihr mein zögerndes Lächeln. »Sie spielen sehr gut Tennis, Mrs. Hamel. Ich habe zugeschaut.«

»Spielen Sie auch?«

»Na ja, nicht so gut wie Sie. Ihre Rückhand ist wirklich toll.«

Die leichte Veränderung in ihrem Ausdruck verriet mir, daß sie das Interesse an mir verloren hatte. Ich war überzeugt, daß sie mich nicht auffordern würde, Platz zu nehmen, also setzte ich mich einfach. Ich glaube daran, daß man mit positivem Handeln ins Geschäft kommt.

Sie war verblüfft, als ich plötzlich neben ihr saß, erstarrte kurz, entspannte sich dann aber wieder, wenngleich ihr Blick kühl und ihr Gesichtsausdruck unfreundlich waren.

»Ich wollte mit Ihnen reden, Mrs. Hamel«, erklärte ich so sanft ich konnte. »Ich sitze in der Klemme.«

Sie sah mich an und erstarrte.

»Das tut mir leid, Mr . . . Mr. . . .«

»Bart Anderson.«

»Mr. Anderson, ich kenne Sie nicht, und es interessiert mich nicht, ob Sie in der Klemme stecken. Ich kann mir nicht vorstellen, warum Sie mit mir reden wollen. Ich habe keine Lust, mit Ihnen zu reden.«

Mein geduldiges Lächeln klebte auf meinen Gesicht. Vielleicht war es doch nicht so einfach mit ihr.

»Ein Punkt für Sie, Mrs. Hamel. Wenn mir nicht Ihre Interessen am Herzen liegen würden, dann würde ich jetzt meine Zelte abbrechen und davonschleichen, aber darf ich vorschlagen, daß Sie mich erst einmal anhören?«

»Wenn Sie nicht augenblicklich verschwinden, rufe ich einen Kellner!« Der harte Unterton in ihrer Stimme verriet mir, daß sie meinte, was sie sagte.

Also mußte ich sie härter anfassen. Ich zog meine Visitenkarte heraus und legte sie so auf den Tisch, daß sie sie lesen konnte.

»Ihr Mann hat mich beauftragt, Sie zu überwachen, Mrs. Hamel.«

Mann, der Schlag saß! Jegliche Farbe wich aus ihrem Gesicht, die Augen zogen sich förmlich in ihre Höhlen zurück und sie schrumpfte zusammen. Einen langen Moment blieb sie reglos, starrte auf die Karte. Dann durchlief sie ein Schauder.

Ich ließ ihr Zeit. Ich starrte sie nicht an. Ich betrachtete eine schwindelerregende Schönheit, die die Terrasse zum Pool überquerte. Das Kind war langbeinig, blond, mit tollen Brüsten: Genau die Sorte, mit der ich gern ins Bett steige, wenn meine Brieftasche prall gefüllt ist mit grünen Scheinchen. Ich sah zu, wie sie die Hüften schwenkte, und ich war nicht der Einzige. Auch die fetten, alten Kerle mit dem weißen Haar auf der Brust und den dicken Adern an den dürren Beinen beobachteten sie.

Als die Kleine meinen Blicken entschwunden war, wandte ich mich wieder Nancy zu.

Sie saß noch immer reglos und starrte auf meine Visitenkarte.

»Damit Sie die Lage besser verstehen«, sagte ich und sprach leise und freundlich, »sollten Sie vielleicht diese beiden Briefe lesen, die Ihr Mann bekommen hat. Sie sind der Grund dafür, daß er mich beauftragt hat, Sie zu beobachten.«

Erst jetzt schaute sie auf. Ihre Augen waren wie Löcher in einem weißen Laken.

Ich zog die beiden Briefe aus der Tasche, nahm sie aus den Umschlägen und legte sie auf den Tisch.

Sie hob sie hoch. Das bläuliche Papier raschelte in ihren zitternden Fingern. Ich steckte mir eine Zigarette an und wartete. Ich hatte alle Zeit der Welt. So etwas sollte niemals überstürzt werden. Ich beobachtete sie nicht, sondern lenkte meine Blicke auf ein ältliches Paar, das ungefähr vier Tische weiter Platz nahm. Die Frau, eine gefärbte Blondine, näherte sich den sechzig. Sie hatte ihr Fett in einen Bikini gezwängt. Die Haare des Mannes waren schwarz gefärbt. Er hatte einen Busen wie eine Frau, und auf seine Körperbehaarung hätte ein Schimpanse neidisch sein können.

Mensch! dachte ich. Diese Alten! Die klammern sich mit grimmiger Entschlossenheit fest. Der Friedhof liegt um die Ecke, aber sie bleiben im Ring und boxen mit verminderter Kraft weiter.

Nancy legte die Briefe auf den Tisch zurück.

»Diese Briefe hat mein Mann geschrieben«, erklärte sie. »Waldo Carmichael, das ist die Hauptperson in dem Roman, den er gerade schreibt.«

Mit offenem Mund starrte ich sie an. Eine Weile saß ich genauso ruhig da wie sie. Dann riß ich mich zusammen.

»Mrs. Hamel . . . das muß ein Irrtum sein.«

»Das ist kein Irrtum. Mein Mann verwendet dieses Papier. Ich erkenne auch den Schrifttyp. Er hat diese Briefe geschrieben.«

»Aber warum?«

Sie sah mich offen an.

»Er brauchte eine Ausrede, um einen Detektiv anzuheuern.« Ich wurde langsam wieder ruhiger. *Er brauchte eine Ausrede, um einen Detektiv anzuheuern.* Mein Verstand raste. Möglich, aber warum wollte er seine Frau beobachten lassen?

Ich nahm die Briefe an mich, faltete sie und schob sie in meine Tasche zurück. Noch immer rasten meine Gedanken. Ich spürte, daß sie mich beobachtete und sorgte dafür, daß mein Gesicht ausdruckslos blieb.

»Es gibt Komplikationen, Mrs. Hamel«, erklärte ich schließlich. »Wie gesagt, ich stecke in der Klemme. Ich habe Sie in den letzten vier Tagen beobachtet. Man erwartet von mir, daß ich Ende der Woche einen Bericht abgebe, in dem jeder Schritt von Ihnen aufgeführt ist.« Noch immer äußerst angespannt, sah sie mich an.

»Was für Komplikationen?« fragte sie heiser. »Geben Sie Ihren Bericht ab. Er kann nichts beinhalten, was meinen Mann verärgern würde.« Sie machte eine Bewegung, als wolle sie aufstehen.

»Gehen Sie nicht, Mrs. Hamel. Vor zwei Tagen folgte ich Ihnen zu der Pirateninsel.«

Sie schloß die Augen, ballte die Hände zu Fäusten.

»Verstehen Sie, Mrs. Hamel, ich stecke in der Klemme«, fuhr ich fort und beobachtete sie dabei. »Auf der Insel bin ich auf Aldo Pofferi gestoßen, einen gesuchten Mörder. Sie und Ihr Matrose Jones haben Pofferi und seine Frau von der Insel gebracht. Ich weiß sogar, wo sie sich verstecken. Wenn ich den Bericht abgebe, in dem das alles steht, glauben Sie nicht, daß das Ihren Mann aufregen würde?«

Sie saß reglos, starrte auf ihre geballten Fäuste. So blieb sie ein paar Minuten, während ich abwartete. Ich konnte es mir leisten, ihr eine Menge Zeit zum Nachdenken zu geben, also tat ich es. Ich wußte, sie zappelte am Haken. Das war jetzt nicht der Moment, um Druck auszuüben. Ich wollte, daß sie den richtigen Entschluß faßte, ohne von mir gedrängt zu werden.

Schließlich sagte sie: »Werden Sie diesen Bericht abgeben?«

»Genau darum geht es eben, Mrs. Hamel. Deshalb sitze ich ja in der Klemme. Sehen Sie die Sache doch mal von meinem Standpunkt aus.« Ich machte eine Pause, um ihr mein freundlich-verständnisvolles Lächeln zu schenken. »Mr. Hamel heuert mich, oder besser gesagt, die Agentur an, für die ich arbeite. Das kostet ihn eine Stange Geld. Ich bin bloß einer von zwanzig Detektiven, die von der Agentur bezahlt werden, noch dazu schlecht bezahlt. Auch wenn die Agentur Mr. Hamel als ihren Kunden ansieht, so heißt das noch nicht, daß ich ihn auch als meinen Kunden betrachten muß. Ehrlich gesagt, Mrs. Hamel, ich mag keine Männer, die ihren Ehefrauen mißtrauen. Leider muß ich tun, was mir meine Agentur aufträgt, denn schließlich muß ich meinen Lebensunterhalt verdienen.« Ich machte eine Pause, sah sie jetzt mit besorgt-traurigem Gesicht an. »Vielleicht verstehen Sie jetzt mein Problem.«

Sie wandte sich von mir ab.

»Ich denke schon. Fahren Sie fort.«

»Nun, das wär's eigentlich, Mrs. Hamel. Ich habe zwei Berichte. Einen von beiden könnte ich Mr. Hamel geben. Ersterer wird ihn davon überzeugen, daß er etwas angefangen hat, an das er niemals auch nur hätte denken sollen.«

Ich zog die beiden Berichte aus meiner Tasche und reichte ihr den ersten, aus dem hervorging, daß ich sie vier Tage lang beschattet und herausgefunden hatte, daß sie ein anständiges Leben führte. Sie las ihn.

»Und der andere?«

Ich gab ihn ihr. Er war detailliert und umfaßte alles: die Pirateninsel, Aldo Pofferi und wer er war, Josh Jones, die Alameda Bar.

Diesmal sah ich sie an. Während sie las, wurde ihr Gesicht immer weißer, ihre Hände zitterten, als sie den Bericht auf den Tisch zurücklegte.

»Was soll ich also tun, Mrs. Hamel?« fragte ich. »Sie müssen verstehen, daß ich Mr. Hamel eigentlich diesen zweiten Bericht geben müßte. Wenn ich das nicht tue, könnte ich meinen Job verlieren, und das kann ich mir, offen gesagt, nicht leisten. Ich würde Ihnen aber auch gerne helfen. Wie gesagt, ich mag keine Ehemänner, die ihren Frauen mißtrauen. Und da haben wir sie ... meine Klemme.«

Sie saß still, starrte wieder auf ihre Hände. Ich wartete, aber als sie nichts sagte, beschloß ich, ihr zu helfen.

»Wenn Sie mich natürlich einstellen würden, um Ihre Interessen zu wahren, Mrs. Hamel, dann wäre mir aus der Klemme geholfen. Ich würde nicht mehr für Mr. Hamel arbeiten. Ich würde für Sie arbeiten. Dann könnte ich problemlos den ersten Bericht schicken ... wenn ich für Sie arbeiten würde.«

Sie bewegte sich, blickte von ihren Händen auf, sah mich aber nicht an.

»Verstehe. Würden Sie für mich arbeiten?«

Fast am Ziel, sagte ich mir. Wie bei jedem Verkauf ging es jetzt noch darum, den Preis zu bestimmen. Wir waren noch nicht fertig, aber wir näherten uns diesem Punkt.

»Das würde ich gern tun, Mrs. Hamel.« Ich war selbst überrascht, wie ernst ich klang.

»Was würden Ihre Dienste beinhalten?« Sie sah mich jetzt fest an. Der kalte, verächtliche Ausdruck ihrer Augen fügte meinem Ego ein paar Beulen zu.

»Nun, natürlich würde Mr. Hamel den neutralen und nicht den belastenden Bericht erhalten«, erklärte ich. »Danach würde ich, sollte Mr. Hamel noch nicht zufrieden sein, weitere neutrale Berichte abgeben, bis er beruhigt ist.«

Sie wartete. Ich wartete. Ich mußte mein Lächeln zurechtrücken.

»Das wär's, Mrs. Hamel«, sagte ich abschließend, denn das Schweigen und die Art, wie sie mich anstarrte, fingen an mir auf die Nerven zu gehen.

»Natürlich erwarten Sie, daß ich Sie für die Arbeit bezahle, die Sie für mich leisten«, meinte sie.

Schön, da wären wir also: die Bezahlung.

»Es handelt sich ausschließlich um ein geschäftliches Abkommen, Mrs. Hamel. Ja, ich würde erwarten, bezahlt zu werden. Ich muß leben. Wenn es jemals herauskäme, daß ich einen falschen Bericht abgegeben habe, dann würde ich eine Menge Ärger bekommen.« Ich schaltete das Lächeln ein. »Ich habe eine Lizenz. Das ist, offen gesagt, schon fast alles, was ich besitze. Wenn ich für Sie arbeite, Mrs. Hamel, dann setzte ich meine Lizenz aufs Spiel. Und wenn ich sie verliere, sitze ich auf dem Trockenen. Anders ausgedrückt: Keine andere Detektei würde mich beschäftigten. Also ... ich würde ein beachtliches Risiko eingehen, wenn ich für Sie arbeiten würde.«

»Was muß ich bezahlen?« Ihre Stimme war leise, sie kniff die Augen zusammen. »Mein Mann ist zwar reich, aber mir persönlich steht nur sehr wenig Geld zur Verfügung.«

Ich deckte mein Lächeln wieder zu und schenkte ihr statt dessen mein Polizistenstarren.

»Mrs. Hamel, indem Sie sich mit italienischen Terroristen eingelassen haben, die wegen mindestens fünf Morden gesucht werden, haben Sie sich selbst erpreßbar gemacht. Sie hätten über die Konsequenzen nachdenken sollen, ehe Sie ihnen Unterschlupf gewährten. Warum Sie das getan haben, geht mich nichts an. Sie können verhaftet und der Beihilfe zum Mord bezichtigt werden. Wenn ich Ihnen helfe, kann man auch mich als Mittäter anklagen. Ich biete Ihnen meine Hilfe an. Der Preis hierfür beträgt einhunderttausend Dollar.«

Sie fuhr zurück, als hätte ich sie geschlagen.

»Einhunderttausend Dollar!« Ihre Stimme bebte. »Eine solche Summe könnte ich niemals aufbringen!«

»Das sind meine Bedingungen, Mrs. Hamel. Es ist an Ihnen, das Geld aufzutreiben.« Noch immer starrte ich sie in bester Bullenmanier an. »Eine Frau, die mit einem so reichen Mann wie Russ Hamel verheiratet ist, sollte in der Lage sein, einhunderttausend Dollar aufzutreiben. Erzählen Sie mir bloß nicht, Ihr Mann hätte Ihnen keine teuren Geschenke gemacht. Sehen Sie sich um, verpfänden Sie etwas. Sie haben Zeit bis zum Ende der Woche. Samstag vormittag gebe ich meinen Bericht an Mr. Palmer. Es liegt an Ihnen, welcher Bericht es sein wird. Kommen Sie Freitag um dieselbe Zeit hierher, mit dem Geld. Wenn Sie nicht kommen, wird Mr. Palmer Samstag früh den zweiten Bericht erhalten.« Ich stand auf, blieb noch stehen. »Oh, noch etwas, Mrs. Hamel. Laufen Sie nicht damit zu Pofferi. Er ist ein Killer. Ich habe keine Angst vor ihm, aber ich mache diesen Job schon lange genug, um Vorsichtsmaßnahmen zu ergreifen. Eine Kopie des zweiten Berichts liegt bei meinem Anwalt. Wenn mir irgend etwas zustößt, geht er damit zur Polizei. Ich versichere Ihnen, einhunderttausend Dollar sind keine zehn Jahre Gefängnis wert.«

Ich vertrieb mein Polizistenstarren und grinste sie strahlend an. Sie saß reglos, starrte mich an wie eine Wachsfigur.

Als ich sie verließ, war ich ganz sicher, daß sie das Geld auftreiben würde.

Einhunderttausend Dollar!

Mann!

Am Hafen war Betrieb. Fischerboote, beladen mit Krabben, Hummer und verschiedenem Fisch, kehrten in den Hafen zurück. Touristen standen herum, gafften, knipsten mit ihren Kameras. Al Barney bequatschte einen ältlichen Schaulustigen und hoffte auf ein Freibier.

Ich bahnte mir vorsichtig meinen Weg durch die Menge

in Richtung Crab Court. Als ich mich von der Küste entfernte und in eine dunkle Gasse einbog, stieß ich mit Detective Tom Lepski zusammen.

»Hi, Bart!«

Ich legte die Bremse ein und lächelte ihm zu.

»Hi, Tom! Wie sieht's aus?«

Er blies die Backen auf.

»Sind noch am Buddeln. Frag' mich die ganze Zeit, wer Grund gehabt haben könnte, Pete und einen vierzehnjährigen Jungen umzulegen.«

»War bestimmt so, wie ich schon zu Lu gesagt hab'. Mord aus Rache, und der Junge hat einfach Pech gehabt.«

»Könnte sein. Was treibt dich hierher?«

»Nachforschungen.« Ich schickte mich an, um ihn herumzugehen. »Bis dann, Tom.«

Lepskis Hand sank auf meinen Arm.

»Coldwell scheint überzeugt zu sein, daß Pofferi nicht hier ist, aber ich glaube immer noch, daß er der Schütze war. Also halt die Augen offen.«

Ich riß meinen Arm los.

»Wenn ich ihn sehe, bis du der Erste, der es erfährt«, versprach ich und ging weiter die Gasse hinunter. Ehe ich durch den Torbogen in den Crab Court einbog, sah ich mich um. Von Lepski war nichts zu sehen, also ging ich weiter durch einen anderen Torbogen in einen Innenhof, der nach Verfall stank. Kinder traten einen Ball herum. Sie hörten auf, als sie mich sahen, und Mißtrauen stand in ihren dunklen Augen. Ich ging weiter, in einen weiteren Hof. Kaum war ich fort, nahmen sie ihr Spiel wieder auf.

Auf einem verwitterten Schild konnte ich lesen: *Lobster Court*. Auf der anderen Seite des eckigen Hofes fand ich die Nummer 2. Ich stieg knarrende Stufen empor. Das Haus stank. Die Treppengeländer waren kurz vor dem Auseinanderfallen. Jede Stufe drohte unter meinem Gewicht nachzugeben. Ich stieg weiter. Geräusche drangen an mein Ohr: ein voll aufgedrehter Fernseher, eine keifende Frau, ein heulendes Kind, ein bellender Hund. Schließlich kam ich oben an. Durch das Dach wurde die oberste Etage zu einem engen Speicher. Vor mir befand sich eine Tür. Die Hitze hier oben war groß genug, um ein Ei zu braten. Schweiß lief mir übers Gesicht. Ich klopfte an die Tür und wartete, hatte Probleme mit dem Atmen. Es kam zu einer Verzögerung, also klopfte ich erneut. Die Tür öffnete sich.

Joey starrte mich an. Sein kleines, dunkles Gesicht erhellte sich.

»Hi, Joey!« grüßte ich. »Mensch! Ist das heiß hier oben!«

Er trat beiseite, und ich gelangte in einen kleinen Raum mit Dachfenster; drei Betten, ein Tisch, drei Stühle und ein altersschwaches Radio. Obwohl die Dachluke weit offenstand, war es in dem Zimmer heiß wie in einem Backofen.

»Hast du was Neues für mich, Joey?« fragte ich und stellte mich unter das offene Fenster.

»Jimbo beobachtet sie, Mr. Anderson. Sie sind noch immer da.«

»Bist du sicher?«

Er nickte.

»Sie sind noch da.«

»Sie könnten umziehen.« Ich zog meine fast leere Brieftasche und gab ihm nochmals zehn Dollar. »Paß gut auf, Joey. Wenn sie woanders hingehen, will ich wissen, wohin.«

Er nickte, als er den Schein nahm.

»Okay, Mr. Anderson. Ich werd' gleich hinüberlaufen und es Jimbo sagen.«

»Sei vorsichtig, Joey.«

Sein Lächeln verging, statt dessen trat ein grimmiger Ausdruck in seine Augen.

»Ja, Mr. Anderson. Die haben Tommy umgebracht, aber Jimbo oder mich werden sie nicht erwischen.«

»Trotzdem, Joey, seid vorsichtig.«

Ich verließ ihn und ging an der Küste entlang zu meinem Maser. Ich stieg ein und fuhr über die Ocean Promenade. Es war Zeit fürs Mittagessen. Ich hielt an einem Fischrestaurant, in dem ich hin und wieder aß.

Der vietnamesische Besitzer begrüßte mich und führte mich an einen Ecktisch. Ein paar Touristen aßen bereits, aber es war noch früh. Richtig voll würde es erst später werden. Ich bestellte die Tagesspezialität, zündete mir eine Zigarette an und dachte über die Arbeit dieses Morgens nach.

Schön, Bart, Baby, dachte ich, diesmal hast du deine Karten gut ausgespielt!

Einhunderttausend Dollar!

Ich fing an mir auszumalen, was ich tun würde, wenn Nancy Hamel bezahlt hatte. Ich war ganz sicher, daß sie das Geld irgendwie auftreiben würde.

Hatte sie es mir erst einmal übergeben, würde ich dem Colonel negativ berichten. Er würde den Bericht an Palmer weiterleiten, der ihn Hamel geben würde, der daraufhin die Überwachung aufheben lassen würde – oder er war ein Psychopath. Der Colonel würde seine Rechnung stellen, und ich konnte endlich meinen längst überfälligen Urlaub antreten. Mit einhunderttausend Dollar in der Tasche würde ich ins Blaue entschweben und Paradise City hätte mich zum letzten Mal gesehen. Mit all dem grünen Zeug konnte ich gehen, wohin ich wollte. Ich hatte schon immer eine Jacht chartern und im großen Stil die Bahamas und andere Inseln umfahren wollen. Ich beschloß, Bertha zur Gesellschaft mitzunehmen.

Ich aß die Spezialität, während ich weiterträumte. Mensch! Was würde ich für Spaß haben!

Dann schlich sich ein unerfreulicher Gedanke ein. Angenommen, Nancy würde das Geld nicht bringen? Angenommen, sie war dumm genug oder schlau genug und forderte mich auf, mich zu verpissen?

Was dann?

Ich schob meinen Teller beiseite und steckte eine Zigarette an. Das war ein entschieden unangenehmer Gedanke, aber ich habe schon immer daran geglaubt, die beiden Seiten einer Medaille ansehen zu müssen. Also, angenommen, Nancy brachte kein Geld?

Als ich über diesen deprimierenden Gedanken nachdachte, dämmerte mir, daß ich nicht in der Lage war, Druck auf sie auszuüben. Ich saß genauso in der Falle wie sie. Sie versteckte zwei gesuchte Mörder, genau wie ich, wenn ich den Mund hielt! Wenn sie entweder das Geld nicht auftreiben konnte oder aber beschloß, es darauf ankommen zu lassen, dann konnte ich nicht mit den Bullen drohen. Sie würde ihnen erzählen, daß ich versucht hatte, sie um einhunderttausend Dollar zu erpressen. Die Bullen waren immer auf der Suche nach erpresserischen Detektiven. Ganz gleich, wie schnell ich auch reden würde, die würden mich einbuchten und mir ihre Behandlung zuteil werden lassen. Die erste Frage würde sein, warum ich ihn nicht sofort verpfiffen hatte, als ich wußte, wo Pofferi sich versteckte. Ich wußte, dafür gab es keine Entschuldigung.

Ich fing an zu schwitzen.

Mensch, dachte ich, das sieht langsam hart aus. Dann zwang ich mich, mich zu entspannen. Nimm's leicht, Baby, sagte ich mir. Das ist noch nicht zu Ende. Du kannst kaum erwarten, einhunderttausend Dollar zu kriegen, ohne wenigstens ein bißchen dafür zu schwitzen. Also, sei optimistisch. Ich wette 60 zu 40, daß die gar nicht erkennt, daß ich genauso in der Klemme stecke wie sie. Sie könnte das Geld bringen, aber wenn sie es nicht tat, wenn sie es darauf ankommen ließ, nun ja, das wär's dann eben gewesen. Ich würde dem Colonel den neutralen Bericht geben, und Berthas Gerede davon, die reichen Kerle anzupumpen, wäre eben auch nichts weiter als ein Traum.

Die Charter-Jacht, dazu Bertha, knallende Champagner-Korken, während wir in der Sonne segelten, all das verschwamm allmählich. Trotzdem, vielleicht hatte ich Glück. Vielleicht wartete Nancy am Freitag auf mich, um mir das Geld zu geben.

Ich wandte meine Gedanken Russ Hamel und den Briefen zu. Das war ein Rätsel, das an mir nagte.

Ich erinnerte mich an das, was Nancy gesagt hatte: *Mein Mann hat diese Briefe geschrieben. Waldo Carmichael, so heißt die Hauptperson in dem Roman, den er gerade schreibt.*

Sie hatte das mit einer solchen Überzeugung gesagt, daß ich ihr glaubte. Aber warum sollte ein reicher, berühmter Autor Schmähbriefe an sich selbst schreiben?

Nancy erklärte das damit, daß er eine Entschuldigung brauchte, um einen Privatdetektiv anzuheuern.

Ich dachte darüber nach. Vielleicht war das die Lösung. Ich hatte keine Ahnung, wie ein Schriftsteller einen Plot entwarf, aber es erschien mir gut möglich, daß diese Briefe Teil des Plots zu einem neuen Buch waren, und er testete die Reaktionen. In seiner Position als berühmter Autor würde er sich nicht direkt an eine Detektei wenden wollen, aber indem er diese Briefe schrieb, konnte er seinen Agenten Mel Palmer dazu bringen, es zu tun. Das schien mir eine blöde

Methode zu sein, authentisches Material zu bekommen, aber Hamel war reich genug, um aus einer Laune heraus zu handeln, und das könnte die Briefe erklären.

Er brauchte authentisches Material darüber, wie eine Detektei eine Ehefrau beschattete. Also hatte er seine Frau als Köder genommen, *weil er glaubte, daß sie ein harmloses Leben führte*. Unwissentlich hatte er dabei in ein Wespennest gestochen.

Zum ersten Mal, seit ich für die Parnell Agency tätig war, hatte ich nichts zu tun.

Es hatte keinen Sinn, zum Country Club zu gehen, um Nancy zu überprüfen. Was immer sie jetzt tat, ging mich nichts an. Vor mir lag der Nachmittag. Später würde ich mich im Büro melden und erklären, daß ich immer noch auf ihren Fersen war, ohne etwas zu berichten zu haben.

Ich wollte gerade anfangen, Pläne zu machen, wie ich den Nachmittag verbringen konnte, als mir einfiel, daß über die ganze Stadt verteilt neunzehn von Parnells Detektiven versuchten, sich ihren Lebensunterhalt zu verdienen. Keiner von denen durfte mich dabei erwischen, wie ich mich ausruhte. Nachdem Chick und ich die besten Detektive von Parnell waren, waren wir bei den anderen nicht übermäßig beliebt. Es bestand immer die Möglichkeit, daß mich der eine oder andere anschmieren könnte.

Also fuhr ich zögernd zum Country Club und schaute mich um. Von Nancy war nichts zu sehen. Trotzdem war es gut, daß ich mir zumindest die Mühe gemacht hatte, so zu tun, als würde ich arbeiten, denn auf der Terrasse hockte Larry Fraser, eine von Parnells schwächsten Spürnasen, der mich ungefähr so schätzte wie Sie ein Loch im Kopf.

Er starrte mich ausdruckslos an, so als würde er mich

nicht kennen, blickte dann in eine andere Richtung. Ich faßte das als Zeichen dafür auf, daß er nicht mit mir reden wollte, also ging ich zum Swimmingpool hinüber. Wahrscheinlich mußte er auch irgendeine Ehefrau beschatten.

Sobald ich ihn aus den Augen verloren hatte, ging ich am Pool vorbei, vergewisserte mich, daß Nancy nicht in der Nähe war und ging hinten herum zu meinem Wagen zurück. Wenigstens konnte Larry, wenn er gefragt wurde, bestätigen, daß ich gearbeitet hatte.

Ich fuhr zum Hafen hinunter. Ich parkte den Wagen und spazierte zu der Stelle, wo Hamels Jacht vor Anker lag, aber sie war nirgends zu sehen.

Al Barney hockte auf seinem Poller. Also ging ich zu ihm hinüber.

»Zu früh für ein Bier, Al?«

Er schenkte mir ein Haifischlächeln.

»Wann ist es dafür schon zu früh, Mr. Anderson?«

Zusammen gingen wir zur Neptun Bar hinüber, und Sam brachte zwei Bier.

»Ist Mrs. Hamel in ihrem Boot davongefahren, Al?« erkundigte ich mich, nachdem wir es uns bequem gemacht hatten.

Er nahm einen langen, tiefen Schluck, knallte das Glas auf den Tisch und sah zu Sam hinüber, der herbeihastete und es neu füllte.

»Ist vor einer Stunde ausgelaufen«, berichtete Barney.

»Mit Jones?«

Er nickte.

»Sonst niemand?«

Er schüttelte den Kopf, trank und stellte das Glas sanft ab.

»Nun zu Pete«, sagte ich. »Lepski hat nichts aus dir rausgekriegt, oder?«

Barney runzelte die Stirn.

»Das ist vielleicht ein blöder, ehrgeiziger Bulle«, schimpfte er. »Hat nicht mal mit mir darüber gesprochen!«

»Hast du 'ne Ahnung, was mit Pete passiert ist?«

»Na ja, Mr. Anderson, ich hätte da schon ein paar Vorschläge. Ich hab' Pete gemocht, wissen Sie. Klar, der hat zu viel getrunken.« Barney unterbrach sich, um mich tugendhaft anzusehen. »Das Problem bei ihm war, daß er seine Nase immer in anderer Leute Angelegenheiten stecken mußte. Und dann hat er darüber geredet.«

»Wessen Angelegenheiten, Al?«

Barneys gerötetes, aufgeschwemmtes Gesicht wurde ausdruckslos.

»Es gibt hier nicht viel, Mr. Anderson, worüber ich nicht informiert bin. Aber ich weiß, wann ich den Mund aufreißen darf und wann ich ihn besser halte.« Er trank sein Bier aus. Ich machte Sam ein Zeichen, der es noch einmal auffüllte.

Barney lächelte, nickte mir zum Dank zu und meinte dann mit gesenkter Stimme: »Ganz unter uns, Mr. Anderson, Pete hat sich zu sehr für Alphonso Diaz interessiert. Und das kann ich Ihnen sagen: Diaz ist ein verdammt harter Bursche.«

»Was für ein Interesse hatte er an dem, Al?«

Wieder wurde Barneys Gesicht ausdruckslos.

»Woher soll ich das wissen.«

Ich hatte diese Nummer mit Barney schon ein paar Mal abgezogen. Bier sorgte für Informationen, aber etwas zu essen öffnete Tür und Tor.

»Du siehst hungrig aus, Al. Wie wär's mit 'nem Hamburger?«

Barney strahlte.

»Yeah. Ein Hamburger wäre jetzt toll.« Er machte Sam ein Zeichen.

Es folgte eine kurze Verzögerung. Dann kam Sam mit einem Berg Hamburger zu uns. Sie waren fettig, speckig und mit rohen Zwiebelringen bedeckt. Er stellte den Teller vor Barney auf den Tisch und gab ihm ein Messer.

Ich wartete, bis sich Barney durch den ersten Hamburger gefuttert hatte. Dann versuchte ich es wieder.

»Ich bin an Diaz interessiert«, erklärte ich. »Ich werde mich für jeden kleinen Hinweis erkenntlich zeigen, Al.«

»Halten Sie sich von dem fern, Mr. Anderson. Sie sind ein guter Freund. Ich würde es gar nicht gern sehen, wenn Ihnen etwas zustößt. Also, halten Sie sich fern«, antwortete Barney mit vollem Mund.

»Warum?«

»Das wär's, Mr. Anderson. Halten Sie sich einfach von ihm fern.« Sein Ton verriet mir, daß ich keine weiteren Informationen aus ihm herausholen würde.

Ich versuchte es auf andere Weise.

»Josh Jones«, sagte ich. »Erzähl mir was von dem, Al.«

»Da sollten Sie auch lieber auf Abstand gehen, Mr. Anderson. Das ist kein guter Nigger.«

»Wie wär's mit ein paar von den Chili-Würstchen, die du so gern magst, Al?«

Er beäugte mich.

»Sie kennen meine Schwächen, Mr. Anderson.« Er winkte Sam, der ihm einen Teller mit kleinen, in Chili-Sauce gekochten Würstchen brachte. Ein einziges Mal war ich so verrückt gewesen, eine davon zu probieren: Sie hatte mir praktisch die Schädeldecke fortgeblasen.

Lächelnd schickte sich Barney an, diese tödlichen Teile in seinen Mund zu schieben. Als er fünf davon gegessen hatte, fingen seine Augen an zu tränen und er machte eine Pause, um einen langen Zug Bier zu nehmen.

»Immer noch an Jones interessiert, Mr. Anderson?« fragte er und hieb sich mit der geballten Faust auf die Brust.

»Ja.«

Er nickte.

»Dann will ich Ihnen was erzählen.« Er senkte die Stimme. »Er und die erste Mrs. Hamel, Gloria Cort, hatten was miteinander. Das war, ehe sie sich mit Diaz eingelassen hat. Nach allem, was ich weiß, sind sie und Jones noch immer enge Freunde.«

»Soll das heißen, während sie mit Hamel verheiratet war, haben sie und Jones . . .«

»So was kommt vor.«

»Ja.« Ich sah zu, wie er die Würstchen erneut in Angriff nahm, und fragte: »Glaubst du, daß die zweite Mrs. Hamel von Jones auch so fasziniert ist?«

Barney runzelte die Stirn.

»Nein, Sir. Nicht diese Dame . . . die ist nett. Die ist nicht so. Das hätte ich gehört. Bin immer auf der Hut.«

Ich warf einen Blick auf meine Armbanduhr. Es ging auf 18 Uhr zu.

»Dann will ich mal weiter, Al. Bis dann.«

»Sicher, Mr. Anderson, und danke für das Essen.« Er legte eine dicke, dreckige Hand auf meinen Ärmel. »Vergessen Sie nicht, was ich Ihnen gesagt habe: Halten Sie sich von Diaz und Jones fern.«

Ich ging zum Hafen hinunter. Ich konnte die Hamel-Jacht einlaufen sehen. Nancy war unter Deck. Jones steuerte die Jacht. Ich tauchte in der Menge unter und ging mit langen Schritten zum Maserati zurück. Ich wollte nicht, daß Nancy mich entdeckte.

Als ich ins Büro kam, steckte ich den Kopf durch Glendas Tür.

»Der Colonel will dich sprechen«, erklärte sie knapp. »Geh gleich rein.«

»Gibt's Ärger, Baby?« fragte ich.

»Frag dein Gewissen. Nun geh schon.«

Ich klopfte an Parnells Tür und trat ein.

Parnell saß am Schreibtisch und blätterte in einem Ordner.

»Was gibt's Neues im Fall Hamel?« wollte er wissen.

»Nichts, Sir. Totale Niete. Ich habe heute morgen mit Mr. Palmer gesprochen und ihm erzählt, daß ich nichts zu berichten hätte. Jetzt wünscht er einen ausführlichen Bericht über meine Arbeit und will dann Hamel überreden, die Untersuchung fallenzulassen.«

»Sind Sie ganz sicher, daß sich Mrs. Hamel nicht schlecht benommen und daß sie sich nicht mit anderen Männern getroffen hat?« hakte Parnell nach, und seine stahlblauen Augen durchbohrten mich.

»Soweit ich sagen kann, Sir, hat sie sich anständig betragen und sich nicht mit anderen Männern getroffen. Ich konnte ihr nicht folgen, als sie heute nachmittag auf der Jacht fortgefahren ist, aber als ich es mit dem Hubschrauber tat, hat sie nur gefischt. Ich bin überzeugt, daß Hamel Briefe von einem Irren erhält, der ihn bei der Arbeit stören will, und daß nichts weiter dahinter steckt.«

Parnell nickte.

»Geben Sie mir Ihren Bericht. Ich schicke ihn dann Palmer zu. Glenda hat mir erzählt, daß Ihr Urlaub fällig sei.«

»Ja, Sir.«

»Okay. Dann treten Sie ihn morgen an. Viel Spaß.«

»Danke, Sir.«

Ich kehrte in mein Büro zurück, kopierte den ersten Bericht, den ich Nancy gezeigt hatte, nahm den zweiten, belastenden Bericht aus meiner Tasche und riß ihn in kleine Stücke.

Ich ging in Glendas Büro und übergab ihr den Bericht.

»Ich trete meinen Urlaub jetzt gleich an, Baby«, sagte ich. »Wenn du mir viel Spaß wünschst, breche ich in Tränen aus.«

»Darauf kannst du lange warten«, meinte Glenda und fing an, meinen Bericht zu lesen.

Ich ließ sie allein und ging weiter zu Edwards Büro. Dort holte ich meinen Monatslohn ab, und außerdem mein Urlaubsgeld. Ich war wieder reich!

Zurück in meinem Büro wartete schon Chick auf mich. Kaum trat ich ein, da streckte er die Hand aus. Ich gab ihm die fünfzig Dollar zurück, die er mir geliehen hatte.

»Wohin fährst du?« fragte er, als er den Schein verstaute.

»Ich kann es mir nicht leisten, irgendwohin zu fahren. Ich werde einfach bloß ausspannen«, antwortete ich. »Kannst ja mal an mich denken. Wenn ich dich treffe, während du schuftest, spendier' ich dir 'nen Drink.«

Chick grinste.

»Aber vorher leihst du dir den Stoff dazu von mir.« Er sprang auf. »Schätze, ich fahre heim. Amüsier dich gut, Bart, aber gib nicht dein ganzes Geld aus.«

»Nur ein bißchen«, sagte ich, setzte mich hinter meinen Schreibtisch und zog den Scotch aus der Schublade. »'nen Drink, bevor du gehst?«

»Hab' 'ne Verabredung«, wandte Chick ein. Er ging zur Tür, blieb noch kurz stehen. »Hätte ich fast vergessen. Hab' was für dich. Kam vor ein paar Stunden vom FBI für dich rein.« Er zog einen versiegelten Umschlag hervor. »Worüber schreibt Coldwell dir denn?«

Ich nahm den Umschlag.

»Urlaubspläne«, sagte ich. »Hat versprochen, mir alles zu schicken, damit ich ein Boot mieten kann.«

Achselzuckend meinte Chick: »Ertrink bloß nicht.« Dann verließ er den Raum.

Verwirrt starrte ich auf den Umschlag. Dann öffnete ich ihn. Er enthielt eine kurze Notiz und das Foto einer Frau aus der Verbrecherkartei. Die Nachricht lautete: *Ich hab' versprochen, Dir das Foto von Aldo Pofferis Frau, Lucia Pofferi, zu schicken. Halt die Augen nach ihr offen. Lu.*

Ich nahm das Foto und starrte es an. Es zeigte eine blonde Frau von vier- oder fünfundzwanzig, die mich mit harten, bösen Augen ansah.

Der Schock schüttelte mich wie eine Explosion. Wäre diese Frau nicht blond gewesen, hätte ich geschworen, es sei Nancy Hamel.

Mit unsicheren Fingern griff ich nach einem Filzstift und malte das Haar schwarz. Wieder starrte ich das Foto an.

Kein Zweifel.

Diese Frau, gesucht wegen zweifachen Mordes und verheiratet mit einem der gefährlichsten italienischen Terroristen, war Nancy Hamel!

Fünftes Kapitel

Fanny Battley, die Nachtdienst im Archiv des *Paradise City Herald* hatte, blickte auf, als ich den großen Raum betrat, in dem die Folianten mit den früheren Ausgaben der Zeitung standen. Stahlschränke enthielten ein vollständiges Verzeichnis aller Fotos, die vom ersten Tag ihres Erscheinens an in dieser Zeitung veröffentlicht worden waren.

Die Parnell-Detektive machten häufig Gebrauch von diesem Archiv, und wir alle kannten Fanny gut, ein lebhaftes, farbiges Mädchen, gut in ihrem Job und immer hilfsbereit.

»Hi, Bart! Nun sag bloß nicht, du arbeitest noch?« sagte sie und grinste breit zur Begrüßung.

»Hi, Fan!« Ich blieb an ihrem Schreibtisch stehen. »Ich hab' ab morgen Urlaub. Muß noch eine kleine Sache zu Ende bringen.«

»Du hast es gut! Wohin soll's denn gehen?«

»Wer will denn woanders hin als hierher? Hör zu, Süße, ich brauche ein bißchen Hilfe. Ich möchte wissen, wann, wen und wo Russ Hamel, der Autor, geheiratet hat.«

»Kein Problem. Setz dich.« Sie deutete auf einen Schreibtisch. »Ich bring' dir alles, was ich darüber habe.«

Das war das Tolle an Fanny. Sie stellte nie Fragen.

Ich setzte mich, steckte mir eine Zigarette an und wartete. Sie blätterte flink einen großen Karteikasten durch, ging dann zu einem der Folianten hinüber, zerrte ihn heraus und schleppte ihn zu meinem Tisch.

»Hast du Fotos von dem glücklichen Paar?« erkundigte ich mich.

Sie holte einen Umschlag aus einem der Stahlschränke und legte ihn auf den Tisch.

»Das ist alles, was wir haben, Bart.«

»Schön, Fan, danke.«

Sie kehrte an ihren Tisch zurück und beschriftete weiter Karten.

Ich betrachtete die Aufnahmen. Russ Hamel erwies sich als ein untersetzter, schwerfälliger Typ mit kantigem Gesicht, gutaussehend, mit ergrautem Haar und dem arroganten Ausdruck eines reichen Mannes, der sich seines Erfolges sicher ist. Ich konzentrierte mich auf die Fotos von Nancy.

Auf allen trug sie eine dunkle, runde Sonnenbrille, die ihr Gesicht völlig verbarg. Hätte jemand sie auf der Straße getroffen, er hätte sie nach diesen Fotos nicht wiedererkannt.

Ich las alles über die Hochzeit. Im Interview erzählte Hamel, er hätte Nancy in Rom kennengelernt. Es war Liebe auf den ersten Blick, und nach zwei Monaten hätten sie geheiratet. Hamel erklärte, Nancy wäre zu schüchtern, um etwas dazu zu sagen, und er wollte nicht, daß sie belästigt wurde.

Ich überprüfte die Daten und stellte fest, daß Hamel sie vor acht Monaten kennengelernt hatte. Dann fiel mir ein, daß Coldwell erzählt hatte, sie hätte vor achtzehn Monaten angefangen, sich auf kriminelle Aktionen mit Pofferi einzulassen. Schockiert begriff ich, daß sie mit Pofferi verheiratet gewesen war, als sie Hamel heiratete! Hatte sie Hamel geheiratet, um nach ihrem Gefängnisaufenthalt und der mörderischen Flucht aus Italien zu entkommen? Die Vorstellung gefiel mir: Wer würde von der Ehefrau Russ Hamels schon vermuten, daß sie eine gesuchte Terroristin war?

Als ich überzeugt war, daß der Artikel keine weiteren Informationen enthielt, die mir von Nutzen sein konnten, trug ich den Ordner zu seinem Regal zurück.

»Danke, Fan.« Ich gab ihr den Umschlag mit den Fotos. »Dann hätte ich's wohl. Bis dann.« Ich warf ihr einen Kuß zu und ging.

Ich saß im Maserati und überdachte meinen nächsten Schritt. Morgen, gegen Mittag, sollte ich Nancy im Country Club treffen. In meinem üblichen Optimismus hielt ich es immer noch für möglich, daß sie das Geld brachte, aber wenn nicht, dann war ich jetzt in der guten Lage, sie unter Druck zu setzen. Wenn ich ihr erzählte, daß ich jetzt beweisen konnte, daß sie Lucia Pofferi war, würde sie bestimmt die Scheinchen herausrücken.

Diese neue Information erforderte ruhiges und sorgfältiges Nachdenken. Ich beschloß heimzukehren, die Füße hochzulegen und mein Gehirn zu trainieren. Ich setzte den Wagen in Bewegung. Unterwegs hielt ich an einer Sandwich-Bar und kaufte etwas zu essen.

Als ich in die Straße einbog, die zu meinem Hochhaus führte, schoß eine kleine Gestalt aus dem Schatten und winkte verzweifelt.

Ich latschte auf die Bremse, und der Maserati kam quietschend zum Stehen.

Joey tauchte vor meinem Fenster auf.

»Fahren Sie nicht heim, Mr. Anderson«, drängte er. »Sie warten auf Sie.«

Hinter mir hupte ein Auto. Joey lief um den Maserati herum, öffnete die Beifahrertür und kletterte neben mich. Ich steuerte den Wagen an den Straßenrand.

»Bist wohl eingeschlafen, Spatzenhirn?« höhnte der Fahrer im Wagen hinter mir und fuhr weiter.

»Was ist los, Joey?« fragte ich.

»Diaz und Jones«, berichtete Joey atemlos. »Ich bin ihnen gefolgt. Sie sind in Ihre Wohnung gegangen. Ich habe ein Licht in Ihrem Zimmer an- und ausgehen sehen. Sie sind noch immer da.«

Ein Prickeln lief mir den Rücken hinab. Nancy hatte mich zum Abschuß freigegeben! Sie war zu Diaz gelaufen und hatte ihm erzählt, daß ich ihr Schwierigkeiten machte! Mir fiel ein, daß Al Barney mich vor Diaz und Jones gewarnt hatte. Kalter Schweiß brach mir aus.

Joey stieß mich an.

»Ich paß schon auf Sie auf, Mr. Anderson«, sagte er.

»Das kannste laut sagen, Joey. Aber jetzt sei mal 'nen Moment ruhig, ich will nachdenken.«

»Ich hab' Hunger, Mr. Anderson.«

Ich sah, daß er das Päckchen mit den Sandwiches entdeckt hatte und es streichelte.

»Nur zu«, sagte ich. »Halt nur den Mund.«

Während er kaute, überlegte ich, was zu tun war. Ich dachte an Pete, der sich zu weit an Diaz herangewagt hatte und rücksichtslos ausgelöscht worden war. Mir fiel ein, daß ich Nancy gegenüber behauptet hatte, ich hätte meinem Anwalt einen Bericht übergeben, der nicht nur sie beschuldigte, sondern darüber hinaus Pofferis Versteck verriet. Vielleicht dachte Diaz, ich würde bluffen und wollte mich aus dem Weg räumen. Er hatte recht: Es war ein Bluff, und jetzt mußte ich dafür sorgen, daß er hieb- und stichfest wurde. Ich würde einen ausführlichen Bericht schreiben müssen, einschließlich der Tatsache, daß ich wußte, daß Nancy Pofferis Ehefrau war. Diesen Bericht würde ich dann Diaz zeigen, dazu eine Empfangsbescheinigung von meinem Anwalt, der damit bestätigte, daß dieses Dokument sich in seinen Händen befand. So, und nur so, konnte ich mit Diaz fertig werden.

Nachdem ich noch weiter nachgedacht hatte, beschloß ich, ins Büro zu gehen und meine Schreibmaschine dort zu benutzen. Ich würde auf keinen Fall in mein Apartment zurückgehen. Der Nachwächter der Agentur würde mich hineinlassen, und ich konnte den Maser in der Tiefgarage parken, wo er allen Blicken entzogen war.

»Also gut, Joey. Geh du zurück und halt die Augen auf. Wenn sie die Wohnung verlassen, rufst du mich an.«

Ich gab ihm meine Visitenkarte.

Er nickte mit vollem Mund und starrte mich aus seinen leuchtenden, kleinen Augen kühl an. Ich verstand den Wink und gab ihm einen Zwanzig-Dollar-Schein. Er grinste, schlüpfte aus dem Wagen und war fort.

Jackson, der Nachtwächter der Detektei, öffnete die Tür, nachdem ich einige Male geläutet hatte.

»Haben Sie etwas vergessen, Mr. Anderson?« fragte er, als ich an ihm vorbei in die Empfangshalle trat.

»Muß meinen Schreibtisch noch aufräumen. Gehe morgen in Urlaub«, erklärte ich.

»Dann viel Spaß, Mr. Anderson.«

Das hoffe ich, dachte ich. Mensch! Das hoffe ich wirklich!

Ich brauchte fast drei Stunden, um meinen Bericht zu schreiben, und ich machte drei Kopien davon. Danach ging ich rüber und machte drei Fotokopien von den Fotos von Pofferi und Nancy, die Coldwell mir geschickt hatte.

Ich kehrte in mein Büro zurück, klammerte die Fotos an die Berichte und schob sie in getrennte Umschläge. Auf jeden Umschlag tippte ich: *Im Falle meines Todes oder Verschwindens Polizeichef Terrell auszuhändigen.*

Dann suchte ich einen größeren Umschlag, schob den Umschlag mit dem Original meines Berichtes zusammen mit den Orginalaufnahmen hinein und adressierte das Ganze an Howard Selby, einen schlauen Anwalt, mit dem die Detektei häufig zu tun hatte und der ein guter Freund von mir war. Ich schrieb ihm einen Brief, in dem ich erzählte, daß ich einer gefährlichen Gang auf der Spur sei und Beweise gegen sie sammelte. Ich bat ihn, den beigefügten Umschlag (ungeöffnet) aufzubewahren, bis ich meinen Fall abgeschlossen hätte. Ich sei bedroht worden und versuchte mich abzusichern, indem ich ihm die Beweise übergab. Ich schloß mit der Aufforderung, den Umschlag dem Polizeichef auszuhändigen, falls er von meinem Tod hören sollte oder falls ich vermißt wurde. Ich bat um eine schriftliche Bestätigung dieser Tatsachen, die durch einen Boten bis spätestens Mittag des folgenden Tages zu meiner Privatadresse gebracht werden sollte.

Selby hatte Büroräume im fünften Stock des Trueman-Gebäudes. Ich nahm den Fahrstuhl nach unten und schob den Brief in seinen Briefkasten. Dann kehrte ich in mein Büro zurück.

Der Nachtwächter beobachtete all das ausdruckslos, stellte aber keine Fragen.

Ich saß wieder hinter meinem Schreibtisch und brachte ein Grinsen zustande. Schließlich war ich fast sicher. Ich schob den zweiten Umschlag zwischen die Seiten von *Robertson's Law Index* und dann das Buch in meine Scotch-Schublade. Da noch etwas Whisky übrig war, machte ich mir einen Drink. Den drittten Umschlag steckte ich ein.

Als ich an meinem Drink nippte, wanderten meine Gedanken erneut zu den einhunderttausend Dollar. Würde Nancy morgen mittag im Country Club sein? Ich bezweifelte es. Sie hatte sich an Diaz um Hilfe gewandt. Er reagierte sofort und wartete in meinem Apartment auf mich. Wartete er mit einer Waffe? Oder wartete er, um einen Handel zu machen?

Ich trank mein Glas leer und überlegte, ob ich mir noch etwas einschenken sollte, als mein Telefon klingelte.

Joey sagte: »Sie sind vor fünf Minuten gegangen, Mr. Anderson, scheinen ins Alameda zurückzuwollen.«

»Danke, Joey. Schlaf jetzt ein bißchen. Wie geht's Jimbo?«

»Er beobachtet die Alameda Bar, Mr. Anderson.«

»Bleibt am Ball, Joey. Wenn es was Neues gibt, ruf mich in meiner Wohnung an.«

»Ja, Mr. Anderson.« Er legte auf.

Ich brauchte jetzt ein wenig Schlaf. Ich verabschiedete

mich von dem Nachtwächter, ging in die Garage hinunter und fuhr heim.

Keine schlechte Arbeit für einen Tag, dachte ich, als ich meine Wohnung aufschloß. Morgen wird sich's zeigen.

Ich sah mich um, konnte aber nichts Auffälliges entdekken. Auf dem Teppich bemerkte ich ein bißchen Zigarrenasche, aber davon abgesehen deutete nichts darauf hin, daß Diaz und Jones hier gewesen waren.

Morgen! Ich hatte bereits entschieden, was ich tun würde. Ich war ganz zuversichtlich. Ich schob den Riegel vor die Wohnungstür und ging ins Schlafzimmer.

Ich konnte das Rascheln der grünen Scheinchen schon richtig hören: meine Vorstellung von süßer Musik.

Ich schrak hoch. Jemand klingelte an meiner Wohnungstür. Fluchend quälte ich mich aus dem Bett und schaute benommen auf meine Armbanduhr. Es war 10 Uhr 35.

Durch die Tür rief ich: »Wer ist da?«

»Ich komme von Mr. Selby«, erklang eine weibliche Stimme.

Ich öffnete und nahm von einer von Selbys Büroangestellten einen Umschlag entgegen. Sie gehörte zu dem Typ graue Maus, der erwartet, jeden Augenblick vergewaltigt zu werden. Sie schenkte mir einen verschüchterten Blick und zog sich zurück.

Ich öffnete den Umschlag und zog folgenden Brief heraus:

Lieber Bart Anderson,
hiermit bestätige ich, daß sich ein Umschlag von Ihnen in meinen Händen befindet, auf dem steht: »Im Falle meines Todes oder Verschwindens Polizeichef Terrell auszuhändigen.«

Ich habe veranlaßt, daß der Umschlag sicher verwahrt wird und werde Ihre Anweisungen genau befolgen.

Hochachtungsvoll
Howard Selby.

Leise vor mich hin summend legte ich den Brief auf meinen Schreibtisch, ging dann in die Küche und machte mir Kaffee. Ich hatte den Eindruck, alle nötigen Vorkehrungen zu meiner Sicherheit getroffen zu haben.

Frisch rasiert, geduscht und in meinem chicken cremeblau gestreiften Anzug ging ich um 11 Uhr 30 nach unten zu meinem Maserati.

Ich fuhr zum Country Club, parkte und schlenderte in die geräumige Halle. Es war inzwischen 11 Uhr 55. Ich fragte den Portier, ob Mrs. Hamel bereits eingetroffen sei.

»Nein, Sir, noch nicht.«

Ich setzte mich so, daß ich den Eingang im Auge hatte, zündete eine Zigarette an und wartete. Ich rechnete nicht damit, daß sie sich zeigen würde, aber ich tat so als ob. Wir hatten eine Verabredung, doch sollte sie die nicht einhalten, würde ich mit Plan B weitermachen.

Ich wartete bis 12 Uhr 30. Dann ging ich ins Restaurant und aß einen Club-Salat, ließ mir Zeit dabei. Nur um ganz sicherzugehen, wanderte ich nach dem Essen zu den Tennisplätzen und einmal um den Pool. Nancy Hamel war nirgendwo zu sehen.

Also Plan B.

Bart, mein Schatz, sagte ich mir, als ich zum Parkplatz ging, du kannst nicht erwarten, einhunderttausend Dollar zu verdienen, ohne etwas dafür zu tun. Also tu etwas.

Ich fuhr zum Hafen, parkte in Sichtweite der Alameda

Bar, stieg aus dem Wagen und ging zum Eingang der Bar hinüber. Ich schob den Perlenvorhang beiseite und betrat den großen Raum.

Ein paar Penner aus dem Hafen waren an der Bar versammelt. An den Tischen aßen mehrere Touristen. Die mexikanischen Kellner bedienten eifrig.

Der fette Barkeeper schenkte mir sein schmieriges Grinsen, als ich zur Bar schlenderte.

»Mr. Diaz«, sagte ich. »Wo finde ich ihn?«

Der Barkeeper riß die kleinen Augen auf.

»Sie wollen Mr. Diaz sprechen?«

»Sind Sie taub oder was?« Ich lächelte, um Schärfe aus der Frage zu nehmen.

»Mr. Diaz hat zu tun.«

»Ich auch. Also beeil dich, Dicker. Sag ihm, Bart Anderson verlange nach ihm.«

Er zögerte, ehe er zum Telefon am anderen Ende der Bar ging. Er sprach leise, nickte und legte auf.

»Da durch«, sagte er und zeigte auf eine Tür am anderen Ende des Raumes.

Ich ging zu der Tür hinüber, öffnete sie und trat in ein Zimmer, das wie ein Büro eingerichtet war: ein Schreibtisch mir gegenüber, Aktenschränke rechts und links von mir, zwei Telefone auf dem Schreibtisch und ein kleiner Tisch, auf dem eine Schreibmaschine stand.

Hinter dem größeren Tisch saß ein schlanker Mann mittleren Alters, der mich mit blitzenden, kalten Augen anstarrte, um die ihn eine Kobra beneidet hätte. Sein dichtes, gut geöltes schwarzes Haar reichte ihm bis zum Kragen. Er hatte einen schwarzen Schnurrbart, der auf beiden Seiten seines Gesichts bis zum Kinn hinunterwuchs. Als ich ihn ansah, begriff ich, warum Al Barney mich vor ihm gewarnt hatte. Wie Barney gesagt hatte, war dieser Mexikaner ein verdammt harter Kerl.

»Mr. Diaz?« Ich schloß die Tür und lehnte mich dagegen.

Er nickte, griff sich ein Streichholz und fing an, damit in seinen Zähnen zu stochern.

»Arbeiten Sie für Lucia Pofferi?« fragte ich und beobachtete ihn genau.

Sein Gesicht blieb vollkommen ausdruckslos.

»Falsch verbunden«, bemerkte er.

»Dann arbeiten Sie vielleicht für Nancy Hamel?«

»Vielleicht.«

»Ich war im Country Club mit ihr verabredet. Sie ist nicht gekommen.«

Er zuckte mit den Schultern und sah mich gelangweilt an.

»Sie sollte mir ein paar Grüne bringen«, erzählte ich. »Nichts gekommen.«

Wieder zuckte er mit den Schultern und sah noch gelangweilter aus.

Ich erkannte, daß das einige Zeit in Anspruch nehmen würde. Also zog ich mir einen Stuhl vor den Schreibtisch und nahm rittlings darauf Platz. Dann zog ich den Umschlag aus der Tasche, der eine Kopie meiner detaillierten Aussage enthielt, und ließ ihn vor Diaz auf den Tisch fallen.

Er betrachtete ihn und las, was ich darauf geschrieben hatte.

»Rechnen Sie damit zu sterben?« fragte er ruhig.

»Nun, Pete Lewinski ist tot. Nein, ich erwarte nicht, jetzt zu sterben.«

Er zog die Brauen hoch.

»Darauf würde ich keine Wette eingehen.«

»Machen Sie schon, lesen Sie, was in dem Umschlag ist. Sie können es behalten. Wenn Sie es gelesen haben, hören

Sie vielleicht auf, sich zu benehmen wie ein Ausreißer aus 'nem zweitklassigen Film und reden vernünftig mit mir.«

Seine Augen funkelten, aber sein Gesicht blieb ausdruckslos. Schließlich nahm er ein dünnes, scharfes Messer, das auf seinem Schreibtisch lag, schlitzte den Umschlag auf und zog die maschinengeschriebenen Seiten heraus.

Ich steckte mir eine Zigarette an und beobachtete ihn. Zuerst musterte er die Fotos aus der Verbrecherkartei. Es hätte sich um leere Papierschnipsel handeln können, soviel Eindruck schienen sie auf ihn zu machen. Dann lehnte er sich auf seinem Stuhl zurück, las die fünf Seiten Text. Sein Gesicht blieb noch immer ausdruckslos.

Mit dem würde ich nicht gerne pokern, dachte ich, während ich wartete.

Schließlich legte er die Blätter hin und sah mich an.

»Und dann wäre da noch das hier«, sagte ich und reichte ihm Howard Selbys Empfangsbestätigung.

Er studierte sie und legte sie dann oben auf meine Erklärung.

»Das riecht verdammt nach Erpressung. Könnte Ihnen fünfzehn Jahre einbringen.«

»Stimmt. Könnte aber auch ihr zwanzig Jahre in einem dreckigen italienischen Gefängnis einbringen, Pofferi desgleichen, und Sie könnten fünf Jahre kriegen, weil Sie gefährlichen Verbrechern Unterschlupf gewähren.«

Er griff in ein Kästchen und holte eine Havanna heraus. Er biß ein Stück ab, spuckte aus und zündete sie sorgsam an.

»Woran hatten Sie gedacht, Mr. Anderson?«

»Sie hat es ihnen erzählt. Lassen Sie uns zur Sache kommen. Es ist meiner Gesundheit abträglich, wenn ich dieselbe Luft atme wie Sie, Diaz.«

Er blies mir Rauch ins Gesicht.

»Sie hat einhunderttausend Dollar erwähnt«, sagte er mit blitzenden Augen. »Ich habe ihr erklärt, daß das ein Bluff ist.«

»Probieren Sie es aus. Sie werden sehen, was passiert. Einhunderttausend oder ich lasse sie auffliegen.«

»Und landen im Gefängnis.«

»Soweit wird es nicht kommen. Sie wird das Geld auftreiben. Ich halte ein As gegen Ihren König.« Ich beugte mich vor, um meine Zigarette in seinem Aschenbecher auszudrükken. »Denken Sie drüber nach. Wieviel hat sie bisher aufgebracht?«

»Genug, um Sie zu bezahlen, wenn Sie klug sind.«

»Wieviel?«

»Fünfzigtausend.«

Ich schüttelte den Kopf.

»Einhundert sind besser.«

Er zog eine Schublade in seinem Schreibtisch auf und fing an, die Bündel mit Hundert-Dollar-Scheinen vor mir aufzustapeln. Er machte eine Reihe aus fünf Paketen. Dann zog er aus der Schublade einen Dokumentenkoffer aus Leder.

»Fünfzigtausend, Mr. Anderson, und ich lasse die Angelegenheit ruhen.«

Ich starrte das Geld an und fühlte, wie meine Hände feucht wurden. Ich hatte noch nie soviel Geld auf einem Haufen gesehen, und der Anblick all dieser Grünen machte mich echt an.

»Fünfundsiebzig«, krächzte ich.

»Fünfzig, Mr. Anderson. Sie sollten sich klug verhalten. Sie hat das Geld zusammengekratzt.«

Er fing an, das Geld in den Koffer zu schichten, und ich saß einfach bloß da, wie hypnotisiert. Ich wußte, daß ich handeln sollte, aber ich wußte auch, daß ich nicht geglaubt hatte, daß es so einfach sein würde: Ich glaubte nicht, daß ich wirklich was bekommen würde. Ich hatte davon geträumt, das große Geld zu machen, aber bis zu diesem Augenblick hatte ich gewußt, daß ich mir selbst was vormachte. Und jetzt wollte mir da jemand fünfzigtausend Dollar geben! Ich konnte es kaum glauben.

Er schob den vollen Koffer über den Schreibtisch zu mir herüber.

»Kommen Sie nicht noch einmal, um mehr zu verlangen, Mr. Anderson.« Seine Stimme war sanft, aber seine Augen blickten drohend. »Erpresser sind gierig, aber das hier ist eine einmalige Zahlung. Kapiert?«

»Ja.« Ich schob meinen Stuhl zurück.

»Ich verspreche Ihnen eines, Mr. Anderson. Wenn Sie versuchen, Druck auszuüben, werden Sie ein unangenehmes Ende finden. Ich werde mich persönlich um Sie kümmern. Sie werden sehr langsam sterben. Klar?«

Ich fühlte, wie mir ein eisiger Schauder über den Rükken lief, als sich unsere Blicke trafen. Ich habe Angst vor Schlangen, und in diesem Augenblick sah Diaz wie eine Schlange aus.

»Lassen Sie mich in Ruhe«, sagte ich. »Dann lasse ich Sie auch in Ruhe.« Ich stand auf, nahm den Koffer und ging dann zur Tür. Dort blieb ich noch einmal stehen und sah ihn an. »Haben Sie Pete und den Jungen umgebracht?«

Er starrte mich nur gelangweilt an.

»Warum wollen Sie das wissen?« fragte er und schickte sich an, meinen Bericht in den Umschlag zurückzuschieben.

Ich verließ ihn, durchquerte die Bar und trat in die heiße Sonne hinaus. Ich dachte nur daran, dieses Geld in Sicherheit zu bringen. Hastig fuhr ich zu meiner Bank, mietete einen Einzelsafe, nahm fünf der Einhundert-Dollar-Noten heraus und schloß den Rest ein.

Erst als ich auf dem Heimweg war, fiel mir Joey ein. Ich fuhr zurück zum Hafen, parkte den Wagen und marschierte eilig zum *Lobster Court.* Ich mußte ein paar Mal klopfen, ehe Joey die Tür öffnete. Er trug nur eine Unterhose und sah verschlafen aus.

»Hab' ich dich geweckt, Joey?« Ich trat bereits ins Zimmer.

»Macht nichts, Mr. Anderson.«

»Jimbo immer noch am Ball?«

»Ja, Mr. Anderson.«

»Der Job ist zu Ende, Joey. Ruf ihn zurück. Ich will nicht, daß sie noch länger beobachtet werden.« Ich zog meine Brieftasche heraus und gab ihm einen Fünfzig-Dollar-Schein. »Okay?«

Seine Augen leuchteten auf.

»Mensch! Danke, Mr. Anderson! Sie wollen also nicht, daß ich Ihnen weiter berichte?«

»Schon in Ordnung. Vergiß es jetzt, Joey, okay?«

Er lächelte mich merkwürdig verschlagen an.

»Ich vergesse das nicht, Mr. Anderson. Die haben Tommy umgebracht.«

»Ja, ich weiß, aber vergiß sie trotzdem. Die sind gefährlich. Halte dich von denen fern. Okay?«

Er lächelte wieder.

»Kümmern Sie sich um Ihre Sachen, Mr. Anderson. Jimbo und ich, wir kümmern uns um unsere.«

»He, jetzt hör mir mal zu. Laß die in Ruhe! Ihr könnt diesen Leuten nichts anhaben.«

Er starrte mich lange an, nickte dann.

»Wie Sie meinen, Mr. Anderson.«

»So gefällst du mir!« Ich klopfte ihm auf die Schulter und ging die wackelige Treppe nach unten, immer drei Stufen auf einmal.

Als ich heimfuhr, dachte ich an all die grünen Scheinchen, die ich in der Bank verstaut hatte. Ich konnte es kaum glauben, daß sich ein Kerl wie Diaz so leicht davon trennte. Aber er hatte es getan, und ich war reich!

Das mußte gefeiert werden! Bertha und ich würden aus der Stadt fahren! Ich sah auf die Uhr am Armaturenbrett. Es war fast 19 Uhr. Sie würde inzwischen daheim sein. Wenn sie eine Verabredung hatte, mußte sie die eben absagen.

Ich ließ den Maser vor dem Hochhaus, nahm den Expreß-Lift zu meiner Etage, schloß die Wohnungstür auf und eilte hinein. Als ich die Tür schloß, fing das Telefon an zu läuten.

Bertha! Ich grinste vor mich hin. Sie konnte auf zweihundert Meilen Entfernung Geld riechen.

Ich riß den Hörer hoch.

»Hi, Baby!«

Eine kühle, hochnäsige, weibliche Stimme erkundigte sich: »Spreche ich mit Mr. Bart Anderson?«

»Klar doch. Wer ist da?«

»Bleiben Sie einen Augenblick am Apparat. Mr. Mel Palmer wünscht Sie zu sprechen.«

Ehe ich mir eine Ausrede einfallen lassen konnte, warum ich nicht mit ihm sprechen könne, hörte ich ein Klicken und Palmer meldete sich.

»Ich habe schon versucht, mit Ihnen Kontakt aufzunehmen, Mr. Anderson«, sagte er vorwurfsvoll.

»Ich bin im Urlaub, Mr. Palmer«, verteidigte ich mich spröde. »Wenn es wichtig ist, warum rufen Sie nicht im Büro an?«

»Mr. Anderson, ich habe Mr. Hamel Ihren Bericht gegeben und er ist zufrieden. Aber er möchte mit Ihnen persönlich sprechen.«

Ich blinzelte. »Worüber, Mr. Palmer?«

Er stieß einen Seufzer aus, der sich durchs Telefon wie ein Todesröcheln anhörte.

»Mr. Anderson, wenn ich jede Neigung oder Bitte ergründen könnte, mit der Mr. Hamel an mich herantritt, wäre ich weniger neurotisch als ich es bin. Ich weiß nur, daß er Sie um zehn Uhr morgen früh in seinem Haus sprechen möchte.«

»Dann sagen Sie ihm, ich sei im Urlaub«, erklärte ich, bloß um ihm das Leben schwer zu machen.

»Mr. Anderson! Bitte, kommen Sie. Mr. Hamel erwartet Sie.«

»Was springt für mich dabei raus?«

»Wie war das?«

»Ich unterbreche meinen Urlaub, also arbeite ich wieder. Ich arbeite nicht umsonst.«

Er stöhnte leise.

»Muß ich das über Miss Kerry erledigen?«

»Senden Sie mir einen Scheck über einhundert Dollar, Mr. Palmer, und es gibt keine weiteren Probleme.«

»Also schön. Dann kann ich Mr. Hamel sagen, daß Sie kommen werden?«

»Darauf können Sie wetten.« Ich legte auf.

Mann! Dachte ich. Die grünen Scheinchen rollen an. Ich wählte Berthas Nummer. Als sie sich meldete, sagte ich: »Hi, Hübsche! Rat mal, wer hier ist?«

»Ach, du bist das! Wo ist das Geld, das ich dir geliehen habe?«

»Denkst du nur daran ... an Geld?«

»Wo ist es?«

»Süße, nun sei doch mal locker. Wir gehen heute abend feiern. Und jetzt halt dich fest. Ich lade dich in den Spanish Bay Grill ein. Na, was sagst du nun?«

»Bist du betrunken?«

»Noch nicht, aber wir werden es sein. Und noch was, Baby, mein großes Doppelbett sieht einsam aus.«

Sie kicherte.

»Jetzt sag schon, Bart, hast du mein Geld?«

»Ich hab' es, Baby. Na, wie sieht's aus mit meinem Vorschlag?«

»Der Spanish Bay Grill?«

»Genau.«

»Hast du 'ne Ahnung, was das Dinner kostet, das ich da bestellen werde?«

»Ich weiß es.«

»Ich glaub' das einfach nicht. Hast du 'ne Bank überfallen?«

»Du hast eine Stunde Zeit. Wenn du in einer Stunde nicht hier bist, ruf ich 'nen anderen hübschen Vogel an.«

»Ich fliege!« versprach sie und hängte ein.

Ich legte den Hörer auf die Gabel und brüllte vor Freude.

Mann! Ist Geld nicht was Tolles!

Nach vier Champagner-Cocktails war ich leichtsinnig genug, mich Bertha anzuvertrauen. Wir saßen in dem superfeinen Restaurant des Spanish Bay Grill und hatten ein Menü bestellt, daß sogar Bertha verblüffte.

»Womit willst du das bezahlen, Bart?« fragte sie. Sie erwartete wohl, daß man die Bullen rufen müßte, wenn wir mit dem Essen fertig waren.

Also erzählte ich es ihr. Ich ging zwar nicht ins Detail, aber ich verriet ihr zumindest einen Teil der Geschichte.

»Also, Baby, Nancy Hamel ist nicht brav gewesen. Ich hab' ihr nachspioniert und bin dabei auf was gestoßen.«

Bertha starrte mich an.

»Diese Zimperliese? Was hat die denn angestellt?«

»Unwichtig. Ich hab' sie mir vorgenommen. Hab' ihr den Beweis geliefert. Sie hat nicht gezögert. Hat erklärt, sie würde mir den Beweis abkaufen, und ich sollte es dann vergessen. Was hätte ich tun können? Ich war nett zu der Lady.«

Bertha tätschelte meine Hand.

»Ich hab' schon immer gewußt, Kleiner, daß du eines Tages schlau werden würdest. Wieviel?«

»Fünfzigtausend Bucks.«

In dem Augenblick, als ich das sagte, tat es mir schon wieder leid, aber der letzte Cocktail reichte aus, um mich alle Vorsicht vergessen zu lassen.

Bertha stieß ein Quieken aus, das jeden im Grillroom herumriß. Alle starrten uns an.

»Um Gottes willen!« fuhr ich sie an. »Vergiß nicht, wo du bist.«

»Fünfzigtausend Dollar?« zischte sie, beugte sich vor und gaffte mich an.

»Ja.«

Der Ober brachte den Kaviar.

»Fünfzigtausend Dollar!« wiederholte Bertha, als der Kellner gegangen war. »Was willst du mit soviel Geld machen?«

»Du und ich, wir beide werden Urlaub machen, Baby. Wird Zeit, daß wir uns entspannen. Ich denke, wir chartern eine Jacht und dümpeln in der Sonne. Hast du Lust?«

»Versuch mal, mich davon abzuhalten! Honey, überlaß das nur mir. Ich habe Gentlemen-Freunde. Ich kenne da einen mit einer tollen Jacht, und ich kann ihn überreden, sie uns fast umsonst zu überlassen. Vier Mann Besatzung, ein französischer Koch, ein Butler und das Essen!« Sie verdrehte die Augen. »Wie lange?«

»He, warte mal. Das hört sich teuer an.«

»Wie lange?«

»Vier Wochen, mehr nicht.«

»Ich weiß, daß er die Jacht für zwanzigtausend die Woche gechartert hat«, erzählte Bertha. »Ich wette meine Hose, daß wir sie für zwanzigtausend vier Wochen haben können. Stell dir das mal vor!«

Ich beäugte sie mißtrauisch.

»Und wie willst du das machen?«

»Das ist ein Spinner. Ich muß bloß meine Kleider ausziehen und in seiner Wohnung herumtanzen, während er dasitzt und mich angafft.«

»Und deshalb überläßt er uns seine Jacht vier Wochen lang für zwanzigtausend?«

»Nun ja, er wird noch ein paar Extras erwarten, aber immer nur ferngesteuerten Sex. Kein Grund zur Sorge für dich.«

»Okay. Abgemacht. Wann starten wir?«

Der Lachs in Aspik wurde gebracht.

»Ich treffe ihn morgen und mache alles aus.«

»Bist du sicher, daß du das schaffst?«

Sie zwinkerte mir zu.

»Wetten wir?«

»Ich bin vielleicht reich, aber ich bin bestimmt nicht dumm.«

Am nächsten Morgen um 9 Uhr 45 hielt ich vor dem Schlagbaum, der die Grundstücke am Paradise Largo schützt. Der Posten kam aus seiner strohgedeckten Hütte und schritt majestätisch auf mich zu.

Ich betrachtete ihn, als er sich mir näherte: ein großer, rotgesichtiger Kerl um die Fünfzig, mit den Schultern eines Gewichthebers und einem Bauch, um den ihn ein japanischer Ringkämpfer beneidet hätte. Er kam mir irgendwie bekannt vor, und dann wußte ich es: Mike O'Flagherty. Er hatte mal für Parnell gearbeitet. Hatte sich aus dem Beruf zurückgezogen, einen Monat, nachdem ich dort angefangen hatte.

»Das darf nicht wahr sein, Mike«, sagte ich. »Kennst du mich noch?«

»Bart Anderson!« Er schob eine riesige behaarte Pranke durch das offene Fenster und brach mir fast die Finger. »Wie geht's denn so?«

»Was, zum Teufel, treibst du hier, aufgetakelt wie ein Weihnachtsbaum?«

Er grinste.

»Tolle Sache, Bart. Als ich die Agentur verlassen habe, habe ich mir was ganz Leichtes gesucht. Bin hier einer der Wächter. Habe nichts weiter zu tun als den Leuten das Leben schwerzumachen. Verlasse mich auf mein Gewicht, vertraue auf die Wichtigkeit und kriege das Ganze auch noch bezahlt.«

»Hört sich an, als wär's das Richtige für mich, wenn meine Zeit gekommen ist. Gibt es dafür 'ne Warteliste?«

Er lachte.

»Das wär' nichts für dich, Kumpel. Zu snobby. Was treibt dich hierher?«

»Mr. Russ Hamel. Bin um zehn mit ihm verabredet.«

O'Flaghertys Augen wurden groß.

»Ehrlich? Mr. Hamel ist einer unserer wichtigsten Kunden. Bleib mal da, Bart. Ich überprüf' das.«

»Was soll der Quatsch? Hoch mit dem Balken, laß mich rein.«

Er schüttelte den Kopf.

»Ich will dir was verraten. Diese Ecke hier ist der absolut sicherste Fleck in ganz Florida. Niemand – ich wiederhole: niemand – kommt an diesem Pfosten vorbei, ohne überprüft worden zu sein und ohne eine Verabredung. Keine Entführung, kein Einbruch, überhaupt nichts für die Kartei. Ich würde meinen Job verlieren, wenn ich dich nicht checken würde, auch wenn ich weiß, wer und was du bist.«

»Nun sag' bloß nicht, du würdest auch die Anwohner überprüfen?«

»Das würde mich meinen Job kosten.« Er spuckte aus. »Mensch! Die Fieslinge und die Weiber, die hier wohnen, drehen mir den Magen um! Ich kenne jeden einzelnen von denen, kenne ihre Autonummern. Wenn ich die sehe, geht sofort der Balken rauf. Wenn ich sie mal warten lasse, brüllen sie mich an, aber Fremde . . . niemals!«

»Schön, wenn man so reich ist.«

Er brummte nur und ging dann zurück ins Wärterhäuschen. Nach ein paar Minuten ging der Balken hoch.

»Fahr weiter. Erste Straße links. Drittes Tor rechts. Am Tor befindet sich eine Fernsehüberwachung. Steig aus dem Wagen, halt den Führerschein hoch, drück auf den roten Knopf und warte ab. Wenn du so lange wartest, bis irgendein verdammter Butler seine Hose zugeknöpft hat, wirst du reingelassen.«

»Das nenne ich Sicherheit«, sagte ich und setzte den Maserati in Bewegung.

O'Flagherty spie aus.

»Das kannste laut sagen.«

Ich befolgte seine Anweisungen und hielt vor einem fünfzehn Fuß hohen, nagelbewehrten Tor aus solider Eiche. Ich stieg aus dem Wagen, drückte auf den roten Knopf am Torpfosten, hielt meinen Führerschein hoch und wartete. Nach etwa einer Minute öffnete sich das Tor: eine beeindrukkende Demonstration der Sicherheitsvorkehrungen. Jeder, der vorhatte, die Residenz der Hamels auszurauben, würde bitter frustriert davonschleichen.

Ich fuhr die sandbedeckte Auffahrt entlang, die im Schatten von Zitrusbäumen lag, und gelangte zu einem luxuriösen Haus im Ranch-Stil. Ein Schwarzer im weißen Tropenanzug stand vor der offenen Haustür.

Ich parkte den Maser neben einem Ford Station Wagon, stieg aus und ging die drei Stufen empor.

»Guten Morgen, Mr. Anderson«, grüßte der Schwarze mit einer steifen, kleinen Verbeugung. »Mr. Hamel erwartet Sie. Hier entlang, bitte sehr.«

Ich folgte ihm in eine große Eingangshalle, die ganz in warmem Braun und Orange gehalten war, dann durch einen kurzen Flur auf einen Innenhof. Eine große Fontäne in einer Marmorschale stäubte Wasser in die heiße, feuchte Luft. Tropische Fische schwammen faul im Becken herum. Sie wirkten gut gefüttert und hochnäsig. Es gab Liegestühle und Glastische für die Zeit nach Sonnenuntergang. Wir gingen weiter, wieder ins Haus, einen Gang entlang bis zu einer Tür. Hier blieb der Schwarze stehen, klopfte, trat dann beiseite und öffnete die Tür.

»Mr. Anderson, Sir«, verkündete er und winkte mich vorwärts.

Alles sehr eindrucksvoll. Ich lasse mich leicht vom Geld beeindrucken, also war ich beeindruckt.

»Treten Sie ein, Mr. Anderson«, rief eine Stimme, der volle Bariton eines Mannes, der sich seiner sehr sicher war.

Ich betrat den großen klimatisierten Raum. Sofort beneidete ich ihn um dieses Zimmer: komfortabel, gemütlich, mit Lehnsesseln, großen Sofas, Beistelltischen, einem riesigen Schreibtisch, Parkettboden, auf Hochglanz poliert, darauf teuer aussehende Brücken, ein gut gefüllter Barschrank, Tonbandgeräte und eine IBM.C82 auf einem Maschinentisch. Ein großes Panoramafenster gab den Blick frei auf einen üppigen Rasen, der sich sanft zum Kanal hinab erstreckte.

Hinter dem Tisch saß Russ Hamel. Er sah genauso aus wie auf dem Foto: eckiges Gesicht, untersetzt, sonnengebräunt, gutaussehend. Er stand auf und streckte mir die Hand entgegen.

»Schön, daß Sie gekommen sind, Mr. Anderson. Wie ich höre, sind Sie im Urlaub.«

Ich brummte etwas, als wir uns die Hände schüttelten. Er deutete auf einen Sessel.

»Kaffee? Einen Drink? Zigarre?«

»Im Augenblick nichts, danke, Sir.« Ich nahm Platz.

»Ich habe Ihren Bericht gelesen.« Er tippte auf die Blätter, die auf seinem Schreibtisch lagen. »Ich wette, Sie haben keine Ahnung, warum ich Sie beauftragt habe, meine Frau zu beschatten.«

Ich sah ihn offen an, mit meinem gemäßigten Bullenstarren.

»Das ist doch leicht, Mr. Hamel. Sie wollten authentisches Material für das Buch, an dem Sie gerade arbeiten. Also haben Sie sich selbst ein paar anonyme Briefe geschickt, haben Ihren Agenten angewiesen, uns zu beauftragen, haben sich Mrs. Hamel als Sündenbock herausgepickt, und dann haben Sie mich herzitiert, damit Sie sehen, wie ein Detektiv aussieht und sich benimmt.«

Er starrte mich mit offenem Mund an. Dann warf er den Kopf zurück und platzte los. In diesem Augenblick gefiel mir der Knabe. Ehrlich, ich mochte ihn.

»O je! Und ich dachte, ich wäre so schlau! Wie sind Sie dahintergekommen?«

»Ich bin Privatdetektiv, Mr. Hamel. Es ist mein Job, solche Dinge herauszubekommen, so wie es Ihr Job ist, erfolgreiche Bücher zu schreiben.«

»Sie haben's erfaßt, Mr. Anderson. Ich steckte fest, weil ich überlegt habe, wie eine Detektei arbeitet.« Er grinste. »Ihr Bericht war ausgesprochen nützlich. Hätten Sie etwas dagegen, mir jetzt etwas über sich zu erzählen? Ich würde Sie gern in mein Buch einbauen.«

»Ich habe nichts dagegen, Sir.«

»Ich will Ihre Zeit nicht vergeuden, Mr. Anderson. Ich bezahle für alles Material, das ich sammle.«

Mensch! dachte ich. Für mich sind goldene Zeiten angebrochen!

»Schön, Sir. Was wollen Sie wissen?«

Wir verbrachten die nächste halbe Stunde mit Reden, besser gesagt, ich redete, während er Fragen auf mich abfeuerte. Er wollte alles über die Organisation der Agentur wissen, über die Ausbildung der Detektive, meinen eigenen Hintergrund: lauter kluge Fragen.

Schließlich nickte er.

»Also dann, vielen Dank, Mr. Anderson. Sie haben mir alles geliefert, was ich brauche.« Er streckte die Hand nach meinem ausführlichen Bericht aus. »Aber das hier ist es, was ich wirklich haben wollte.« Lächelnd betrachtete er mich. »Dieser Bericht von Ihnen ist nicht nur wertvoll für das

Buch, an dem ich schreibe, sondern sogar noch wertvoller für mich persönlich.«

»Tatsächlich?«

»Die Handlung in meinem Roman dreht sich um eine Frau, die mit einem vielbeschäftigten Chirurgen verheiratet ist. Sie ist viel jünger als er«, erzählte Hamel. »Er bekommt anonyme Briefe, die sie anschwärzen. Also läßt er sie beobachten. Es handelt sich um eine Eifersuchtsgeschichte. Der Detektiv liefert einen Bericht ab, der Ihrem entspricht. Die Ehefrau des Chirurgen führt ein harmloses, einsames Leben. Der Grund, warum ich mich für meine Frau als Lockvogel entschieden habe, ist der, daß ich mit Sicherheit weiß, daß auch sie ein harmloses, einsames Leben führt.« Er lächelte. »Ich wollte kein Risiko eingehen. Ich war so sicher, wie ich hier sitze, daß Sie einen derartigen Bericht abliefern würden.«

Ich wandte mich ab.

Mensch! dachte ich, wenn du bloß wüßtest, was du damit angerichtet hast, dann würdest du nicht dasitzen und übers ganze Gesicht grinsen vor Selbstzufriedenheit!

»Ich bin Ihnen dankbar, Mr. Anderson«, fuhr er fort, »für einen so detaillierten Bericht. Ich war mir nicht bewußt, wie langweilig und einsam das Leben meiner Frau gewesen ist, während ich an diesem Buch geschrieben habe. Das muß sich ändern.«

Ich sagte nichts. Was hätte ich auch sagen können?

»Danke, daß Sie mir Ihre Zeit gewidmet haben, Mr. Anderson.« Er zückte einen verschlossenen Umschlag, reichte ihn mir und erhob sich. »Nehmen Sie das als Entschädigung.«

»Vielen Dank, Mr. Hamel«, sagte ich, und er begleitete mich zur Tür.

Sein schwarzer Diener wartete bereits.

»Bis dann«, verabschiedete sich Hamel, schüttelte mir die Hand und zog sich in sein Zimmer zurück.

Im Maserati zündete ich mir eine Zigarette an und fragte mich, wie lange es dauern würde, bis Hamel dahinterkam, daß er eine Mörderin geheiratet hatte. Mit ein wenig Glück würde er es nie erfahren. Ich hoffte es. Ich mochte den Knaben. Ich mochte ihn sogar noch mehr, als ich den Umschlag öffnete, den er mir gegeben hatte, und feststellte, daß ich um 500 Dollar reicher war.

Sechstes Kapitel

Nichts dauert ewig, aber während es dauerte, fühlte man sich wie in einem wunderbaren Traum. Als ich mit Bertha auf dem Sonnendeck lag, dachte ich an die vier tollen, luxuriösen Wochen, die wir auf dieser vornehmen Jacht verbracht hatten.

Bertha hatte es fertiggebracht, sie für 20 000 Dollar zu chartern, alles inklusive. Aber die Sache hatte einen Haken. Ob sie sich nicht genug engagiert hatte, oder ob der Kerl zuviel verlangt hatte, auf jeden Fall hatte er eingewilligt, ihr die Jacht zu überlassen, aber sie mußte für die Crew, für Essen und Trinken aufkommen. Da es mein Geld war, das sie ausgab, war sie einverstanden. Als sie mir die Neuigkeit überbrachte, dachte ich an all die grünen Scheinchen, die ich jetzt besaß, und daran, was mein Vater einmal gesagt hatte: *Benimm dich nie wie ein Geizkragen, selbst wenn du einer bist*. Also sagte ich okay . . . wofür ist Geld schließlich da?

Wir waren auf den Caman Islands, auf Bermuda, den Bahamas und Martinique gewesen. Wir waren geschwommen, hatten das beste Essen genossen, das man für Geld bekommen konnte, hatten jeden Tag vier Flaschen Champagner getrunken und außerdem ständig Rumpunsch, der Bertha so geil gemacht hatte, daß ich ihrem Verlangen kaum nachkommen konnte. Wir hatten die üblichen Schnorrer bewirtet, die Luxusjachten immer überschwemmen, sobald die irgendwo anlegen.

Wir hatten eine tolle Zeit, aber nichts dauert ewig.

Jetzt waren wir auf dem Weg zurück nach Paradise City und würden heute abend ankommen.

»Hast du gepackt, Honey?« fragte ich und reckte mich.

»Verdirb mir nicht den Tag. Ich will, daß das nie aufhört.«

»Ich auch, aber wir sollten trotzdem lieber packen.« Ich stand auf. »Ich packe zuerst, und danach du, okay?«

»Hau ab!«

Ich ging hinunter zu der riesigen Kabine und sah mich um. Mensch! Wie ich das alles vermissen würde! Zögernd nahm ich einen Koffer aus dem Schrank und warf ihn aufs Bett.

Es klopfte, und der Erste Steward-Butler-Diener trat ein.

Er war groß und schlank, hatte ein scharf geschnittenes Gesicht und Knopfaugen, die so lebendig waren wie vom Meer ausgewaschene Kieselsteine. Er hatte uns zwar anstandslos bedient, aber die ganze Zeit über, wenn er mit uns zusammen war, immer so ausgesehen, als stiege ihm ein schwacher, unangenehmer Geruch in seine schmalen Nasenlöcher.

»Ich werde das gerne für Sie übernehmen, Sir. Sie verlassen uns heute abend, soviel ich weiß?«

»Yeah. Gute Idee. Packen Sie für mich, und auch für Mrs. Anderson.«

Anstandshalber hatten wir uns als Mann und Frau ausgegeben, als wir an Bord kamen, aber ich hatte das Gefühl, wir machten weder diesem Kerl noch dem Kapitän oder dem Rest der Besatzung etwas vor.

»Jawohl, Sir.« Er machte eine Pause und zog dann einen dicken Umschlag hervor. »Hier ist die Aufstellung, Sir. Es ist üblich, die Rechnung zu begleichen, bevor wir anlegen.«

»Sicher doch«, sagte ich. »Ich erledige das.«

»Es ist außerdem üblich, fünfundzwanzig Prozent der Gesamtsumme unter der Mannschaft zu verteilen, Sir. Ich würde das gern für Sie erledigen.«

Ich sah ihn an, er sah mich an.

»Fünfundzwanzig Prozent?«

Er gestattete sich, die dünnen Lippen zu einem Lächeln zu verziehen.

»Nun, Sir, wenn Sie die Summe erhöhen möchten . . .«

»Sicher . . . sicher . . .« Ich verließ ihn und ging in den Salon hinüber. Ich setzte mich an den Schreibtisch, öffnete den Umschlag und betrachtete die Rechnung. Sie belief sich auf insgesamt 36 000 Dollar. Der Chef-Steward hatte mit Bleistift noch 9 000 Dollar hinzugefügt, also Endsumme 45 000 Dollar. Ich holte tief Luft. Dann ging ich die einzelnen Posten durch. Danach lehnte ich mich zurück. Nachdem ich die Aufstellung noch eine Weile angestarrt hatte, zog ich meinen Stift heraus und rechnete ein wenig. Ich kam zu dem Schluß, daß ich jetzt noch genau zweitausenddreihundert Dollar schwer war, nachdem ich vor vier Wochen noch über fünfzigtausend Dollar besessen hatte.

Ich ging aufs Sonnendeck, wo sich Bertha gerade ein weiteres Glas Champagner einschenkte.

»Das ging aber schnell«, sagte sie. »Nun sag bloß nicht, du bist schon mit dem Packen fertig.«

»Das hat Pflaumengesicht übernommen. Er erledigt das auch für dich.«

Lächelnd streckte sie sich.

»Das ist das wahre Leben, Bart. Hmmm, herrlich.«

»Yeah. Schau es dir genau an.«

Ich reichte ihr die Aufstellung. Sie verbrachte ein paar Minuten damit, die Posten durchzugehen. Dann händigte sie mir die Rechnung achselzuckend wieder aus.

»Die Sache war es wert. Mir tut kein Cent davon leid.«

Mein Geld natürlich, nicht ihres.

»Das bedeutet, daß ich praktisch schon wieder pleite bin, Baby.«

»Na ja, du hast ja immer noch deinen Job.«

»Yeah. Ich hab' immer noch meinen Job.«

Sie schenkte mir Champagner ein und klopfte auf die Matratze.

»Sieh doch nicht so traurig drein, Schatz. Geld ist doch zum Ausgeben da.«

Ich setzte mich neben sie. Was für ein Dummkopf war ich doch gewesen, als ich die fünfzigtausend Dollar von dieser Schlange Diaz akzeptiert hatte. Ich hatte ihn nicht einmal bedrängt. Ich hatte hunderttausend verlangt, und dann hatte ich mich von ihm mit der Hälfte abspeisen lassen! Mensch! Wie dumm kann einer eigentlich sein? Ich hatte diese Schlange am Wickel, und dann hatte ich ihn damit durchkommen lassen! Dann fiel mir wieder ein, was er gesagt hatte: *Kommen Sie nicht noch einmal, um mehr zu verlangen. Erpresser sind gierig. Aber das hier ist eine einmalige Zahlung. Kapiert?* Und dann hatte er gesagt: *Ich verspreche Ihnen eines: Wenn Sie versuchen, Druck auszuüben, werden Sie ein unangenehmes Ende finden. Ich werde mich persönlich um Sie kümmern. Sie werden sehr langsam sterben.*

Mist! dachte ich. Aber das war's dann wohl. Ich gehe kein Risiko mit dieser Schlange ein. Der meint genau das, was er sagt.

»Bart!« fuhr Bertha mich scharf an. »Jetzt sag mir: Wie schlimm ist die Sache wirklich, auf die du da gestoßen bist?«

»Könnte nicht schlimmer sein.«

»Sie hat kampflos fünfzigtausend gezahlt, damit du schweigst?«

»Na ja, nicht direkt, aber sie hat bezahlt.«

»Du warst beim falschen Kunden, Bart. Du hättest nicht zu ihr gehen sollen.«

Ich starrte sie an.

»Du weißt nicht, was du da sagst.«

»Hast du das Geld jetzt von Nancy Hamel gekriegt oder nicht?«

»Ich habe mit ihrem Agenten verhandelt, aber sie hat das Geld aufgetrieben.«

»Wenn die Sache so schlimm ist, wie du behauptest, dann hättest du viel mehr verlangen können, oder nicht?«

»Sie hatte nicht mehr.«

Bertha nickte.

»Eben – genau da hast du einen großen Fehler gemacht. Du hättet dich an Russ Hamel halten sollen. Der ist millionenschwer.«

»Du weißt nicht, um was es geht, Honey.«

Sie zündete sich eine Zigarette an.

»Dann erzähl's mir.«

»Bertha, du solltest dich da lieber raushalten.«

Sie sah mich kalt an.

»Erzähl's mir!«

»Es ist besser für dich, wenn du es nicht weißt.«

»Nun führ dich bloß nicht auf wie eine Jungfrau, die das Ding zum ersten Mal sieht! Erzähl's mir!«

Also erzählte ich es ihr. Während ich sprach, fühlte ich, wie ich mich entspannte. Ich mußte mich jemandem anvertrauen. Erst als ich von Anfang an erzählte, wie ich Nancy und Josh Jones beobachtet hatte, über Pofferi, Pete und Tommy gestolpert war, dann von Coldwell mit seinen Fotos aus der Verbrecherkartei und schließlich von Diaz und seiner Drohung, begriff ich, wie dringend ich mich jemandem anvertrauen mußte.

Bertha hörte zu. Als ich dazu kam, daß Nancy Lucia Pofferi war, setzte sie sich auf, starrte mich an, sagte aber nichts, bis ich fertig war.

»Willst du wirklich sagen, daß Nancy Hamel diese Lucia Sowieso ist: eine Mörderin?« fragte Bertha leise.

»Daran besteht kein Zweifel.«

Sie fuhr sich mit den Fingern durchs Haar, schloß und öffnete die Augen.

»Wahnsinn!«

»Ich hab's dir ja gesagt! Also schön, jetzt weißt du's. Das Dumme ist, wenn das jemals rauskommt, gehe ich für Jahre hinter Gitter.«

»Und das hast du Diaz für fünfzigtausend verkauft?«

»Hab' ich dir doch erzählt!« blaffte ich. »Gut, ich wollte hunderttausend, aber als er die ganzen Scheine auf den Tisch blätterte, bin ich umgefallen.«

»Mensch!« Sie stöhnte leise.

»Okay, okay. Du brauchst nichts weiter zu sagen. Ich hätte ihm einheizen sollen, aber der ist gefährlich. Er hat gesagt, sie hätte alles zusammengekratzt.«

»Aber er hätte dir doch überhaupt nichts tun können!« zischte Bertha. »Du hattest ihn! Er konnte dir nichts anhaben, wo doch dein Bericht bei Selby liegt! Bart! Du hattest ihn an der Angel und hast ihn vom Haken hüpfen lassen!«

Ich wischte mir den Schweiß vom Gesicht.

»Das hab' ich mir selbst schon tausendmal gesagt. Aber ich hab's nun mal nicht gemacht!«

Sie senkte die Stimme, legte ihre Hand auf meinen Arm und erklärte: »Du hast noch immer einen anderen Haken und einen viel größeren Fisch.«

Ich starrte sie bloß an.

»Hör mal, Süße, ich bin damit fertig. Ich habe fünfzig Riesen rausgeholt. Wir hatten unseren Spaß, und wir haben das Geld verjubelt. Das war's. Ich bin wieder pleite, und Montag fange ich an zu arbeiten.« Ich brach ab. »Was für einen Haken? Und was für einen Fisch?«

Sie stöhnte auf.

»Manchmal glaube ich, Bart, daß du dir den Kopf untersuchen lassen solltest. Du hättest dich nie an Nancy halten dürfen. Du hättest dir denken können, daß sie damit zu Pofferi läuft. Wenn du versuchst, sie unter Druck zu setzen, bekommst du es mit Diaz zu tun.«

»Das weiß ich jetzt auch«, erklärte ich wütend. »Ich dachte, ich hätte eine schwache Stelle gefunden. Und schließlich hat es sich doch gelohnt, oder nicht?«

»So? Was hast du denn noch übrig?«

»Welchen Haken? Welchen Fisch? Spuck's aus!«

»Russ Hamel! Du hättest dich gleich an ihn wenden sollen. Begreifst du denn nicht? Sieh dir Hamel doch mal an, Bart. Ganz genau. Da haben wir einen Bestseller-Autor, der im Geld schwimmt. Er trifft Nancy und verknallt sich in sie. In ihr sieht er seine zweite Chance. Vergiß das nicht, Bart.

Seine zweite Chance. Er hat herausbekommen, daß seine erste Frau eine Nutte war. Das muß ihn schwer angeschlagen haben. Er ist sie losgeworden. Jetzt heiratet er eine junge Frau, von der er glaubt, daß sie anständig ist. Überleg doch bloß mal, wie der reagieren würde, wenn ihm jemand erzählt, daß sie eine der meistgesuchten italienischen Terroristinnen ist, die zwei Morde begangen hat. Was glaubst du wohl, was der machen würde?«

»Du bist dran«, sagte ich und beugte mich vor. »Erzähl's mir.«

»Dieser Mann ist weltberühmt. Der Skandal, wenn die Presse davon Wind bekommen würde, käme einer Atombombe gleich. Ein Mann mit seiner Vorstellungkraft würde ausflippen, aber abgesehen davon, daß er alles tun würde, damit das nicht rauskommt, würde er auch seine Frau schützen wollen. Er würde denken, daß die Vergangenheit hinter ihr liegt. Er würde glauben, daß sie ihn ebensosehr liebt wie er sie. Er würde alles, wirklich alles tun, um sie vor einem italienischen Gefängnis zu bewahren.«

»Auch wenn er dahinterkommt, daß sie mit Pofferi verheiratet ist? Das könnte alles verderben.«

»Woher willst du wissen, daß sie mit Pofferi verheiratet ist? Das behauptet doch bloß die italienische Polizei, oder?«

»Schon, aber warum sollte die das behaupten, wenn es nicht stimmt?«

Bertha winkte ab.

»Darum geht's doch gar nicht! Ich gehe jede Wette ein, daß Hamel dafür bezahlen wird, daß das unter den Teppich gekehrt wird, ganz gleich, ob sie jetzt mit Pofferi verheiratet ist oder nicht.«

Ich dachte darüber nach und wurde etwas nervös. Ein Mann wie Hamel würde einfach nicht wollen, daß seine Leser erfahren, daß man ihn für dumm verkauft hat. Da war ich ganz sicher.

»Jetzt hör zu, Bart, laß diesen Fisch nicht auch von der Angel hüpfen. Da springt mindestens eine Million bei raus.«

Ich starrte sie mit offenem Mund an.

»Eine Million! Du bist wohl völlig übergeschnappt!«

»Der schwimmt im Geld. Was bedeutet einem Mann wie dem schon eine Million . . . Hühnerfutter!«

»Warte mal. Der könnte unangenehm werden, Baby. Der könnte die Bullen rufen, und was wird dann aus mir?«

»Und was würde aus ihm? Und aus Nancy?« fragte Bertha zurück. »Du hast ihn am Haken, Bart. Das ist 'ne sichere Sache.«

Ich hörte ihr zu, dachte plötzlich daran, was es bedeuten würde, eine Million Dollar zu besitzen, und redete mir ein, daß es wirklich ein Kinderspiel wäre.

Als ich in meine Wohnung zurückkam, rief ich als erstes Howard Selby an. Ich erzählte ihm, daß ich aus dem Urlaub zurück sei.

»Behalte diesen Umschlag, Howard«, bat ich. »Ich bin wieder an der Sache dran. Ich ruf' dich jede Woche an und gebe Bescheid, daß ich noch lebe. Okay?«

»Hört sich an, als hättest du es mit ein paar harten Burschen zu tun. Glaubst du, die werden gefährlich?«

»Nein, aber ich will kein Risiko eingehen. Danke, Kumpel.« Ich legte auf.

Ich goß mir einen Scotch ein und setzte mich. Bart, Baby, sagte ich mir, jetzt mußt du dein schlaues Gehirn benutzen. Vier Wochen war ich aus Paradise City fort gewesen. Ich hatte keine Ahnung, wie sich die Dinge entwickelt hatten. Angenommen, Pofferi war geschnappt worden? Angenommen, Coldwell hatte herausgefunden, wer Nancy war?

Mann! Würde ich dumm dastehen, wenn ich versuchen würde, Hamel anzuhauen, nachdem so was passiert war! Mir brach der Schweiß aus, als ich nur daran dachte. Ich konnte schon fast die Gefängnistür hinter mir ins Schloß fallen hören.

Am schnellsten und einfachsten konnte ich das herausbekommen, wenn ich noch mal ins Archiv des *Paradise City Herald* ging. Ich sah auf die Uhr. Es war 19 Uhr 40. Fanny Battley würde im Dienst sein. Ich trank mein Glas aus und ging nach unten zum Wagen.

»Mensch! Sind Sie braun!« rief Fanny, als ich ins Archiv kam. »Hatten Sie 'nen schönen Urlaub?«

»Das kann man wohl sagen.« Ich stützte meine Hände auf ihren Schreibtisch, beugte mich vor und lächelte sie sexy an. »War nur alles viel zu schnell vorbei. Wann fahren Sie, Fan?«

»Nächsten Monat. Besuche meine Leute in Georgia.« Sie seufzte. »Ein Pflichtbesuch.«

»Yeah, das kenn' ich. Nun, was gibt's Neues? Irgendwas Aufregendes?«

»Nicht viel. Ein paar große Tiere sind auf Urlaub hier. Aber was Aufregendes . . . eigentlich nicht.«

»Keine Verbrechen?«

»Ein paar Einbrüche, aber die haben sie erwischt: Hippies. Ein Verrückter hat versucht, das Casino einzunehmen. Hat sich zwei Minuten gehalten.«

Meine Spannung ließ nach. Wenn man Pofferi erwischt hätte, hätte Fanny es bestimmt gewußt.

»Also immer dasselbe, hm?«

»Schätze schon. Vorgestern abend gab's einen schrecklichen Unfall. Fahrerflucht. Penny Highbee.«

Ich erstarrte.

»Die Frau des Anwalts?«

»Ja. Trunkenheit am Steuer. Sie wollte gerade in ihren Wagen steigen, als der andere aus dem Nichts auftauchte und in sie hineinrauschte. Zwei Zeugen haben es gesehen. Sagten aus, der Wagen hätte wild geschleudert.«

Mir lief ein Schauer über den Rücken.

»Ist sie schwer verletzt?«

»Starb auf dem Weg ins Krankenhaus.«

»Jesus!« Mein Mund war plötzlich wie ausgedörrt. »Haben Sie den Fahrer erwischt?«

»Erwischt?« höhnte Fanny. »Keiner der Zeugen hat sich die Autonummer gemerkt, und der eine schwört, es sei ein blaues Auto gewesen, der andere behauptet, der Wagen sei grün gewesen.«

Nancy Hamels beste und engste Freundin? Ob das etwas zu bedeuten hatte?

»Wir haben einen großen Artikel über sie drin gehabt«, fuhr Fanny fort. »Wollen Sie ihn sehen?«

»Nein, ich denke nicht.« Ich sah auf meine Uhr. »Ich geh' dann jetzt wohl besser. Fange Montag an zu arbeiten.«

»Das müssen wir alle.« Als ich mich in Bewegung setzte, fuhr sie fort: »Dann war da noch der kleine Indianerjunge, den sie aus dem Hafen gefischt haben. Aber das interessiert Sie wohl nicht, oder?«

Mein Herz setzte aus.

»Welcher kleine Indianerjunge?«

»Bloß eins von den Kindern aus der Gegend. Die Cops glauben, daß er ausgerutscht ist, sich den Kopf angeschlagen hat und ins Wasser gefallen ist.«

»Wie hieß der, Fan?«

Sie sah mich kurz an, stellte aber keine Fragen. Sie stand

auf, ging zu ihrer Kartei, suchte und antwortete dann: »Jimbo Osceola. Wohnt im Lobster Court.«

»Wann war das?«

»Gestern abend.«

»Danke, Fan.« Sie sah mir verwirrt nach, als ich zum Maser zurückkehrte.

Ich hatte das instinktive Gefühl, daß der Tod von Penny Highbee und Jimbo mit Nancy und Pofferi in Zusammenhang stand. Ich saß im Auto und grübelte. Möglich, sagte ich mir, daß Penny Highbee angefangen hatte zu vermuten, daß Nancy nicht ganz das war, was sie zu sein schien. Die beiden Frauen waren enge Freundinnen. Vielleicht hatte Nancy die Maske fallen lassen. Pofferi würde nie zögern, Penny aus dem Weg zu räumen, wenn auch nur der leiseste Verdacht bestand, sie könnte Nancys Deckung gefährden.

Ich hatte Joey gewarnt; er sollte sich von Diaz fernhalten. Als ich mich an sein Lächeln erinnerte, als er es mir versprach, begriff ich, daß er sich nicht an meine Warnung gehalten hatte. Jimbo war ihnen zu dicht auf den Fersen gewesen, und sie hatten ihn genauso entdeckt wie Tommy.

Wo war Joey?

Ich verspürte das dringende Bedürfnis, mit ihm zu reden. Ich fuhr runter zum Hafen, parkte den Maser und ging hastig zum *Lobster Court.* Die üblichen Kinder, die ihren Ball herumtraten, unterbrachen ihr Spiel, um mich anzustarren.

Als ich auf Joeys Haus zuhielt, rief mir einer hinterher: »Hi, Mister.«

Ich blieb stehen. Ein dreckiger Indianerjunge, ungefähr neun Jahre alt, rannte auf mich zu.

»Brauchen gar nicht nach Joey zu suchen, Mister.«

Ich zog mein Taschentuch heraus und wischte mir über das schweißnasse Gesicht.

»Wie meinst du das?«

»Der wohnt nicht mehr hier. Ist gestern ausgezogen.«

»Wohin?«

Mit dummem Gesicht sah mich der Junge an.

»Keine Ahnung, Mister.«

Ich wedelte mit einer Dollarnote.

»Wohin?« wiederholte ich.

Gierig starrte er das Geld an.

»Sind Sie Mr. Anderson, Mister?«

»Yeah.«

»Er hat mir nicht gesagt, wohin er ist, Mister, aber ich soll Ihnen sagen, der Kerl wäre noch immer da.«

»Bist du sicher, daß du nicht weißt, wo er ist? Ich bin ein Freund von ihm. Ich will ihn sprechen.«

Ich zog noch einen Schein heraus.

»Ich weiß es nicht. Hat den Bus genommen. Hatte einen Koffer dabei.«

»Welchen Bus?«

»Den nach Key West.«

»Okay.« Ich gab ihm die zwei Dollar. »Hör zu. Wenn du ihn siehst, sag ihm, er soll mich anrufen.«

Das Kind schnappte das Geld und grinste.

»Versprochen, Mister.«

Als ich zu meiner Wohnung zurückfuhr, fühlte ich mich einsam und machte mir Sorgen. Ich entschied, daß ich die Nacht nicht allein verbringen wollte. Also änderte ich die Richtung und fuhr zu Berthas Hochhaus hinüber.

Sie war noch beim Auspacken.

»He, Honey«, rief sie aus, als sie die Wohnungstür öffnete. »Was ist denn los? Hier herrscht heilloses Durcheinander.«

So makellos Bertha auch immer aussah, ihre Wohnung

befand sich ständig in einem schrecklichen Zustand. Jetzt, mit halboffenen Koffern und Kleidern, die überall herumlagen, sah es noch schlimmer aus.

»Zieh dir was an, Baby. Wir gehen essen. Ich muß mit dir reden.«

Sie sah mich durchdringend an, ging dann ins Schlafzimmer. In weniger als zehn Minuten kam sie zurück, tadellos gekleidet. Ein Rekord für sie.

»Ist was passiert?«

»Yeah, aber das muß warten. Wir fahren zu Chez Louis. Da können wir reden, Baby, und außerdem brauche ich einen Bettgenossen.«

»Kein Problem.« Sie hängte sich bei mir ein. Erst als wir den Maser erreichten, bemerkte ich ihren Gehorsam. Für gewöhnlich stritten wir immer darüber, wo wir essen wollten. Ich grinste, als ich ihr in den Wagen half. Sie stellte sich bereits vor, ich wäre eine Million Dollar schwer.

Erst als wir in dem kleinen, halb leeren Restaurant saßen und Krebse und mit Austern gefüllte Steaks bestellt hatten, erzählte ich ihr die Neuigkeiten.

Von einem Champagner-Cocktail besänftigt, hörte sie zu, ohne daß ihr die Augen aus dem Kopf fielen.

»Könnte ein Zufall sein«, sagte sie, als ich fertig war.

»Zum Teufel mit dem Zufall! Highbee vorgestern. Jimbo gestern. Ich hab' dir gesagt, diese Kerle sind mordsgefährlich, Babe.«

»Sie können dir nichts anhaben.«

»Ich hoffe nicht.«

»Je früher du mit Hamel sprichst, um so schneller können wir unsere Siebensachen packen und abhauen.«

»Ich kann noch nicht mit ihm reden.«

»Warum nicht?«

»Die Frau seines Anwalts und beste Freundin seiner Ehefrau ist tot«, erklärte ich geduldig. »Das ist nicht der geeignete Augenblick, um bei ihm vorstellig zu werden. Es wäre auch ohne diese Komplikationen schwierig genug, ihn zu sprechen.«

Sie nahm ihren Teller in Angriff.

»Was ist daran so kompliziert?« fragte sie schließlich.

»Ich kann da nicht einfach so reinschneien.« Ich erklärte ihr die Sicherheitsmaßnahmen in Paradise Largo.

»Mann! Reich müßte man sein!« seufzte Bertha.

»Klar doch. Ich muß warten, bis sich die Wogen geglättet haben. Dann versuche ich, ihn ans Telefon zu bekommen. Ich werde ihm nicht schreiben ... das könnte Beweismaterial sein, wenn etwas schiefgeht.«

Sie aß weiter, aber ich konnte ihrer gerunzelten Stirn ansehen, daß sie nachdachte. Als sie die Gabel hinlegte, nachdem sie sich vergewissert hatte, daß kein Krümel übrig war, sagte sie: »Geh zu der Beerdigung.«

»Warum, zum Teufel, sollte ich zu Penny Highbees Beerdigung gehen?«

»Habt ihr in der Agentur nie für Highbee gearbeitet?«

»Wenn ich so drüber nachdenke, ungefähr ein Dutzend Mal.«

»Na also ... zeigt doch nur Euren Respekt.«

»Wieso glaubst du, daß Hamel da sein wird?«

»Bart! Wenn nicht, dann macht es nichts. Wenn ja, dann kannst du ihm sagen, daß du ihn dringend sprechen mußt. Er wird einen Termin festsetzen. Es ist zumindest einen Versuch wert, oder nicht?«

Die Vorstellung behagte mir zwar nicht, aber ich kam zu dem Schluß, daß es so besser wäre, als zu versuchen, ihn ans Telefon zu bekommen.

»Ich weiß weder wann noch wo die Beerdigung stattfindet.«

»Gott gebe mir Gelassenheit!« stöhnte Bertha. »Du bist doch Detektiv! Dann finde es heraus, verdammt noch mal!«

Glenda Kerry schaute von der Post hoch, die auf ihrem Schreibtisch ausgebreitet war, und starrte mich auf ihre kühle, unpersönliche Art an.

»Hallo, Schöne«, begrüßte ich sie. »Da bin ich wieder: bereit zum Arbeiten. Was liegt an?«

»Du kümmerst dich um Solly Herschenheimer. Ab heute mittag.«

Ich starrte sie an.

»Machst du Witze?«

»Sie haben nach dir verlangt. Keine Ahnung warum. Ich wollte es Chick geben, aber die wollten dich!«

»Gute Nachricht! Natürlich wollten die mich: Ich bin gebildet und sehe gut aus. Okay, ich bin sofort drüben.«

Solly Herschenheimer stand jedes Jahr auf dem Plan. Es war der beste Job, den wir jemals an Land gezogen hatten. Ich bin nie dahintergekommen, wieviel Herschenheimer bezahlen mußte, aber ich war sicher, daß es eine Menge war. Das beunruhigte mich nicht: Der Job war ein Kinderspiel und die Verpflegung einfach himmlisch.

Solly Herschenheimer war ein unheimlich reicher Ekzentriker, der in seinem tiefsten Innern überzeugt war, daß er ständig Gefahr lief, umgebracht zu werden. Niemand, nicht einmal Polizeichef Terrell, war in der Lage, ihn vom Gegenteil zu überzeugen. Er weigerte sich, die Namen seiner Feinde zu nennen, und allgemein war man der Ansicht, daß er ein harmloser Irrer sei. Er lebte völlig abgeschieden und beschäftigte zwei Leibwächter, die ständig auf der Hut vor einem Angriff sein mußten. Wenn einer der Leibwächter Urlaub nehmen wollte, bat er bei der Parnell Agency um einen Ersatzmann. Ich hatte im vergangenen Jahr das Glück gehabt, den Job zu bekommen, und jetzt bekam ich ihn wieder.

Der Job an sich war schon wie Urlaub. Es gab nichts weiter zu tun, als auf dem Grundstück umherzuschlendern, das zu dem großen Haus gehörte, abends fernzusehen und üppige, luxuriöse Mahlzeiten zu verspeisen, die Herschenheimers Butler Jarvis zubereitete. Der einzige Nachteil an der ganzen Sache war, daß der verrückte Alte keinen Alkohol mochte. Aber die Wächter brachten ihren eigenen mit, und es passierte nichts.

Am Ende der zwei Wochen, wenn der Leibwächter aus dem Urlaub zurückkam, erhielt der Ersatzmann 200 Dollar, mit dem Ergebnis, daß alle Detektive der Agentur versuchten, diesen Job zu ergattern. Daß ich es zwei Mal geschafft hatte, war wirklich ein Geschenk der Götter.

»Weißt du, daß Mr. Herschenheimer umgezogen ist?« erkundigte sich Glenda.

»Nein. Wo wohnt er jetzt?«

»Paradise Largo. Seit drei Monaten lebt er da. Du sollst dich da melden.«

Ich fragte mich sofort, ob seine neue Residenz wohl in der Nähe von Hamel war. Aufgeregt stellte ich fest, daß ich auf diese Weise vielleicht Gelegenheit hatte, mit Hamel zu sprechen, ohne Aufmerksamkeit zu erregen.

Die Zeichen standen günstig für mich.

»Okay, Liebste. Ich mach' mich auf die Socken.«

Von Fanny Battley hatte ich erfahren, daß die Highbee-Bestattung um 10 Uhr 30 stattfinden würde. Ich hatte also genug Zeit, daran teilzunehmen, und wäre immer noch pünktlich an meinem neuen Arbeitsplatz.

Als ich auf dem Friedhof eintraf, sah ich sofort, daß Berthas Idee, hier mit Hamel Kontakt aufzunehmen, nicht funktionieren würde. Da trieben sich, grob geschätzt, dreihundert Trauergäste herum. Ich wartete, darum bemüht, bekümmert auszusehen, und suchte nach Hamel. Aber ich sah ihn erst nach der Beerdigung. Er war zusammen mit Nancy da, die ganz in Schwarz gekleidet war. Er hatte den Arm um sie gelegt, als müsse er sie stützen.

Ich drängte mich durch die Menge, bis ich so nah bei ihr war, daß ich sie gut sehen konnte. Ich war entsetzt. Sie sah aus wie ein Gespenst: schneeweiß, mit tiefliegenden Augen und zitternden Lippen. Tränen glänzten auf ihrem Gesicht.

Ich begriff, daß dies nicht der richtige Zeitpunkt war, um Hamel um eine Verabredung zu bitten. Als ich mich entfernen wollte, brach Nancy plötzlich zusammen. Hamel fing sie auf und trug sie einen Weg zwischen den Gräbern entlang zu einem wartenden Auto.

Bewegung kam in die Menge, ein paar gedämpfte Stimmen waren zu hören. Ich sah den Wagen davonfahren.

»Mr. Anderson . . .«

Ich drehte mich um. Mel Palmer beobachtete mich.

»Ein trauriger Anlaß, Mr. Anderson.« Er sah so traurig aus wie ein Mann, der gerade einen Hundert-Dollar-Schein gefunden hat. »Wir haben alle nur kurze Zeit zu leben . . . traurig.«

»Das stimmt.«

»Ich fürchte, es hat Mr. Hamel mitgenommen, aber zum Glück ist sein Buch jetzt fertig.« Palmer strahlte richtig. »Das Buch ist ein Triumph! Das Beste, was er je geschrieben hat.«

»Im Augenblick scheint er ein Problem mit Mrs. Hamel zu haben. Sie wirkte ziemlich bedrückt.«

»Ja . . . ja.« Nancy interessierte ihn offensichtlich nicht. »Aber die Zeit heilt alle Wunden. Sie wird neue Freundinnen finden.«

Er entdeckte jemanden, den er kannte, nickte mir zu und eilte davon.

Nachdenklich ging ich zu meinem Wagen zurück. Ich war verwirrt. Ich war sicher, daß Nancy mit Lucia Pofferi identisch war: eine zweifache, rücksichtslose Mörderin. Und dennoch war ich überzeugt, daß ihr Kummer nicht gespielt war. Der Grund für dieses merkwürdige Verhalten könnte sein, daß Pofferi ihr keinen Hinweis darauf gegeben hatte, daß er die Frau umbringen würde, mit der sie sich angefreundet hatte. Aber als der vorgetäuschte Unfall passiert war, hatte Nancy die Wahrheit erraten. Das könnte interessant werden. Würde dieser rücksichtslose Mord sie gegen Pofferi aufbringen?

Ich blieb stehen, als ich den Maser sehen konnte. Dafür hatte ich einen guten Grund: Detective Tom Lepski saß auf dem Beifahrersitz, den Hut tief ins Gesicht gezogen, mit einer glimmenden Zigarette zwischen den dünnen Lippen.

Ärger? überlegte ich und wappnete mich. Ich setzte mein Man-kann-ja-nie-wissen-Gesicht auf und erreichte den Wagen.

»Hi, Tom.«

Er schob den Hut auf den Hinterkopf und nickte.

»Du solltest deinen Wagen lieber abschließen«, warnte er. »Warum gehst du neuerdings zu Beerdigungen?‹

Um Zeit zu gewinnen, ging ich um den Wagen herum und glitt auf den Fahrersitz.

»Highbee ist einer unserer Klienten gewesen«, sagte ich, als ich mich setzte. »Der Colonel wollte ihm Respekt erweisen. Ich hab's übernommen. Und was treibst du hier?«

»Schaue bloß zu.« Lepski runzelte die Stirn. »Uns beiden gefällt das hier gar nicht. Wir glauben beide nicht daran, daß dieser Kerl so stinkbesoffen gewesen ist. Ich rieche da was.«

»Was?«

»Bin nicht sicher, könnte aber Mord gewesen sein. Wir haben einen neuen Zeugen: Ernie Thresher. Er wohnt in einem Apartment in dem Hochhaus, das Mrs. Highbee besuchte.« Er brach ab und musterte mich scharf. »Hör zu, Bart, das bleibt unter uns. Wir halten Thresher zurück, bis wir mehr wissen. Er schwört, daß das kein Unfall durch Trunkenheit gewesen ist. Er hat aus dem Fenster geschaut und den Unfallwagen am Ende der Straße stehen sehen. Hat sich gefragt, was der Wagen dort macht. Kaum trat Mrs. Highbee aus dem Haus, startete dieser Wagen und raste los wie verrückt, direkt auf sie zu. Sie hatte keine Chance.«

Ich bemühte mich, ruhiger zu erscheinen als ich war.

»Wer sollte die denn umbringen wollen?« gab ich zu bedenken.

»Das ist ja das Problem. Trotzdem gefällt uns Threshers Aussage. Die beiden anderen Zeugen verwickeln sich in Widersprüche. Thresher hat uns eine Beschreibung des Autos und das Kennzeichen geliefert. Wir haben das überprüft. Der Wagen wurde einem gewissen Harry Dellish gestohlen, dem Gerichtsreporter, aus seiner Garage am Abend des sogenannten Unfalls. Wir haben den Wagen gefunden: Er hat eine Beule an der Stoßstange. Thresher behauptet noch etwas Interessantes: Der Fahrer war ein Farbiger.«

Josh Jones! dachte ich sofort, ließ mir aber nichts anmerken.

»Und?«

»Und nichts bisher.« Lepski schien empört. »Nur eine Spur, aber wir arbeiten daran. Vielleicht stoßen wir auf irgend etwas, wenn wir dahinterkommen, warum irgend jemand ein so nettes Mädchen wie Penny Highbee ausschalten wollte.«

Mir lief ein Schauer über den Rücken. Ich hätte es ihm verraten können. Ich hätte ihm sagen können, wer den Job erledigt hatte, aber ich wußte, ich würde Probleme bekommen, wenn ich erst einmal damit anfing, Informationen weiterzugeben.

»Vielleicht wollte sich jemand an Highbee rächen. Der hat als Anwalt bestimmt Feinde.«

»Daran haben wir auch schon gedacht, aber Highbee ist ganz sicher, daß es kein Farbiger auf ihn abgesehen hat.« Lepski zuckte mit den Schultern. »Na ja, wir bleiben dran.« Er schnippte seine Zigarette fort und fragte dann: »Und du, Bart? Hattest du einen schönen Urlaub?«

»Das kann man wohl sagen. Meine Freundin kennt da 'nen reichen Knaben, der ihr seine Jacht geliehen hat. Stell dir bloß vor: alles umsonst.«

Er grinste mißmutig.

»Du kannst schon mit Weibern umgehen.« Er grübelte. Dann fuhr er fort: »Hast du schon von diesem zweiten Indianerjungen gehört, der ausgeschaltet worden ist?«

Ich setzte meinen Um-Gottes-willen-Ausdruck auf.

»Ich war nicht da. Ein zweiter Indianerjunge?«

»Yeah. Tommy Osceolas Bruder Jimbo. Erinnerst du dich? Tommy ist zusammen mit Pete erschossen worden.«

»Was ist passiert?«

»Hat 'nen Schlag auf den Kopf bekommen und ist dann in den Hafen geworfen worden. Niemand hat was gesehen.« Nachdenklich starrte er mich an. »Irgendwas geht hier vor, Bart. Seit Coldwell mit diesem Mist von Pofferi angefangen hat, haben wir hier drei Morde und einen mutmaßlichen

Mord gehabt. Ich frage mich die ganze Zeit, ob Pofferi hinter allem steckt, aber dann sage ich mir, daß ein verdammter italienischer Terrorist wohl kaum ein Interesse daran haben könnte, einen alten Säufer, zwei Indianerkinder und Penny Highbee umzulegen.«

»Da hast du wirklich ein Problem.« Ich sah auf die Uhr. »Ich muß los, Tom. Ob du es glaubst oder nicht: Ich hab' schon wieder den Herschenheimer-Job. Kann ich dich irgendwohin mitnehmen?«

»Ich bin mit dem Wagen hier.« Lepski stieg aus. »Den Herschenheimer-Job? Braucht der alte Irre immer noch Wächter?«

»Und ob. Der ist nicht ganz dicht.«

»Bis dann. Und, Bart, wenn du irgend etwas in dieser Sache erfährst, gib's uns weiter. Wir können Hilfe brauchen.«

Er ließ mich stehen und ging zu seinem eigenen Wagen hinüber.

Ich wischte mir mit dem Taschentuch das Gesicht trokken. Ich hatte begriffen. Wenn ich Coldwell gesagt hätte, wo sich Pofferi versteckt hielt, dann würden jetzt vier Menschen noch am Leben sein. Aber indem ich den Mund hielt, hatte ich 50 000 Dollar gemacht. Der Gedanke verursachte mir ein schlechtes Gewissen, aber dann sagte ich mir, wenn ich weiterhin den Mund hielt, hätte ich eine gute Chance, noch eine ganze Million Dollar rauszuholen.

Bart, Baby, sagte ich mir, jetzt ist nicht der richtige Moment, um ein schlechtes Gewissen zu entwickeln. Du kriegst nicht eine Million, wenn du anfängst, an andere Leute zu denken. Vergiß nicht, was dein alter Herr immer zu sagen pflegte: *Schweigen ist Gold*.

Also schweig, Bart, Baby, halt den Mund.

Ich ließ den Motor an und fuhr Richtung Paradise Largo.

Mike O'Flagherty begrüßte mich am Pförtnerhaus.

»Hast du den Job gekriegt?« grinste er. »Man hat mir gesagt, daß einer der Detektive von Parnells kommen würde. Mensch! Da haste was Tolles an Land gezogen!«

»Als ob ich das nicht wüßte! Wo finde ich das Haus des Alten?«

»Direkt gegenüber von Mr. Hamel.« Mike lehnte am Maserati. »Tut mir wirklich leid für Mrs. Hamel. Hat ihre beste Freundin bei 'nem Autounfall verloren. Ist gerade von der Beerdigung zurückgekommen – in einem schrecklichen Zustand. Dr. Hirsch ist gerufen worden. Ist vor fünf Minuten eingetroffen. Ich mag die Lady. Die ist echt nett.«

»Yeah«, sagte ich und fragte mich, wie er reagieren würde, wenn ich ihm erzählte, wer Nancy wirklich war. »Ich muß weiter, Mike. Ich will doch nicht zu spät kommen.«

»Klar doch.« Er hob den Balken, ich fuhr drunter durch und zu Hamels Haus. Direkt gegenüber befanden sich die gleichen hohen Tore. Ich klingelte, und die Tore öffneten sich.

Carl Smith, einer der Wächter, den ich kennengelernt hatte, als ich das letzte Mal diesen Job hatte, schüttelte mir die Hand.

»Freue mich, dich zu sehen, Bart.« Er war ein großer, blonder, jugendlicher Mann mit Sommersprossen und einem breiten Grinsen. »Hab' schon gehofft, daß sie dich schicken würden.«

»Wie geht's dem alten Irren?«

»Immer dasselbe. Macht keine Probleme. Hast du schon gegessen?«

»Ich hatte gehofft, hier etwas zu bekommen.«

»Hast schon gewonnen. In zehn Minuten gibt es Mittagessen.«

»Ist Jarvis noch da?«

»Klar doch, und der Koch ist so gut wie immer.«

Ich stellte den Wagen im Schatten der Bäume ab. Dann gingen wir zusammen zu einem hüttenähnlichen Gebäude. Dahinter konnte ich das Haupthaus sehen. Es war groß: mindestens zwanzig Zimmer.

»Wir arbeiten hier«, erklärte Carl und wies auf die Hütte. »Kein Problem. Wir sitzen einfach bloß da und genießen das Leben. Niemand kommt ohne Genehmigung auf die Halbinsel. Dem alten Knaben ist das nicht klar, sonst würden auch wir unseren Job verlieren. Und niemand wird es ihm verraten.« Er lachte. »Deine Schicht, Bart, geht von Mittag bis Mitternacht, dann von Mitternacht bis Mittag, immer abwechselnd. Okay?«

»Okay.«

Wir betraten das Häuschen. Es bestand aus einem großen Zimmer. Oben gab es zwei Schlafzimmer und ein Bad. Das Wohnzimmer war mit bequemen Sesseln, einem Schreibtisch und einem Fernseher ausgestattet.

»Das Einzige, was ich vermisse, ist eine Bar«, bemerkte ich, als ich mich umsah.

Carl zwinkerte mir zu. Er ging zum Schreibtisch und zauberte eine Flasche Scotch hervor. Dann ging er an einen Schrank und zeigte mir einen kleinen Kühlschrank.

»Wir müssen doch auf uns aufpassen, Bart. Willst du 'nen Drink?«

Während er die Drinks zubereitete, trat ich ans Fenster und schaute zu den geschlossenen Toren hinüber. Ich konnte gerade eben den Giebel von Hamels Dach ausmachen. Gleich neben dem Eingang von Herschenheimers Residenz gab es einen großen Baum mit weit ausladenden Zweigen. Ich schätzte, wenn es mir gelang, in diese Zweige hinaufzuklettern, dann könnte ich direkt in Hamels Garten und Haus schauen.

Ich drehte mich um und nahm das Glas entgegen, das Carl mir anbot.

Ja, sagte ich mir, die Karten sind günstig für mich.

Siebtes Kapitel

Als wir unser exzellentes Mahl beendet hatten, verzog sich Carl. Ich saß unter den Bäumen, von wo aus ich das Haus und die Eingangstore beobachten konnte, und machte es mir gemütlich. Hamel ging mir im Kopf herum. Ich wußte jetzt, daß er mit seinem Buch fertig war, und mir fiel wieder ein, daß Palmer erzählt hatte, Hamel würde mehr als elf Millionen Dollar einstreichen, wenn das Buch fertig war. Also konnte Hamel sich nicht mit Armut herausreden, wenn ich ihn anpumpte. Folglich überlegte ich jetzt, wann der richtige Zeitpunkt wäre, um ihn unter Druck zu setzen. Nancy war zusammengebrochen. Das war vielleicht nicht der richtige Augenblick, um mich an Hamel heranzumachen. Vielleicht sollte ich noch warten. Tief in meinem Innern wußte ich, daß ich mir nur selbst was vormachte. Ich wollte nicht warten, weil Hamel Probleme mit seiner Frau hatte, sondern weil ich mich bei der Vorstellung, ihn unter Druck zu setzen, nicht wohl fühlte. Der war kein Mensch, den man herumstieß. Der war hart im Nehmen. Er könnte mich auffordern, zur Hölle zu fahren, oder sogar schlimmeres; er könnte die Bullen rufen oder etwas Verzweifeltes tun. Ich hatte das ungute Gefühl, er würde eine Erpressung nicht einfach so hinnehmen.

Meine Gedanken wanderten zu Bertha, und ich verzog das Gesicht. Jetzt tat es mir leid, daß ich mich ihr anvertraut hatte. Sie roch eine Million Dollar, und sie würde nicht aufhören, mich zu bearbeiten, bis ich das Geld gefordert hatte.

Dann überließ ich mich meinem üblichen, wunderbaren Traum, eine Million Dollar zu besitzen. Diesmal, so nahm ich mir vor, würde ich das Geld nicht wie ein Verrückter ausgeben. Ich würde Aktien für das Alter kaufen, würde von den Zinsen leben. Doch noch während ich mir das schwor, wußte ich, daß die Million genauso schnell verschwinden würde wie Diaz' fünfzigtausend Dollar. Geld blieb einfach nicht an mir kleben.

Meine Gedanken langweilten mich, und ich machte einen Spaziergang durch den riesigen Garten. Blumenbeete, Rasen, Sträucher, alles war perfekt gepflegt. Ein chinesischer Gärtner mit einem langen Schnurrbart grub in einem Begonienbeet. Aus zusammengekniffenen Augen warf er mir einen desinteressierten Blick zu und machte sich weiter an dem Beet zu schaffen.

Der große Swimmingpool sah einladend, aber einsam aus. Ich fragte mich, ob Herschenheimer ihn jemals benutzte. Ich bezweifelte das. Wahrscheinlich dachte er, jemand könnte aus den Büschen springen und ihn ertränken.

Ich sah Jarvis, Herschenheimers Butler, den Weg entlang und auf mich zukommen. Er hätte direkt dem Buch *Vom Winde verweht* entsprungen sein können. Er war der würdevollste alte Schwarze, den ich je gesehen hatte: groß, sehr dünn, mit krausem, weißem Haar, großen schwarzen Augen und dichten, weißen Augenbrauen. Er hätte das Herz von Scarlett O'Hara und ihresgleichen erfreut. Ich kannte ihn gut seit meinem letzten Job hier, und ich hatte festgestellt, daß er süchtig war nach Kriminalgeschichten. Stundenlang konnte er dasitzen und meinen Lügengeschichten zuhören. Er glaubte jede Geschichte, die ich mir ausdachte, und immer war ich der tapfere Held. Als Entschädigung versorgte er mich mit prächtigen Mahlzeiten und häufig auch noch mit einem Kistchen Zigarren, das er seinem Herrn und Meister stibitzt hatte.

Sein altes Gesicht strahlte, als er mich sah.

»Was für eine Freude, Mr. Anderson«, begrüßte er mich und schüttelte mir die Hand. »Ich habe nach Ihnen gefragt, aber Miss Kerry war sich nicht sicher, ob Sie rechtzeitig aus dem Urlaub zurückkommen würden. Ich bin ja so froh. Hatten Sie eine schöne Zeit?«

Während wir zur Hütte zurückgingen, erzählte ich ihm von der Jacht und von Bertha. Schon beim letzten Mal hatte ich das getan. Ich deutete an, daß Bertha für die CIA arbeitete, und so verschlang er mit vor Interesse weit aufgerissenen Augen alles, was ich in bezug auf sie auch nur andeutete.

Wenn mir die Lügengeschichten über mich selbst ausgingen, griff ich auf Bertha zurück. Mata Hari war eine Novizin im Nonnenkloster gegenüber der Bertha, von der ich erzählte.

Wir machten es uns im Schatten vor der Hütte bequem, und er fing an, mir Fragen darüber zu stellen, was ich so gemacht hatte. Da ich gerade einen Thriller von James Hadley Chase gelesen hatte, skizzierte ich den Plot für ihn, übernahm darin selbst die Hauptrolle. Als ich eine Stunde später fertig war, stand er zögernd auf.

»Sie führen ein wirklich bemerkenswertes Leben, Mr. Anderson«, meinte er. »Ich muß mich jetzt um Mr. Herschenheimers Tee kümmern. Ich habe Mr. Washington Smith um sieben Uhr zum Dinner eingeladen. Vielleicht möchten Sie sich zu uns gesellen? Mr. Smith ist Mr. Hamels Butler. Er kommt in seiner freien Zeit zu uns herüber. Er ist ein angenehmer Herr.«

»Sicher doch. Mach' ich gern«, erklärte ich mich einverstanden.

»Ich werde dafür sorgen, daß das Essen im Cottage serviert wird. So ist es leichter für Sie, nach möglichen Eindringlingen Ausschau zu halten.« Er lachte tief und kehlig als Zeichen dafür, daß er einen Witz gemacht hatte.

Als er zum Haus zurückkehrte, ging ich zu dem großen Baum neben den Eingangstoren hinüber. Er wurde durch andere Bäume vom Haus abgeschirmt. Ich hatte keine Probleme, mich in die unteren Äste hinaufzuschwingen, und von dort aus kletterte ich immer weiter nach oben, bis ich über die hohe Hecke sehen konnte, die Hamels Anwesen umgab.

Ich saß rittlings auf einem Ast, mit dem Rücken am Stamm, und schaute in Hamels Garten hinab, sah auch das Haus im Farmerstil.

Der Ferrari und der Ford standen vor dem Haus auf der geteerten Auffahrt. Kein Lebenszeichen war zu bemerken. Ich blieb zwei Stunden lang dort sitzen, aber niemand zeigte sich. Das Haus hätte ebensogut leer sein können.

Um 19 Uhr kam Jarvis mit Hamels Butler zum Cottage.

»Mr. Washington Smith, darf ich Ihnen Mr. Bart Anderson vorstellen, der sich für die Dauer von Mr. Jordans Urlaub um die Sicherheit des Besitzers kümmern wird«, sagte Jarvis.

Mr. Smith lächelte, als wir uns die Hand gaben.

»Wir sind uns schon begegnet, Mr. Anderson.«

»Stimmt. Ich freue mich, Sie zu sehen.«

Ein junger, weißgekleideter Schwarzer rollte einen Teewagen herein und deckte schnell den Tisch, während Jarvis Martini-Cocktails einschenkte.

»He! Ich dachte, der Boss mag keinen Alkohol«, sagte ich.

Jarvis lächelte.

»Es gibt ein altes Sprichwort, Mr. Anderson, was ich nicht weiß . . .«

». . . macht mich nicht heiß«, schloß Smith und griff nach seinem Glas.

Während wir hervorragende Schweinekoteletts mit Chilisoße verzehrten, fing ich an, Smith auszufragen.

Ich erklärte, wie traurig die Sache mit Mrs. Highbee doch sei. Ich war bei der Beerdigung gewesen und hatte gesehen, wie Mrs. Hamel zusammenbrach. Wie ging es ihr inzwischen?

Smith kaute ein paar Minuten und schüttelte dann den Kopf.

»Sie erholt sich schon wieder. Mrs. Highbee war ihre beste Freundin. Es war ein großer Schock, aber sie erholt sich.«

»Und Mr. Hamel?« erkundigte ich mich scheinbar beiläufig. »Ich halte ihn für eine bemerkenswerte Persönlichkeit. Er sagte, er würde mich in seinem Buch verewigen.«

Smith seufzte.

»Ich mache mir Sorgen um Mr. Hamel. Seit seiner Hochzeit ist er nie richtig glücklich gewesen. Ich bin schon seit fünfzehn Jahren bei ihm. Er hat einen Fehler gemacht, als er Mrs. Gloria heiratete . . . das war keine Dame. Die Scheidung hat ihn bekümmert. Ich dachte, alles würde gut werden, als er Mrs. Nancy heiratete.« Er musterte mich. »Ich kenne keine nettere Dame. Ich hoffte wirklich, daß diese Ehe ein Erfolg würde, aber Mr. Hamel ist nicht glücklich. Ich verstehe das nicht.«

Ich hätte es ihm erklären können. Ich dachte an Gloria

Corts Worte: *Man sollte meinen, ein Mann, der dieses Zeug schreiben kann, wäre auch gut im Bett. Irrtum! Der ist für eine Frau so nutzlos wie gekochte Spaghetti.*

»Nun ja, jedenfalls verdient er mit seinen Büchern eine Menge Geld. Man kann schließlich nicht alles haben«, sagte ich.

»Ja, das stimmt. Morgen fährt er nach Hollywood, um die Sache mit dem Film zu besprechen«, erzählte Smith. »Der Film wird ihm eine Menge Geld einbringen. Mr. Hamel ist äußerst großzügig. Er schenkt mir und meiner Frau, die das Kochen übernommen hat, immer etwas, wenn er einen Film verkauft hat.«

»Und die anderen? Bekommen die auch was?« bohrte ich.

»Wir haben keine anderen. Trotz seines Reichtums lebt Mr. Hamel lieber allein. Er hat nur selten Gäste, und wenn, dann heuert er noch Personal an und bestellt das Essen. Das Haus ist leicht zu führen, und meine Frau und ich haben keinen Streß. Er ißt abends immer kalt. Darum kann ich Mr. Jarvis' exzellente Küche in Anspruch nehmen.«

»Ich schätze, Mrs. Hamel wird mit ihm nach Hollywood fahren? Das sollte sie von ihrem Verlust ablenken.«

Er schüttelte den Kopf.

»Nein, Mrs. Hamel wird hierbleiben. Es handelt sich ja nur um drei oder vier Tage. Ich glaube, sie hat noch keine Lust, sich unter die Leute von Hollywood zu mischen.«

Jarvis, der uninteressiert zugehört hatte, mischte sich ein. »Sie müssen uns mehr von diesen Indianerjungen erzählen, die gestorben sind, Mr. Anderson. Ich bin sicher, daß sie ein paar Theorien entwickelt haben.«

»Äh, nun . . . nicht mal die Polizei versteht das«, sagte ich und stellte mir vor, wie ihre Augen aus dem Kopf springen würden, wenn ich ihnen die Tatsachen berichtete. »Aber ich kann euch von dieser seltsamen Geschichte erzählen, die die Agentur letztes Jahr an Land gezogen hat.« Und ich stürzte mich auf einen weiteren meiner Fantasie-Fälle, der sie an ihren Stühlen festkleben ließ, bis Smith bedauernd erklärte, er müsse zu seiner Frau zurück, die sich sonst wundern würde, wo er steckte.

Jarvis fiel auch ein, daß er den alten Irren noch ins Bett bringen mußte. Ich blieb mir selbst und meinen Gedanken überlassen.

Ich hatte von Smith eine Menge erfahren. Er hatte bestätigt, was Gloria Cort mir erklärt hatte: Hamel war impotent. Er hatte mir auch erzählt, daß Hamel für drei oder vier Tage unterwegs sein und Nancy allein lassen würde. Das gab mir Zeit. Und es würde Bertha ruhig halten.

Mein Nachmittag war nicht fruchtlos gewesen. Ich entspannte mich, und sobald ich entspanne, drehen sich meine Gedanken immer um Geld. Ich gab noch immer eine Million Dollar aus, als Carl erschien, um mich abzulösen.

»Ich wette, du warst beschäftigt«, meinte er grinsend.

»Ein herrliches Abendessen«, antwortete ich. »Mann! Ist das nicht ein toller Job?«

Ich kletterte gerade ins Bett, als das Telefon läutete. Eine Weile zögerte ich, den Hörer abzunehmen. Doch dann ging ich ran.

»Bart!« Berthas schrille Stimme traf wie ein Vorschlaghammer auf mein Trommelfell.

»Hi, Honey«, brachte ich hervor.

»Wie sieht's aus?«

»Wie sieht was aus?« Dabei wußte ich genau, was sie meinte. Sie gab ein Pfeifen von sich wie eine Lokomotive.

»Was ist passiert? Hast du ihn gesehen?«

»Immer mit der Ruhe ... er ist fort ... in Hollywood. Ich habe alles im Griff, Baby.«

»Wann kommt er zurück?«

»Sei doch nicht so verdammt gierig. In drei oder vier Tagen. Hör schon auf damit, Baby. Das ist meine Sache ... hast du das schon vergessen?«

»Nein, aber tu auch was. In habe mein Apartment und die Möbel verkauft. Jetzt bist du dran, Bart! Sobald er zurückkommt, erpreßt du ihn!«

»Du hast ...? Was, zum Teufel, soll das heißen?«

»Wer will denn in diesem vollgestopften, schäbigen Apartment leben, wenn wir Millionen schwer sind?« fragte Bertha. »Ich hatte ein gutes Angebot, also hab' ich verkauft. Jetzt liegt der Rest bei dir.«

Ich unterdrückte ein Stöhnen.

»Okay, okay. In drei, vier Tagen. Ich mach' das schon.«

»Tu das.« Sie legte auf.

Ein paar Minuten vor Mitternacht traf ich am Paradise Largo ein, um die Nachtschicht anzutreten. Ich hielt kurz, um mit Mike O'Flagherty zu plaudern, der bald abgelöst werden würde.

Wir sprachen über dies und das. Dann lenkte ich das Gespräch auf die Hamels.

»Irgendwas Neues von Mrs. Hamel?« erkundigte ich mich und bot ihm eine Zigarette an.

»Der Doktor war heute nochmal da. Mr. Hamel ist ganz früh am Morgen abgefahren. Soviel ich weiß, ist er nach Hollywood: ein Filmgeschäft.«

Das hatte ich wissen wollen. Hamel war jetzt also auf dem Weg nach Hollywood.

Carl wartete schon darauf, abgelöst zu werden. Jarvis

hatte einen Stapel Sandwiches für mich gemacht, für den Fall, daß ich über Nacht dem Verhungern nahe wäre.

»In meiner Schublade findest du eine Flasche Scotch«, verriet mir Carl. »Bedien dich.«

Als er fort war, aß ich die Sandwiches, genehmigte mir ein paar Drinks und ging dann zu dem Baum neben dem Eingang. Ich kletterte hinauf, betrachtete Hamels Haus, das im Dunkeln lag, und nachdem ich eine Stunde lang gewartet hatte, ohne daß etwas passiert wäre, kehrte ich ins Cottage zurück, legte mich aufs Sofa und schlief ein. Gegen fünf Uhr früh zwang ich mich hoch, duschte und rasierte mich und wanderte dann durch den Garten, bemüht, so auszusehen wie ein eifriger Wachtposten. Um 8 Uhr kam Jarvis mit Kaffee, Pfannkuchen, Ahornsirup, Grillwürstchen und Rühreiern.

Während ich aß, erzählte er. Er erklärte, da ich morgen ab Mittag im Dienst sein würde, würde er sich wieder mit Washington Smith zum Dinner verabreden. Ich erklärte mich einverstanden.

Carl löste mich mittags ab. Ich ging schwimmen, fuhr dann in meine Wohnung zurück und schlief bis 18 Uhr. Ich hatte keine Lust, mich mit Bertha abzumühen, also genehmigte ich mir in einer Bar einen Drink. Als ich Hunger bekam, wollte ich zu meinem Wagen. Ich wollte gerade einsteigen, als ich Gloria Cort entdeckte, die auf mich zukam.

»He, Sie!«

Sie blieb stehen und sah mich an. Dann lächelte sie und kam zu meinem Maserati herüber.

»Hi! Was treibt Sie denn hierher?« Sie lehnte sich an den Wagen. Ihre Brust rieb sich an dem dünnen Stoff ihres Kleides.

»Wollte mir gerade was zu essen besorgen«, sagte ich. »Leisten Sie mir Gesellschaft? Ich esse nicht gern allein.«

Sie ging schnell auf die andere Seite hinüber und öffnete die Beifahrertür.

»Wohin?«

»Mögen Sie Meeresfrüchte?«

»Ich ziehe Fleisch vor. Nicht weit von hier gibt es ein Restaurant: Beef on the Hoof. Kennen Sie das?«

Genau wie Bertha. Die Preise in diesem Restaurant hätten sogar einen Ölscheich erschreckt.

»Da nicht«, erklärte ich entschieden. »Ich kenne da 'nen Platz, da können Sie 'n Steak kriegen, das auf Ihrem Teller hockt und brüllt wie ein Stier.«

Sie lachte.

»Na ja, versuchen kann man es ja mal.« Sie setzte sich neben mich und ihre Hand fiel in meinen Schoß. »Hübscher Wagen.«

Sanft schob ich ihre Hand zurück.

»Nicht sofort, Baby . . . später, okay?«

Ich fuhr sie zu dem Restaurant in der Nähe der Paradise Avenue. Die Musik dort dröhnte in unseren Ohren, es war eine Menge los, und die Kellner waren wie Stierkämpfer angezogen.

Nachdem wir uns gesetzt und unsere Steaks bestellt hatten, lehnte sie sich zurück und schob ihre Brust in meine Richtung.

»Wo hast du gesteckt, Kleiner?« wollte sie wissen. »Hab' dich nicht mehr geseh'n, seit du im Alameda aufgekreuzt bist.«

»Man kommt rum. Und was treibst du hier? Ich dachte, du tanzt da oder so?«

»Nur samstags. Was machst du jetzt?«

»Ich? Bin hinter dem schnellen Geld her, und manchmal erwische ich es auch. Wie geht's Diaz?«

Sie sah mich lange und fragend an.

»Wie war doch noch dein Name?«

»Bart Anderson.«

Sie nickte.

»Halte dich von Diaz fern, Bart.«

»Das hat man mir schon mal gesagt.«

»Jetzt sag *ich* es dir. Bleib ihm fern.«

Die Steaks kamen, und wir fingen an zu essen.

»Wenn er so gefährlich ist, warum läßt sich ein nettes Mädchen wie du dann auf ihn ein?«

»Wer, zum Teufel, sagt denn, daß ich nett bin?« Sie spitzte die Lippen. »Aber du hast recht. Immer wenn ich einen Mann treffe, frage ich mich früher oder später, was ich mit dem mache. Bisher habe ich noch nie 'ne Antwort gefunden. Das Dumme ist, ich verknalle mich. Ich habe mich in diesen Heini Hamel verknallt. Dann in diesen Irren Diaz. Wenn ich dir erzählen würde, in wie viele verdammte Idioten ich mich verknallt hab' . . . das würde die ganze Nacht dauern.«

»Stark. Wie ist das Steak?«

»Herrlich.« Sie fing wieder an zu essen.

Also ließ ich sie essen. Als sie fertig war, erklärte sie, sie wolle noch einen Eisbecher mit viel Banane und Kirschen. Ich ließ sie den verputzen, während ich meinen Kaffee trank. Als es für sie nichts mehr zu essen gab, nickte sie, schob den Stuhl zurück und stand auf. »Gehen wir«, forderte sie mich auf. »Ich werde dich fertigmachen. Du wirst diese Erfahrung in deinem Tagebuch notieren.«

»Ich führe kein Tagebuch«, widersprach ich, während ich die Rechnung beglich.

»Aber das wirst du, Bruder! Das wirst du ganz bestimmt!« Sie packte meinen Arm und zerrte mich aus dem Restaurant.

Das Läuten des Telefons weckte mich. Mühsam öffnete ich die Augen und blinzelte zum Wecker hinüber. Es war 10 Uhr 05. Das Geräusch des Telefons hämmerte in meinem Gehirn. Ich hörte ein Stöhnen, dann ein Wort mit vier Buchstaben, und sah Gloria nackt, halb aufgerichtet, neben mir.

»Sei ruhig«, krächzte ich. »Das ist nichts.«

Ich wußte, es war Bertha, die versuchte, mich zu erreichen. Ich war ein Risiko eingegangen, als ich Gloria in meine Wohnung mitnahm, aber sie hatte ihre sexuelle Ausstattung so verführerisch eingesetzt, daß es mich einfach umgehauen hatte.

Ich habe schon mit vielen Puppen geschlafen, aber Gloria war was besonderes. Als Bettgenossin war sie einzigartig.

Ich hatte Bertha schon erzählt, daß ich wieder in der Tretmühle steckte, daß sie nicht damit rechnen sollte, daß ich mich in den nächsten Tagen melden würde. Aber jetzt, wo Bertha davon träumte, meine Million Dollar mit mir zu teilen, würde sie nur schwer abzuschütteln sein.

Das Telefon läutete noch ein paarmal, dann verstummte es.

»Hi.« Gloria lächelte mich an. Sie sah erschreckend lebendig aus. »Das war mal 'ne Nacht, Süßer.«

Ich hatte das Gefühl, keine Knochen mehr zu haben, brachte aber ein Nicken zustande.

»Ich hole uns 'nen Kaffee.« Sie glitt aus dem Bett und rannte nackt zur Küche hinüber. Ich beobachtete sie mit Anerkennung.

Nach einer Weile kam sie mit Kaffee zurück: stark und

belebend. Wir tranken, und ganz langsam fügte ich mich zusammen. Nach einer zweiten Tasse, diesmal mit Brandy aufgepeppt, fing mein Verstand an zu arbeiten. Ich sah sie an, die da neben mir saß, und begriff, daß sie nützlich für mich sein könnte: Jetzt war der richtige Zeitpunkt, um sie nach Informationen auszuhorchen.

»Baby, erzähl mir von Diaz. Warum findest du ihn nicht mehr so toll?«

»In der Alameda Bar gehen Dinge vor, die mir nicht gefallen.«

»Was für Dinge?«

»Ich bin dahintergekommen, daß Alphonso gefährlicher ist als eine Klapperschlange. Er macht mir Angst.«

»Das weiß ich. Aber was geht im Alameda vor?«

»Leute, die reden, finden ein plötzliches Ende.«

»Wie der alte Pete.«

»Und diese beiden Kinder. Ich werde nichts sagen. Ich will nicht so enden wie die.«

»Wer will das schon? Aber irgendwas geht da vor, hm?«

»Der versteckt da Leute. Hat denen das Dachgeschoß überlassen.«

»Wem?«

»Ich weiß es nicht, und ich will's auch nicht wissen.« Sie stellte ihre Kaffeetasse hin. »Bart, ich will hier weg. Diese verdammte Stadt steht mir bis oben hin. Wird Zeit, daß ich weiterziehe. Ich will nach Frisco. Da gibt es 'nen Kerl, der stript, und er will, daß ich mitmache. Aber ich soll das Geld geben, damit er loslegen kann.«

»Das ist doch immer so, Baby. Fall' nicht wieder darauf rein.«

»Der ist anders. Gibst du mir zehntausend Dollar, Bart?«

Ich starrte sie mit offenem Mund an.

»Ich hör' wohl nicht richtig. Dachte doch tatsächlich, du hättest zehntausend Dollar gesagt.«

Sie nickte.

»Genau das hab' ich auch gesagt.«

»Zehntausend! Baby! Das ist verrückt! Ich hab' nicht mal zweitausend.«

»Lüg nicht!« Sie sah mich böse an. »Ich weiß, daß dir Alphonso den Mund gestopft hat, mit fünfzigtausend. Ich hab' an der Tür gelauscht. Ich will zehn davon oder ...«

Mir wurde plötzlich bewußt, daß ich nichts anhatte. Die zufriedene, sexgeladene Atmosphäre war plötzlich verschwunden. Ich schlüpfte aus dem Bett und ging ins Bad. Ich duschte und rasierte mich, ließ mir Zeit dabei. Meine Gedanken rasten. Wenn eine Frau mich so ansah, wie Gloria eben, und dann sagte *oder*, wußte ich, daß ich sehr vorsichtig sein mußte.

Als ich ins Schlafzimmer zurückkehrte, war Gloria angezogen. Sie schaute aus dem Fenster, den Rücken mir zugewandt. Zigarettenrauch kräuselte sich über ihrem roten Haar.

Ich zog mich an und ging dann zum Schrank, um meine Polizeipistole zu holen. Das Halfter hing am Haken, aber die Waffe fehlte.

Bart, Baby, sagte ich mir, du mußt jetzt wirklich besonders vorsichtig sein.

Gloria drehte sich um und hob die rechte Hand. Die Pistole zeigte auf mich.

»Suchst du die, Bart?« Ihre Stimme war hart, ihre Augen kalt wie Eis.

»Du willst mich doch nicht etwa erschießen, Süße?«

»Ich schieß' dir in dein verdammtes Bein, wenn du mir das Geld nicht gibst«, erklärte sie. Sie sah so wütend aus, daß ich ihr glaubte.

Vorsichtig trat ich beiseite und setzte mich.

»Du hast Alphonso um fünfzigtausend erleichtert«, fuhr sie fort, »jetzt erleichtere ich dich um zehntausend.«

Ich holte tief Atem, fühlte mich plötzlich gar nicht wohl.

»Baby, ich würd's dir ja geben, wenn ich es bloß hätte. Ich hab's ausgegeben.«

»Komm mir bloß nicht damit! Niemand gibt so viel Geld in fünf Wochen aus!«

»Stimmt! Niemand außer mir! Ich hab' ein besonderes Talent dafür, Geld auszugeben. Ich hab' auch ein Talent dafür, teure Puppen aufzutreiben. Das ganze schöne Zeug ist für eine vierwöchige Kreuzfahrt draufgegangen. Was glaubst du denn, warum ich so schön braun bin? Weil ich in 'ner Kohlenmine gearbeitet habe?«

Sie starrte mich an. Ich konnte sehen, wie ihr Gesicht zusammenfiel.

»Ich will Geld haben, damit ich verschwinden kann!« Sie senkte die Waffe. »Du kannst nicht das ganze Geld ausgegeben haben!« Ein Hauch von Kummer und Angst kroch in ihre Stimme. Ich entspannte mich ein wenig. Jetzt war es nicht mehr so gefährlich.

»Doch. Ich kann's beweisen. Laß uns zu meiner Bank gehen, die werden es dir bestätigen.«

»Ach, halt den Mund!« Sie warf die Waffe auf's Bett und drehte mir den Rücken zu. Ich stand von meinem Sessel auf, schnappte mir die Pistole und schob sie in die Tasche. Jetzt atmete ich wieder normal.

Sie wirbelte herum.

»Was soll ich jetzt machen? Freddie kann mich nur brauchen, wenn ich seine Partnerin werde. Kannst du nicht ein bißchen Geld auftreiben, Bart?«

»Reg dich ab, Baby. Mal sehen, was wir machen können.

Benutz doch mal deinen Verstand. Hast du dich mal gefragt, warum Diaz sich ohne mit der Wimper zu zucken von fünfzigtausend Dollar getrennt hat?«

Sie setzte sich und gaffte mich an.

»Warum?«

»Weil ich was rausgefunden habe. Und er mußte mich dafür bezahlen, daß ich den Mund halte.«

»Und was hast du herausgefunden?«

»Das solltest du besser nicht wissen. Hat mit diesem Kerl zu tun, den Diaz versteckt.«

»Du meinst, mit dem Mann und der Frau?«

»Einer Frau?«

»Der hat 'ne Frau dabei. Ich hab' sie reden hören.«

Mir fielen die beiden Betten in dem Zelt auf der Pirateninsel ein, und die Frauensachen, die ich gesehen hatte. Ich hatte angenommen, Nancy hätte sie benutzt, wenn sie Pofferi besuchte.

»Bist du sicher, daß der 'ne Frau dabei hat?«

»Ganz sicher. Wer ist das? Warum dieser Aufruhr?«

»Vergiß es. Du willst zehntausend, um nach Frisco zu verschwinden ... richtig?«

»Bist du taub?« Sie hieb mit der Faust auf ihr Knie. »Ich hab's dir doch gesagt, oder?«

»Du kannst sie dir verdienen, Baby.«

Sie rutschte unruhig hin und her, starrte mich an.

»Machst du Witze?«

»Du könntest sie dir verdienen!«

»Und wie?«

»Ich will wissen, was in der Alameda Bar passiert. Ich will alles über diesen Mann und diese Frau wissen, die Diaz versteckt. Ich will, daß du das herausfindest und mir erzählst.«

Sie schrak zurück.

»Glaubst du, ich bin völlig verrückt?« Ihre Stimme war schrill. »Ich will nicht so enden wie Pete und diese beiden Jungs. Kommt nicht in Frage!«

»Nun reg dich nicht gleich so auf! Du brauchst nichts weiter zu tun, als Diaz' Büro anzuzapfen. Ich hab' da so 'n Ding, das ein Tonband aktiviert, wenn jemand zu reden anfängt. Du brauchst nichts weiter zu tun, als das Ding zu installieren. Kein Problem, Baby. Ich geb' dir die Wanze und 'nen Recorder. Du wechselst das Band, wenn es zu Ende ist. Heute in einer Woche bezahle ich dir zehntausend Dollar für die Bänder. Wie hört sich das an?«

Ich wußte, daß ich mich hinreißen ließ. Wenn Hamel nicht eine Million ausspuckte, würde ich niemals zehntausend aufbringen, aber das brauchte sie nicht zu wissen. Wenn die Bänder den Beweis lieferten, daß Diaz Pete und die Kinder umgebracht hatte, dann konnte ich den ausquetschen wie 'ne Zitrone.

»Woher kommen die zehntausend?« wollte Gloria wissen. »Du hast doch grade gesagt, du hast kein Geld.«

Ich lächelte sie zuversichtlich an.

»Hab' ich im Augenblick auch nicht, Baby, aber in einer Woche werde ich's haben. Mit 'nem Teil von dem Geld, das ich von Diaz gekriegt hab', bin ich bei 'nem Freund eingestiegen«, log ich. »Hat mich fünftausend gekostet, aber ich kriege mit Sicherheit fünfzehn zurück. Zehn für dich, fünf für mich.«

Ich wußte, sie war Zeit ihres Lebens von Kerlen an der Nase herumgeführt worden, die ihr Lügengeschichten auftischten. Wenn ich auch nur daran gedacht hätte, Bertha ein solches Märchen zu erzählen, dann hätte sie mir eine Bierflasche übergezogen. Aber Gloria gehörte nicht zu dieser Sorte.

Sie dachte nach. Ich konnte sie fast denken hören. Ein rotes Licht blinkte in ihrem Spatzenhirn, warnte sie davor, mir zu vertrauen, aber der Gedanke, zehntausend Dollar in die Hände zu bekommen, verwandelte das rote Licht in grünes.

»Woher soll ich wissen, daß du mir das Geld auch wirklich gibst?« fragte sie.

»Ich schwöre es beim Grabe meines Vaters.«

Sie musterte mich mißtrauisch.

»Woher weiß ich, daß dein Vater tot ist?«

»Herrgott noch mal! Ruf im Himmel an; die werden es dir sagen.«

Sie dachte noch ein bißchen, aber ihre Gier besiegte die Vorsicht.

»Okay, ich mach's. Aber wenn du mir das Geld nicht gibst, schneid' ich dir die Eier ab.«

Washington Smith leistete Jarvis und mir beim Mittagessen Gesellschaft. Hamel hatte ihn angerufen und erklärt, er würde am Abend zurückkommen. Wie es schien, war der Filmregisseur krank geworden, und das Meeting war auf kommende Woche verschoben worden. Smith sollte Hamels Sachen auspacken.

»Wie geht es Mrs. Hamel?« erkundigte ich mich, während Jarvis Hühnchen à la Maryland servierte.

»Es freut mich, sagen zu können, daß es ihr bereits viel besser geht. Sie ist ausgegangen, kurz nachdem Mr. Hamel abgefahren ist. Soviel ich weiß, verbringt sie den Tag auf der Jacht. Sonne und Meer sind hervorragende Medizin.«

Wir hatten unsere Mahlzeit fast beendet, als der Klang eines tiefen Motors Smith aufspringen ließ.

»Das muß Mrs. Hamel sein, die zurückkommt«, sagte

er. »Ich erkenne ihren Wagen am Geräusch. Dann gehe ich wohl besser.«

»Aber, aber, Mr. Smith«, meinte Jarvis spöttisch. »Ich bin sicher, daß Mrs. Hamel nicht erwartet, daß Sie zur Mittagszeit arbeiten. Ich habe da einen ganz besonderen Stilton und möchte, daß Sie ihn probieren.«

Smith zögerte, setzte sich dann aber wieder.

»Ja, Sie haben recht. Ich habe Mrs. Hamel davon in Kenntnis gesetzt, daß ich hier essen würde. Ein Stilton? Welch ein Luxus!«

Ich schob meinen Stuhl zurück.

»Ich zeige mich mal kurz«, erklärte ich. »Aber ich bin gleich wieder da.« Ich zwinkerte Jarvis zu und marschierte die Auffahrt entlang zu den Toren.

Sobald ich außer Sichtweite des Cottage war, fing ich an zu rennen und kletterte auf den Baum, um über die gegenüberliegende Hecke sehen zu können.

Der Ferrari stand vor dem Haus. Die Haustür stand offen. Ich wartete. Nach fünf Minuten oder so kam Nancy raus. Sie trug einen dunkelblauen Rollkragenpullover, eine weiße Hose, ein rotes Tuch bedeckte ihr Haar, und das Gesicht hatte sie hinter einer riesigen Brille verborgen. Sie sprang ins Auto und fuhr zum Tor, das sich automatisch öffnete. Ich sah direkt auf das Autodach hinab, als der Wagen röhrend davonraste.

Ich kletterte den Baum herunter und ging zum Cottage zurück.

Smith sah mich fragend an, als ich meinen Platz bei Tisch wieder einnahm.

»Sie ist weg«, erklärte ich. »Muß wohl was vergessen haben.«

»Ja. Die Damen haben die Angewohnheit, immer etwas

zu vergessen. Ich habe eine Nachricht hinterlassen, die besagt, daß Mr. Hamel um sieben Uhr heute abend zurück sein wird. Sie hat sie zweifellos gesehen.«

»Versuchen Sie noch ein wenig«, sagte Jarvis und schnitt eine anständige Portion von dem in eine Serviette gehüllten Käse ab.

Smith ging erst nach 15 Uhr. Jarvis zog sich auf ein Nickerchen zurück. Ich saß im Schatten und machte ebenfalls ein Nickerchen.

Während Jarvis gegen 19 Uhr das Dinner servierte, stieg ich noch mal auf den Baum. Von dem Ferrari war nichts zu sehen. Nachdem ich ein paar Minuten geduldig gewartet hatte, sah ich ein Taxi vorfahren. Hamel stieg aus. Er bezahlte den Fahrer, schloß dann mit einem Schlüssel das Tor auf und ging die Auffahrt entlang. Ich sah, daß er das Tor zugestoßen hatte, es aber nicht ins Schloß fiel.

Als ich ihn beobachtete, wie er sich dem Haus näherte, fragte ich mich, ob er wohl überrascht sein würde, wenn Nancy nicht da war, um ihn zu begrüßen. Ich fragte mich aber auch, wo sie steckte. Sie war jetzt seit über sechs Stunden fort.

Ich kletterte vom Baum und ging zum Cottage zurück.

»Da sind Sie ja, Mr. Anderson. Ich wollte Sie gerade rufen«, empfing mich Jarvis. »Ich hoffe, das findet Ihren Geschmack.«

Ich betrachtete den Silberteller, auf dem ein prächtiger Lachs lag, überzogen mit einer Kräuter-Sahne-Sauce.

»Sieht aus, als wäre er gut genug für zwei ehrliche, hart arbeitende Männer, Mr. Jarvis«, sagte ich und setzte mich an den Tisch.

»Ich glaube, Champagner verträgt sich gut mit Lachs. Ich habe mir erlaubt, eine Flasche auf Eis zu legen.«

Mensch! dachte ich. Das ist ein Leben!

Während wir aßen, erging ich mich in einer meiner selbstgezimmerten Kriminalgeschichten. So gegen 21 Uhr brachte ich das Märchen zu einem aufregenden Schluß. Wir nippten Kaffee, als Unterstützung einen Cognac Napoleon dazu, als wir beide einen Schuß hörten.

Ich stellte meine Kaffeetasse hin und sprang auf die Füße. Der Schuß war von der anderen Straßenseite gekommen.

Jarvis starrte mir mit offenem Mund nach, als ich die Auffahrt zu den Toren entlangrannte. Ich war sicher, daß der Schuß aus Hamels Anwesen gekommen war. Ich überquerte die Straße, stieß das Tor auf und lief die Auffahrt empor zum Haus.

Als ich die Haustür erreichte, stand sie offen. Washington Smith erschien in der Tür. Er zitterte, rollte mit den Augen. Sein Gesicht hatte die Farbe von Blei.

»Oh, Mr. Anderson ...«

»Nehmen Sie's leicht«, sagte ich und hielt ihn fest.

»Mr. Hamel ... in seinem Arbeitszimmer«, keuchte Smith. Dann gaben seine Knie unter ihm nach.

Ich stieß ihn beiseite und ging in die große Eingangshalle. Eine dicke, alte Negerin saß in einem Sessel, ihre Schürze vor dem Gesicht, und gab wimmernde Töne von sich. Ich durchquerte den Innenhof und ging zu Hamels Arbeitszimmer. Die Tür stand weit offen.

Ich roch Pistolenrauch. Ich blieb stehen und warf einen Blick in das große Zimmer, in dem vor gar nicht so langer Zeit Hamel mit mir gesprochen hatte.

Mir gegenüber stand sein großer Schreibtisch. Er saß hinter dem Tisch, sein Kopf ruhte an der hohen Rückenlehne seines Schreibtischstuhls, seine Augen starrten mich leer an. Blut sickerte an der rechten Seite seines Gesichtes herab. Pulverspuren verfärbten das kleine Loch in seiner Schläfe.

Eine Weile stand ich da, starrte ihn an, und konnte nur denken, daß ich jetzt niemals eine Million Dollar besitzen würde. Dann schüttelte ich diesen deprimierenden Gedanken ab, betrat den Raum und ging zum Schreibtisch hinüber. Auf dem Boden neben dem Stuhl lag eine Beretta 6,35. Ich betrachtete sie, rührte sie aber nicht an. Die Klimaanlage lief. Die Fenster waren geschlossen. Mein Blick wanderte zum Schreibtisch. Vor Hamel stand eine IBM-Schreibmaschine, in die ein Blatt Papier eingespannt war.

Er hatte etwas geschrieben. Ich beugte mich vor und las:

Warum sollte ich weitermachen? Ich bin für eine Frau nicht von Nutzen. Ich habe zwei Ehen zerstört. Warum sollte ich weitermachen?

Ich trat zurück und starrte auf den Toten.

»Du armer Kerl«, murmelte ich halblaut. »Du hast dich völlig falsch eingeschätzt.«

»Mr. Anderson . . .«

Ich drehte mich um.

Smith stand händeringend in der Tür.

»Er ist tot«, sagte ich. »Fassen Sie hier nichts an.« Ich ging aus dem Zimmer und schloß die Tür. »Wo ist Mrs. Hamel?«

»Tot? Oh, Mr. Anderson . . . er war so gut zu uns.«

»Reißen Sie sich zusammen!« fuhr ich ihn an. »Wo ist Mrs. Hamel?«

»Ich weiß es nicht. Sie ist nicht zurückgekommen.«

Dann schoß mir durch den Kopf, daß Nancy, wenn sie mich hier fand – den Kerl, der fünfzigtausend Dollar von ihr erpreßt hatte – dazu die Nachricht, daß ihr Mann Selbstmord begangen hatte, möglicherweise ausflippen und Ärger machen würde. Das wollte ich auf keinen Fall. Ich mußte schnell handeln.

»Mr. Smith! Hören Sie jetzt gut zu. Ich werde das regeln. Lassen Sie Mrs. Hamel nicht hier herein. Warten Sie nur ab . . . okay?«

Er nickte benommen.

Eilig verließ ich das Haus und rannte zum Cottage zurück, wo Jarvis wartete. Seine großen, schwarzen Augen waren riesige, verängstigte Fragezeichen.

In knappen Worten erzählte ich ihm, daß Hamel sich umgebracht hatte. Dann ging ich zum Telefon, blieb stehen. Mel Palmer mußte als erster hier eintreffen, danach die Bullen.

Jarvis lungerte herum.

»Haben Sie ein Telefonbuch?« fragte ich ihn.

Er holte es, ich fand Palmers Privatnummer, betete, daß er daheim sein würde, und wählte.

Ich mußte erst mit einem hochnäsigen Butler verhandeln, ehe ich Palmer an den Apparat bekam.

»Was gibt es, Mr. Anderson?« fragte er wütend. »Ich habe Gäste.«

»Russ Hamel hat sich soeben erschossen«, sagte ich. »Er ist tot. Mrs. Hamel ist nicht daheim. In seiner Schreibmaschine befindet sich ein Abschiedsbrief, auf den sich die Presse stürzen wird. Ich überlasse es Ihnen, die Polizei zu rufen.«

»Das glaube ich einfach nicht!« krächzte Palmer.

»Er ist tot. Setzen Sie sich in Bewegung.« Ich legte auf.

Als ich aus dem Cottage hinaustrat in die feuchte Dunkelheit, hörte ich das kehlige Röhren des Ferrari. Nancy war zurück! Ich hechtete die Auffahrt entlang und kletterte in den Baum. Ich kam gerade rechtzeitig, um Nancy aus ihrem

Wagen steigen zu sehen. Langsam ging sie die Stufen zur Haustür hinauf. Die Außenbeleuchtung brannte, und ich konnte sie deutlich erkennen. Dann öffnete Smith die Tür. Er trat zurück, sie ging vorwärts und verschwand. Die Tür fiel zu.

Ich hätte eine Menge darum gegeben, Nancys Reaktion zu beobachten, wenn Smith ihr die Nachricht übermittelte. Hatte sie Hamel geliebt? Oder hatte sie ihn nur geheiratet, um der italienischen Polizei zu entfliehen?

Plötzlich schoß mir ein Gedanke durch den Kopf. Durch Hamels dummen Selbstmord würde Nancy seine ganzen Reichtümer erben, die Copyrights und auch das Geld, das er für die Filme erhielt. Als seine Witwe würde sie enorm reich sein!

Meine Gedanken sprangen zu Pofferi. Lu Coldwell hatte behauptet, Pofferi wäre nach Amerika gekommen, um Geld für seine mörderische Organisation aufzutreiben. Nancy war seine Frau. Er hätte Zugang zu Hamels Vermögen, das er dazu verwenden konnte, die Rote Brigade zu finanzieren.

Ich kletterte vom Baum und ging zum Cottage zurück, sehr nachdenklich. Schon von weitem hörte ich das Telefon klingeln. Ich trat ein und nahm den Hörer ab.

»Mr. Anderson«, sagte Jarvis. »Mr. Herschenheimer hat den Schuß gehört. Er ist außerordentlich nervös. Ich bin bei ihm. Würden Sie bitte die Tore überprüfen? Ich habe ihm von diesem bedauerlichen Selbstmord erzählt, aber er glaubt es nicht. Er ist überzeugt, daß sich ein Mörder auf der Insel befindet.«

»Okay«, versprach ich. »Versprechen Sie ihm, daß ihm niemand zu nahe kommt.«

»Danke, Mr. Anderson. Er wird sehr erleichtert sein.«

Ich legte den Hörer auf. Dann fiel mir ein, daß Mel Palmer möglicherweise Probleme haben könnte, an dem Sicherheitsbeamten vorbeizukommen. Also rief ich Mike O'Flagherty im Wärterhäuschen an.

Ich erklärte ihm die Situation.

»Ich habe Mr. Hamels Agenten verständigt, Mel Palmer. Er wird jeden Augenblick kommen. Laß ihn passieren, Mike. Auch die Polizei wird eintreffen. Laß sie durch.«

»Heilige Mutter Gottes!« rief Mike aus. »Der arme Mann hat sich umgebracht?«

»Laß Mr. Palmer durch«, wiederholte ich und legte auf.

Ich ging zum Tor und wartete. Zehn Minuten später hielt sein Cadillac vor Hamels Eingang. Ich beobachtete, wie Palmer aus dem Wagen stieg, das Tor aufstieß und die Auffahrt entlanghastete.

Ich wartete, und während ich wartete, dachte ich an die fünfzigtausend Dollar, die ich verschenkt hatte. Ich ließ das Denken sein, als ich zu meiner Zukunft kam: das war zu deprimierend.

Gegen 23 Uhr traf ein Polizeiwagen ein. Tom Lepski und Max Jacoby stiegen aus. Ich überquerte die Straße, als sie den Wagen verließen.

Lepski sah mich an.

»Was geht hier vor?« wollte er wissen.

Ich erklärte ihm, daß ich damit beauftragt war, Herschenheimer zu bewachen. Ich hatte einen Schuß gehört, hatte den toten Hamel gefunden und Palmer informiert, und jetzt war ich wieder im Dienst.

Lepski funkelte mich wütend an.

»Warum hast du uns nicht gerufen?«

»Das ist Palmers Sache«, erklärte ich. »Der Abschiedsbrief könnte ungünstig sein. Es geht hier um eine Menge Geld.«

»Welcher Abschiedsbrief?«

»Dem Brief nach war Hamel impotent. Das wird der Presse gefallen, Tom. Ein Bestseller-Autor von Pornos und impotent! Das ist was, womit nur Palmer umgehen kann.«

»Du warst da drin?«

»Ich hab' ihn gefunden.«

Lepski kniff die Augen zusammen.

»Irgendwas angefaßt?«

»Nun komm aber, Tom, so dumme Fragen brauchst du mir nun wirklich nicht zu stellen. Mrs. Hamel war auf der Jacht. Sie ist vor etwa einer halben Stunde zurückgekommen.«

»Okay. Ich will später noch mal mit dir reden.« Er und Jacoby eilten die Auffahrt empor.

Kurz vor Mitternacht kam Carl, um mich abzulösen.

»Mike hat mir alles erzählt. Ganz schön aufregend, was?«

»Das kann man wohl sagen. Der Alte macht sich vor Angst fast in die Hose. Er hat den Schuß gehört.«

Carl stöhnte.

»Das heißt, daß ich heute nacht wach bleiben muß.«

»Genau das heißt es.«

»Hatte schon heute nachmittag unten am Hafen genug Aufregung«, erzählte er und lachte. »Irgendein Witzbold hat da 'ne Rauchbombe hochgehen lassen. Mensch! Du hättest die Panik erleben sollen! Ich wollte gerade in der Alameda Bar 'ne Kleinigkeit essen, als die Bombe hochging. Innerhalb von zwei Sekunden waren die ganzen Schaulustigen und die übrigen Schweinehunde verschwunden. Steckte bestimmt nur ein Kind dahinter, schätze ich, aber du hättest sehen sollen, wie schnell plötzlich alle rennen konnten.«

Das intererssierte mich nicht.

»Schätze, ich fahr' dann jetzt heim«, sagte ich. »Ich sehe dich dann morgen. Halt die Augen offen.«

Carl lachte.

»Klar doch.«

»Wenn die Bullen mich suchen, sag ihnen, ich sei daheim.«

»Warum sollten die dich suchen?«

»Warum wollen die überhaupt irgendwas?«

Wir gingen gemeinsam die Auffahrt entlang.

»Warum hat sich dieser alte Kerl eigentlich umgebracht?«

»So was kommt vor.« Ich ließ den Wagen an und fuhr zum Schlagbaum.

O'Flagherty kam aus dem Wächterhäuschen.

»Schöner Mist! Warum hat Mr. Hamel das bloß getan?«

»So was kommt vor«, sagte ich und ließ den Motor ungeduldig aufheulen. Er begriff und hob den Schlagbaum. Ich winkte ihm zu und fuhr heim.

Nachdem ich die Wohnungstür hinter mir geschlossen hatte, schenkte ich mir als erstes 'nen doppelten Scotch ein. Ich ging mit dem Glas zu einem Lehnsessel und setzte mich.

Es war inzwischen 0 Uhr 30. Sollte ich Bertha anrufen und ihr die Neuigkeit mitteilen? Ich glaubte nicht, daß sie ihr Apartment und ihre Möbel verkauft hatte, aber wenn nun doch? Ich hatte das dumme Gefühl, daß ich nichts mehr von ihr hören und sehen würde, wenn sie erst erfuhr, daß es keine Million Dollar geben würde.

Das Telefon läutete.

Bertha?

Ich zögerte, stand dann aber auf und ging zum Schreibtisch. Ich hob den Hörer hoch und meldete mich: »Ja, bitte?«

»Mr. Anderson?«

Ich erstarrte. Ich hatte Joeys Stimme erkannt.

»Bist du das, Joey?«

»Ja, Mr. Anderson.«

»Ich hab' schon versucht, dich zu erreichen. Ich wollte dir sagen, wie leid mir das mit Jimbo tut. Von wo aus rufst du an?«

»Mr. Anderson, dieser Mann hat die Alameda Bar heute morgen verlassen. Ich habe schon versucht, Sie zu informieren.«

»Der Mann, der sich dort versteckt hatte?«

»Ja, Mr. Anderson. Ich hab' ihn fortgehen sehen. Ich hab' gesehen, wie jemand was aus dem oberen Fenster warf. Es explodierte in Rauch. Es herrschte Aufregung. Während alle fortliefen, kam der bärtige Mann raus und stieg in den Kofferraum eines Wagens, der direkt vor der Tür geparkt war.«

»Was war das für ein Wagen, Joey?«

»Ein Ferrari. Eine Frau fuhr ihn. Sobald er im Kofferraum war, fuhr sie los. Außer mir hat das niemand gesehen. Alle rannten fort, wegen des Rauchs.«

»Wann war das, Joey?«

»Um elf Uhr vierzig, Mr. Anderson.«

»Hatte die Frau ein rotes Kopftuch um und eine große Sonnenbrille auf?«

»Ja, Mr. Anderson.«

»Schön. Jetzt hör mir mal zu, Joey . . .«

Die Leitung war tot. Er hatte aufgelegt.

Ich hängte ein und starrte zu Boden.

Nancy hatte das Haus verlassen, kurz nachdem Hamel nach Hollywood aufgebrochen war. Kurz nach zwölf Uhr mittags war sie zurückgekommen und war fünf Minuten später erneut abgefahren.

Ich steckte mir mit leicht zittriger Hand eine Zigarette an.

Sie hatte Pofferi, im Kofferraum des Ferraris versteckt, zum Farmhaus gebracht. O'Flagherty hatte sie passieren lassen.

Pofferi hatte sich irgendwo im Haus versteckt gehalten, als Hamel heimgekommen war.

Selbstmord?

Ich drückte meine Zigarette aus.

Hamel hatte keinen Selbstmord begangen. Pofferi hatte ihn umgebracht!

Achtes Kapitel

Ich saß da und dachte nach, und allmählich ergaben die Puzzlestückchen ein Bild.

Hamel, ein enorm reicher Mann, hatte Nancy (Lucia Pofferi) in Rom kennengelernt und sich in sie verliebt. Er konnte nicht wissen, daß sie als zweifache Mörderin auf der Flucht war. Sie hatte sich die Haare dunkel gefärbt, trug riesige Sonnenbrillen und war so den Polizisten entkommen, aber sie wußte, daß sich das Netz immer enger um sie zusammenzog. Hamel hatte ihr die Ehe angeboten. Die Tatsache, daß sie bereits mit Pofferi verheiratet war, hinderte sie nicht daran, seinen Antrag anzunehmen. Indem sie Hamel heiratete, bot sich ihr eine sichere Fluchtmöglichkeit aus Italien.

Pofferi, der ebenfalls von der Polizei gesucht wurde, hatte versucht, Mittel für seine mörderische Organisation aufzutreiben. Nancy würde Hamels Vermögen erben, wenn sie seine Witwe wurde. Sobald sie das Geld hatte, würde Pofferi es für seine Organisation verwenden. Irgendwie war Pofferi in die Vereinigten Staaten gelangt, und mit Nancys Hilfe hatte er sich auf der Pirateninsel versteckt. Von Nancy hatte er erfahren, daß Hamel impotent war.

Das Paar hatte sich in Geduld geübt. Sie hatten sechs Wochen abgewartet, ehe sie ihren Plan in die Tat umsetzten. Sie wollten, daß Hamel sein Buch beendete und die Millionen an Vorschüssen kassierte. Als er mit seinem Buch fertig war, schritten sie zur Tat.

Nancy wußte, daß sie Pofferi nicht an der Schranke vorbeischmuggeln konnte, ohne daß O'Flagherty ihn entdeckte. Anscheinend hatte Pofferi dieses Problem gelöst, indem er ein großes Durcheinander im Hafen organisierte, sich dann im Kofferraum des Ferrari versteckte und so an O'Flagherty vorbei kam.

Die mit der Untersuchung von Hamels Tod betrauten Beamten waren sicher, daß kein Außenstehender mit dem Fall zu tun hatte. Nancy war auf der Jacht gewesen. Washington Smith und seine Frau waren über jeden Verdacht erhaben. Also – Selbstmord.

Aber ich wußte, daß Nancy Pofferi ins Haus geschmuggelt hatte, und jetzt war ich sicher, daß Pofferi Hamel erschossen und dann alles so hergerichtet hatte, daß es wie Selbstmord aussah.

Ich setzte mich ruckartig auf.

Gerade jetzt mußte sich Pofferi irgendwo im Haus versteckt halten. Ohne Nancys Hilfe konnte er die Halbinsel nicht verlassen, und sie mußte sich zur Beantwortung der Fragen für die Polizei zur Verfügung halten.

Was sollte ich tun? Die Bullen rufen und ihnen erzählen, daß sich Pofferi im Haus versteckt hielt? Und dann?

Halt dich da raus, Baby, sagte ich mir. Wenn du das Maul zu voll nimmst, wirst du nur Ärger bekommen. Also halt dich raus.

Ich ging ins Bett. Es dauerte eine Weile, bis ich einschlief. In den ersten zehn Minuten überlegte ich, was Pofferi, Nancy und die Bullen jetzt wohl machten. Ich wußte die Antworten nicht, also schlief ich ein.

Das Läuten des Telefons weckte mich um 10 Uhr 23. Ich wälzte mich auf die andere Seite des Bettes und nahm den Hörer ab.

»Ja?«

»Bart!« Berthas schrille Stimme gellte in mein Ohr.

»Hi, Süße«, murmelte ich schwach.

»Hast du die Zeitungen schon gelesen? Hamel hat sich erschossen!«

»Ja . . . ich weiß.«

»Hast du mit ihm gesprochen?«

»Um Himmels willen, Baby . . .«

»Hast du mit ihm gesprochen?«

»Nein.«

Sie hörte sich an wie eine in einer Flasche gefangene Hornisse.

»Okay, Bart. Du hast deine Chance gehabt, und du hast sie vertan.«

»Das kannste zweimal sagen.«

»Mein reicher Knabe hat mich angerufen. Er will mich heiraten.«

Ich erstarrte.

»Willst du ihn heiraten, Baby?«

»Warum nicht? Er hat diese Jacht, ein Penthouse, Diener und ein gut gefülltes Bankkonto. Also – warum nicht?«

»Warte mal! Denk doch mal nach! Willst du die kommenden besten Jahre deines Lebens damit verbringen, einem Spinner mit deinem Hintern vor der Nase rumzuwedeln?«

»Für diese Jacht, sein Penthouse, seine Sklaven und sein Geld würde ich noch 'ne Menge mehr tun als mit dem Hintern wackeln. Du etwa nicht?«

Ich seufzte tief.

»Eins zu null für dich. Okay, dann mach nur, heirate ihn. Werd' glücklich mit ihm.«

»Wenn ich ihn heirate, bin ich ihm auch treu. Das ist unser großer Abschied, Bart. Du kannst nicht sagen, du hättest keine Chance gehabt.« Sie legte auf.

Deprimiert ließ ich mich wieder in die Kissen sinken. Dann fing ich an, mein kluges Köpfchen zu gebrauchen. Es gab noch eine Menge anderer hübscher Puppen auf der Welt. Abwechslung ist die Würze des Lebens, und eine neue Puppe bedeutete auch neue Aufregung. Und überhaupt, Bertha und treu, das war der Witz des Tages.

Ich schlief wieder ein.

Nach einem späten Abendessen las ich im *Paradise City Herald* Hamels Nachruf. Sein Selbstmord machte Schlagzeilen auf der Titelseite. Der Abschiedsbrief wurde nicht erwähnt. Ich vermutete, daß Mel Palmer den unter den Teppich gekehrt hatte. Es wurde leise angedeutet, daß Hamel zu viel gearbeitet hatte und als Folge davon unter Depressionen litt. Seine Frau hatte einen Zusammenbruch erlitten, und Palmer war zum Schlagbaum gegangen und hatte sich von den Journalisten und Fernsehgeiern interviewen lassen. Niemand durfte den Schlagbaum passieren. Ich stellte mir vor, daß Mike O'Flagherty die beste Zeit seines Lebens hatte. Palmer hatte eine kurze Erklärung abgegeben. Mrs. Hamel gewährte keine Interviews.

Im Restaurant unterhielten sich alle Leute um mich herum über Hamels Tod.

Eine Frau mit lauter Stimme faßte es zusammen. Sie erklärte: »Na ja, wenn ein Kerl so ein Zeug schreibt wie der, dann muß der kaputt sein. Ich meine, diese Schlafzimmerszenen! Besser, daß er tot ist.«

Ich wollte ihr sagen, wie sehr sie sich irrte, aber ich tat es nicht. Ich dachte an Hamel. Ich hatte ihn gemocht. Er tat mir leid.

Kurz nach 23 Uhr 20 fuhr ich zum Paradise Largo. Als ich am Schlagbaum hielt, sah ich etwa ein Dutzend Männer. Sie saßen am Rand des Rasens, rauchten und quatschten. Diese Pressegeier gaben nie auf!

O'Flagherty kam aus dem Wärterhäuschen.

»Mann!« sagte ich. »Bei dir ist ja mächtig was los!«

Er grinste.

»Kann man wohl sagen. An mir kommt keiner vorbei, Bart. Hier ist auch niemand vorbeigekommen. Das hab' ich Lepski auch gesagt.« O'Flaghertys Mondgesicht glänzte vor Schweiß. »Is' schon 'ne Sache, was?«

»Und ob!« Ich wartete, bis er den Pfosten hochgehoben hatte, und fuhr dann unter den neidischen Blicken der anderen zu Herschenheimers Toren.

Carl ließ mich hinein.

»Mensch!« stöhnte er. »Der Alte flippt total aus!«

»Und?«

Er grinste.

»Und nichts. Sorgt dafür, daß Jarvis nicht zum Schlafen kommt. Tu einfach so, als wärst du beschäftigt. Ich hab' genug davon. Bis dann.«

Als er fort war, ging ich ins Häuschen, wo ein paar Sandwiches auf mich warteten, und setzte mich. Ich fragte mich, was auf der anderen Straßenseite wohl los war. Ich überlegte, ob Palmer noch dort war und herumwirbelte.

Als ich anfing, die Sandwiches zu essen, tauchte Jarvis auf. Ich sah sofort, daß er nervös war.

»Mr. Anderson, ich kann nicht schlafen, bevor ich nicht mit Ihnen gesprochen habe.«

»Stimmt was nicht?«

»Ja.« Er trat vor und setzte sich. »Sie können sich nicht vorstellen, was ich für einen Tag hatte! Ich mußte Mr. Herschenheimer ein Beruhigungsmittel verabreichen. Jetzt schläft er.«

Ich kaute an dem dritten Sandwich.

»Was ist den passiert?«

»Mr. Washington Smith und seine Frau sind entlassen worden.«

Diese Nachricht überraschte mich nicht. Es war vernünftig. Nach allem, was ich wußte, stellten Smith und seine Frau eine Bedrohung für Pofferi dar, der sich im Haus versteckt hielt.

Ich setzte mein überraschtes Gesicht auf.

»Entlassen?«

»Ja.« Jarvis sah mich unglücklich an. »Mr. Palmer forderte sie auf, unverzüglich zu gehen. Er hat ihnen keine Kündigungsfrist eingeräumt, nichts ... bloß packen und weg. Schrecklich! Nach fünfzehn Jahren treuer Dienste! Man hat ihnen einen Jahreslohn ausbezahlt. Mr. Palmer hat erklärt, daß Mrs. Hamel wünsche, daß sie gehen. Er war sehr freundlich und schien auch schockiert.«

»Das ist hart«, sagte ich.

»Ich werde Mr. Smith vermissen. Es ist schwer zu verstehen. Mr. und Mrs. Smith haben das Haus hervorragend geführt.«

»Gibt es etwas Neues von Mrs. Hamel?«

Jarvis zuckte mit den schmalen Schultern. Seinem Gesicht

konnte ich ansehen, daß Nancy Hamel nicht mehr zu seinen Lieblingen zählte.

»Mr. Smith konnte sich nicht einmal von ihr verabschieden. Es ging alles so plötzlich.«

Ich nahm noch ein Sandwich: dünn geschnittener Hummer mit einem Hauch von Mayonnaise.

»Wer wird denn dann das große Haus führen?«

»Das ist auch etwas, was Mr. Smith und ich nicht begreifen. Mr. Palmer erklärte Mr. Smith, daß Josh Jones sich bis zu ihrer Abreise um alles kümmern würde. Sie beabsichtigt, das Anwesen zu verkaufen, sobald die Beerdigung stattgefunden hat.«

»Josh Jones? Wer ist das denn?« fragte ich neugierig.

»Mr. Hamels Matrose.« Jarvis' Antwort kam hochnäsig. »Ein schwarzer Taugenichts.«

»Ist Mr. Palmer noch da?«

»Er ist abgefahren, nachdem die Polizisten gegangen waren.«

Jetzt hatte ich alle Informationen, die ich benötigte. Ich wollte nicht, daß mir Jarvis in die Quere kam. Ich erklärte ihm, daß er müde aussehe. Ich versprach, hier in dem Häuschen zu sein, wenn er mich brauchen sollte. Er verstand den Wink und ging zum Haus zurück. Ich ließ ihm fünf Minuten. Dann ging ich zum Tor und kletterte auf den Baum.

Im Wohnzimmer brannte Licht, aber die Vorhänge waren zugezogen. Ich fragte mich, ob Nancy und Pofferi hinter diesen Vorhängen waren und planten, was sie mit dem Geld anfangen würden, wenn Nancy es erst geerbt hatte. Ich lehnte mit dem Rücken am Baumstamm, wartete, beobachtete.

Nichts geschah.

Nach einer Stunde ging das Licht aus. Dafür ging in

einem anderen Zimmer am anderen Ende des Ranchhauses das Licht an. Nancys Schlafzimmer? Ich hörte das Geräusch eines sich nähernden Wagens. Ich beugte mich vor, sah den Wagen vor Hamels Toren halten. Von meinem Platz im Baum aus konnte ich genau auf das Dach des Wagens sehen. Ich beobachtete, wie Josh Jones aus dem Auto kletterte, auf den roten Knopf drückte und wartete. Das Tor öffnete sich. Er sprang in den Wagen und fuhr die Auffahrt hinauf. Das Tor schloß sich automatisch wieder.

Das Licht auf der Veranda ging an, als er davor bremste, und die Haustür wurde geöffnet.

Im Türrahmen stand Pofferi!

Ein Irrtum war ausgeschlossen: die breiten Schultern, die vierschrötige Gestalt. Jones rief ihm etwas zu, und das Verandalicht ging aus. Ich versuchte, in der Dunkelheit etwas zu erkennen, konnte aber nur die Umrisse des Wagens ausmachen. Dann gingen die Lichter hinter den Vorhängen im Wohnzimmer wieder an.

Mit dem Rücken am Baumstamm wartete ich. Nach ein paar Minuten wurde das Zimmer neben Nancys hell. Ich wartete. Die Zeit schlich dahin, schließlich gingen alle Lichter aus.

Ich ließ mich am Baum nach unten und kehrte in die Hütte zurück. Jarvis hatte eine Flasche Scotch auf dem Tisch stehengelassen. Ich schenkte mir ein, trank und setzte mich.

Dann kam mir ein wunderbarer Gedanke. Es gab Augenblicke, da war sogar ich erstaunt, wozu mein Verstand bei der Jagd nach Geld fähig war.

Eine Million Dollar!

Bart, Baby, sagte ich mir, das Geld wartet auf dich, auf der anderen Straßenseite. Wenn du deine Karten richtig ausspielst, dann hast du es geschafft.

Gegenüber in Hamels Haus versteckten sich zwei Terroristen. Einer von ihnen würde Hamels Vermögen erben. Ich hatte keine Ahnung, wieviel er wert war, aber angesichts der Tatsache, daß dieses Buch elf Millionen einbringen würde, mußte er mindestens zwanzig Millionen schwer sein.

Zwanzig Millionen! Und ich war blöd genug gewesen, mich zu fragen, warum sich Diaz, ohne mit der Wimper zu zucken, von fünfzigtausend Mäusen getrennt hatte, um mich ruhig zu halten. Mann! War ich blöd gewesen! Diaz wußte, daß zwanzig Millionen oder mehr den Bach runtergegangen wären, wenn ich Druck gemacht hätte. Kein Wunder, daß er sich so leicht getrennt hatte. Fünfzigtausend ...!

Ich dachte an Diaz.

Ich verspreche Ihnen eines: Wenn Sie versuchen, mich noch mal unter Druck zu setzen, werden Sie ein unangenehmes Ende finden.

Ach ja?

Dieser billige Gauner würde mich nicht von einer Million Dollar abhalten.

Auf dem Tisch stand eine Schreibmaschine.

Noch mehr Papierkram, Bart, Baby, murmelte ich. Lebensversicherung. Ich tippte in doppelter Ausfertigung die Fakten, so wie ich sie kannte: Wie Nancy Pofferi ins Ranchhaus geschmuggelt hatte, wie sie mit der Jacht fortgefahren war, um ein Alibi zu haben, wie Pofferi Hamel ermordet hatte, so daß es wie ein Selbstmord aussah, und daß er und Nancy sich noch im Ranchhaus befanden, festgehalten durch die Zeitungsleute.

Ich steckte das Original meiner Aussage mit einem Begleitschreiben in einen Umschlag, den ich an Howard Selby adressierte. Wenn er nicht innerhalb der nächsten vierundzwanzig Stunden von mir hörte, sollte er diesen Umschlag

Polizeichef Terrell aushändigen. Die Kopie schob ich in einen anderen Umschlag.

Ich mixte mir einen Drink und lehnte mich entspannt in einem Sessel zurück. Dann überlegte ich mir meine nächsten Schritte.

Später, als ich mir zufrieden sagte, daß ich alles vorbereitet hatte, wandte ich mich der Überlegung zu, was ich mit einer Million Dollar anfangen würde.

Ich fragte mich, ob ich Bertha anrufen und sie bitten sollte, ihren reichen Knaben nicht zu heiraten. Bertha war mir zur lieben Gewohnheit geworden. Ich zögerte, wenn es darum ging, sie zu verlieren. Ich dachte noch ein bißchen nach und entschied: Zum Teufel mit ihr! Es würde Spaß machen, gemütlich zuzusehen, wie die Puppen zur Abwechslung mal hinter mir her waren. Würden die angelaufen kommen, wenn erst mal die Neuigkeit durchsickerte, daß ich eine Million schwer war! Traumhaft!

Als Carl mich am nächsten Mittag ablöste, sprang ich in den Maser und fuhr zum Trueman-Gebäude. Ich übergab meinen Bericht der grauen Maus und erklärte, daß ich eine Empfangsquittung benötigte. Ich stand neben ihr, während sie die Bestätigung auf Selbys Briefpapier tippte. Ich wartete, bis sie das Schreiben zu Selby hineinbrachte, der einen Klienten hatte. Sie brachte mir seine Unterschrift, und ich trug ihr auf, den Brief im Safe zu verwahren.

Mit großen Augen versprach sie das.

Damit der Tag für sie ein wenig schöner wurde, schenkte ich ihr mein sexy Lächeln und sagte in verführerischem Ton. »Sie haben wunderschöne Hände.«

Ich hätte nichts anderes sagen können, ohne zu lügen. Sie wurde knallrot und lächelte albern.

Ich ging in dem Bewußtsein, ihren Tag gerettet zu haben.

Die Parnell Agency bezahlte eine Menge Informanten. Das kostete den Colonel ein Vermögen, aber schließlich hatte er Geld wie Heu, und für das erfolgreiche Bestehen seines Geschäfts war es nötig, die Ohren überall zu haben.

Ich setzte mich mit Amelia Bronson in Verbindung, Mark Highbees zweiter Sekretärin.

Amelia Bronson war eine dicke Vettel mittleren Alters, mit einem Gesicht wie ein ausrangierter Stiefel, aber neben ihrem Verstand sah ein Rasiermesser blaß aus. Sie stand schon seit geraumer Zeit auf der Geschenkeliste der Agentur. Jedes Jahr zu Weihnachten erhielt sie einen Truthahn und zwei Flaschen Scotch, zum Geburtstag einen Präsentkorb. Bislang hatte die Agentur keine Gegenleistung verlangt.

Ich führte sie in ein italienisches Restaurant, wo sie eine Riesenportion Spaghetti, vier große Stücke Osso Bucco, danach Käse und einen Bananensplit verputzte. Beim anschließenden Kaffee und Brandy war sie sanft und redewillig.

Mark Highbee war Russ Hamels Anwalt. Er würde sich um Hamels Angelegenheiten kümmern. Amelia würde den Papierkram erledigen. Also stellte ich Fragen, und Amelia, vollgestopft mit gutem Essen, beantwortete sie.

Als ich ging, schob ich ihr eine Hundert-Dollar-Note zu. Ich tat es nicht gern, aber Amelia liebte Geld ebensosehr wie gutes Essen.

Dann fuhr ich zu Solly Finklesteins Büro. Ich hatte ein wenig Mühe, zu ihm vorzudringen. S. F.'s (wie man ihn in der Stadt nannte) Job war es, Geld zu machen. Er war der fetteste Kredithai an der Pazifikküste. Auch er bekam jedes Jahr zu Weihnachten einen Präsentkorb mit Delikatessen von der Agentur, und wenn wir Informationen brauchten, wer Kredite laufen hatte, und wer in der Klemme saß, dann gab S. F. die nötigen Informationen.

Ich sprach mit ihm über einen Kredit in Höhe von einer Million. Er sagte, er sähe da keine Schwierigkeiten. Es waren die kleinen Fische, die einhunderttausend leihen wollten, die ihm Probleme machten. Aber bei einer Million nahm er 25 % Zinsen, eine Sicherheit war nicht so wichtig. Er grinste sein Haifischgrinsen.

»Wir treiben bei schlechten Zahlern ein, Bart.«

Ich wußte, was das hieß. Ein Schläger würde mit einem Stück Bleirohr auftauchen. Man zahlte, oder ...

Inwischen hatte ich alle nötige Munition. Zuversichtlich fuhr ich zum Hafen hinunter. Ich saß im Maser und betrachtete die Szene. Touristen drängten sich, Verkäufer priesen ihre billigen Waren an, Fischerboote wurden ausgeladen.

Ich dachte an Diaz.

Eine gefährliche Schlange, aber ich war überzeugt, daß ich ihn in der Zange hatte, daß er nicht zurückschlagen konnte.

Ich tastete nach der Waffe im Halfter unter meiner Jacke. Dann nahm ich all meinen Mut zusammen, stieg aus dem Wagen und marschierte zur Alameda Bar.

Der fette Mexikaner hinter der Bar schenkte mir sein schmieriges Grinsen, als ich zum Tresen schlenderte. Die Fischer und das übrige Gesindel starrten mich kurz an, ehe sie sich wieder ihren Gläsern zuwandten.

»Diaz«, sagte ich zum Barkeeper.

Er nickte, ging ans andere Ende der Bar zum Telefon. Als er zu sprechen anfing, ging ich an der Bar entlang zu Diaz' Büro. Ich stieß die Tür auf und blieb stehen. Diaz saß hinter seinem Schreibtisch, eine Zigarre zwischen den Zähnen. Er legte gerade den Hörer auf, als ich eintrat.

»Hi!« grüßte ich. »Erinnern Sie sich noch?«

Ich zog mir einen Stuhl an seinen Schreibtisch und setzte mich rittlings darauf. Ich lächelte ihn freundlich an.

»Ich dachte, ich hätte Ihnen klargemacht, daß sie mir vom Hals bleiben sollen«, bemerkte er leise. Seine Stimme erinnerte an das Zischeln einer Schlange.

»Die Zeiten ändern sich«, sagte ich. »Gestern ist nicht heute.«

Er klopfte die Asche von seiner Zigarre auf den Boden. Sein schlangengleiches Gesicht blieb ausdruckslos.

»Was wollen sie?«

»Sie haben einen neuen Partner. Mich.«

»Ich habe sie gewarnt, Sie Hurensohn. Also schön, Sie haben es nicht anders gewollt«, fauchte Diaz und hatte plötzlich eine Pistole in der Hand.

Ich lächelte ihn weiter an.

»Sie sind intelligent genug, mich nicht in ihrem Büro zu erschießen«, sagte ich. »Sie sind auch intelligent genug, mich nicht anderswo zu erschießen. Sie haben einen neuen Partner. Es gibt nichts, was Sie dagegen tun können, außer natürlich, wenn Sie mehr als zwanzig Millionen Dollar verlieren wollen, und das kann ich nicht glauben.«

Seine Augen zuckten, er senkte die Waffe.

»Hören Sie mal, Sie Erpresser . . .« fing er an, brach dann ab.

Ein billiger Bluff, sagte ich mir. Das würde leicht werden.

»Lassen Sie mich deutlicher werden«, sagte ich. »Sie wissen es bereits, aber ich möchte, daß Sie wissen, daß ich es auch weiß. Ich schätze, Pofferi hat sich das alles ausgedacht. Ich glaube kaum, daß Sie es gewesen sind. Sie sind auf den fahrenden Zug aufgesprungen, genau wie ich. So wie ich es sehe, hat Pofferi seine Chance erkannt, als er herausfand, daß der millionenschwere Hamel sich in seine Frau verguckt hatte. Nancy war auf der Flucht vor den italienischen Bullen, weil sie zwei Morde auf dem Gewissen hatte. Als Hamel ihr die Ehe anbot, sah Pofferi, daß Nancy aus Italien verschwinden konnte. Außerdem würde sie Hamels Vermögen erben, sollte er sterben. Also heiratete Nancy Hamel, und Pofferi schaffte es irgendwie, hierherzukommen. Er hat sich auf einer Insel versteckt. Nancy hat sich um ihn gekümmert. Dann tauchte ich auf der Bildfläche auf. In seiner Panik wandte sich Pofferi über Josh Jones an Sie. Sie versprachen ihn zu schützen, natürlich nur bei entsprechender Gegenleistung seinerseits. Als ich Nancy in die Zange nahm, hat sie Sie eingeschaltet. Sie als ihr Agent beschlossen, mich auszuzahlen. Sie haben gute Arbeit geleistet. Sie haben mich zum Narren gehalten. Ihr psychologischer Trick, das Theater, mit dem Sie fünfzig Riesen ausgespuckt haben . . . Ich hab' mich damit zufriedengegeben, bis ich herausfand, wie groß der Happen wirklich war, und daß Pofferi mit Nancys Hilfe Hamel umgebracht und die Sache als Selbstmord getarnt hat.« Ich zog den Bericht aus meiner Tasche, den ich geschrieben hatte, und ließ ihn vor Diaz auf den Tisch fallen. Dann legte ich Selbys Empfangsbestätigung daneben. »Sehen Sie sich das an. Ich habe alles schwarz auf weiß.«

Schweiß lief ihm über das Gesicht, als er den Bericht las und die Quittung prüfte.

»Also, machen Sie schon, erschießen Sie mich«, forderte ich ihn lächelnd auf. »Wenn Sie das tun, zum Teufel mit all dem Geld; dann gehen Sie und Ihre Kumpel für den Rest Ihres Lebens hinter Gitter. Aber lassen Sie sich davon nicht aufhalten . . . machen Sie schon, schießen Sie.«

Er legte die Waffe hin, starrte mich dann an. Seine Schlangenaugen waren trübe.

»Ich will nicht gierig sein«, versprach ich. »Ich will bloß eine Million Dollar, und zwar jetzt sofort. Ich könnte Sie um viel mehr erpressen, aber eine Million reicht mir schon. Für Sie und Ihre Kumpel bleibt noch mehr als genug übrig. Fairer kann ich wohl kaum sein, oder?«

Er saß bloß da, starrte mich an.

»Ich habe noch mehr Informationen für Sie«, fuhr ich fort und genoß die Situation. »Zuerst einmal: Es wird drei Monate dauern, Hamels Hinterlassenschaft zu regeln. Die gute Nachricht ist, daß Nancy alles erben wird. Könnten etwa zwanzig Millionen sein. Das jährliche Einkommen allein aus den Copyrights wird beträchtlich sein, und das kann noch ein paar Jahre so weitergehen. Hat sich doch gelohnt, oder?«

Noch immer saß er stumm da.

»Ich will eine Million, auf der Stelle.« Ich beugte mich vor und lächelte ihm freundlich zu. »Das ist kein Problem. Ich habe mit Solly Finklestein gesprochen. Er ist bereit, Ihnen eine Million Dollar zu 25 Prozent zu leihen, nur gegen Ihre Unterschrift. Wenn Sie nicht bezahlen, wird er seine Jungs schicken, aber mit der Aussicht auf all diese Millionen dürfte das ja kein Problem für Sie sein. Können Sie mir folgen?«

Er erinnerte mich langsam an eine Schlange, die von einem Mungo in die Enge getrieben worden ist.

»Sie brauchen nichts weiter tun, als dieses Papier zu unterschreiben, das Solly aufgesetzt hat, und schon sind wir im Geschäft.« Ich zog den Vertrag aus der Tasche, den S. F. diktiert hatte, und legte ihn vor Diaz.

»Ich unterschreibe gar nichts«, murmelte er, beugte sich aber vor und las den Vertrag. »Den unterschreibe ich nicht!« krächzte er. »Halten Sie mich für verrückt?«

»Sie wären verrückt, wenn Sie nicht unterschreiben würden, Partner«, sagte ich. »Wenn Sie es nämlich nich tun: bye bye, ihr Millionen. Zwanzig Jahre hinter Gitter. Es liegt an Ihnen.«

Da saß er, Schweiß lief ihm übers Gesicht, als er auf den Vertrag starrte. Solly Finklestein war bekannt, und was noch wichtiger war, seine Methoden, überfällige Schulden einzutreiben, waren noch besser bekannt. Diaz wußte, wenn er unterschrieb und dann nicht zahlen konnte, würde er den Rest seiner Tage als Krüppel dahinvegetieren.

»Aufwachen, Dummkopf!« sagte ich, als ich die Geduld mit ihm verlor. »Du unterschreibst jetzt, oder ich blase zum Kampf. Ich könnte mit drei Jahren Knast davonkommen, aber du und dein Kumpel, ihr würdet Millionen verlieren und außerdem zwanzig Jahre sitzen. Entscheide dich endlich!«

Er bewegte sich aber nur, um sich den Schweiß vom Gesicht zu wischen.

»Ganz ruhig, Partner«, ermutigte ich ihn. »Du wirst mich nie wiedersehen. Sobald Solly mir das Zeug gegeben hat, schüttel ich den Staub dieser Stadt von meinen Füßen. Denk doch nur mal, was du und deine Kumpel alles mit all diesen Millionen tun könnt, und dazu noch ein riesiges Jahreseinkommen.«

Ich wußte, ich hatte ihn, er konnte nicht mehr zurück. Mit unsicherer Hand nahm er einen Kugelschreiber.

Ich beobachtete ihn.

Eine Million Dollar.

Ich konnte das Tappen von Füßen hören, von den Puppen, die hinter mir her waren.

Dann schlug die Szene um. Ich sah Diaz steif werden, an mir vorbeistarren. Ich sah, wie sein Gesicht verfiel.

Eine schrille Kinderstimme erklärte: »Sie haben meine Brüder umgebracht, Senor Diaz. Jetzt bringe ich Sie um.«

Ich wirbelte herum.

Joey stand in der Tür. In seiner kleinen, schmutzigen Hand hielt er einen 38er Revolver. Damit zielte er auf Diaz.

»Nein, Joey!« brüllte ich.

Der Knall des Schusses ließ den Raum erzittern.

Mein Blick wanderte zu Diaz. Sein Gesicht war zu einem blutigen Klumpen explodiert. Da saß er, den Stift in der Hand, vor dem nicht unterschriebenen Vertrag.

Ich machte schnell. Ich sprang auf die Füße, schnappte den Vertrag, meine Aussage und Selbys Empfangsbestätigung. Ich stopfte die Papiere in meine Tasche, wirbelte dann herum.

Joey lächelte mir zu. Es war das glückliche Lächeln eines Kindes, dem man ein Geschenk überreicht hatte.

»Niemand bringt meine Leute um, Mr. Anderson«, sagte er. »Die sterben auch.«

»Verschwinde von hier, zum Teufel!« schrie ich ihn an.

»Ja, Mr. Anderson.« Er lächelte noch einmal und schritt aus dem Zimmer.

Er kam nicht weit. Drei große Mexikaner packten ihn und schoben ihn zurück ins Büro. Einer von ihnen hatte ihm die Waffe fortgenommen.

Es wurde eng im Büro. Drei Nutten, die sich hereingedrängt hatten, fingen an zu kreischen. Alle starrten auf das, was von Diaz übrig war.

Ich schlüpfte an ihnen vorbei zur Tür.

Über den Lärm hinweg hörte ich Joeys hohe Stimme triumphierend kreischen: »Ich hab' ihn umgebracht! Ich hab' ihn umgebracht! Hörst du mich, Tommy? Hörst du mich Jimbo? Ich hab' ihn umgebracht!«

Ich kämpfte mich durch zur Straße, stieg in den Maser und fuhr los, als die Polizeisirenen näher kamen.

Als ich wieder in meiner Wohnung ankam, war ich deprimiert und in kaltem Angstschweiß gebadet.

Mein erster Gedanke war, ob mir die Bullen wohl auf die Spur kommen würden.

Während ich in dem großen Wohnzimmer auf und ab lief, tröstete ich mich damit, daß niemand in der Alameda Bar meinen Namen kannte. Der Barkeeper wußte, daß ich mich zweimal mit Diaz getroffen hatte, und er wußte, daß ich in Diaz' Büro gewesen war, als Joey geschossen hatte. In der allgemeinen Verwirrung war ich abgehauen. Ich war sicher, daß niemand mein Verschwinden bemerkt hatte, aber würden die Bullen anfangen, Fragen zu stellen? Joey war geschnappt worden. Eigentlich ein ganz einfacher Fall, aber würde er mich in die Sache hineinziehen, wenn die Bullen anfingen, ihm Fragen zu stellen?

Immer mit der Ruhe, Baby, sagte ich mir. Du warst schließlich ein guter Kumpel von Joey. Der würde dich nie reinreißen.

Ich schenkte mir einen Drink ein, kippte ihn runter und füllte das Glas erneut.

Du hoffst, daß er dich nicht reinreißt, Baby, dachte ich. Es gibt nichts, was du tun kannst, außer hoffen.

Was jetzt?

Diaz ist tot, aber Nancy und Pofferi waren noch äußerst lebendig. Ich dachte an diese beiden, die sich jetzt mit Josh Jones in Hamels Haus versteckten: drei höchst gefährliche Typen. So gern ich auch eine Million Dollar bekommen hätte, diese drei würde ich nicht unter Druck setzen. Das wäre fast so, als würde ich mit Nitroglyzerin herumspielen.

Bart, Baby, schlag dir diese Million aus dem Sinn. Diese drei – das ist ’ne andere Klasse. Du kannst jetzt nur hoffen, daß dir nicht die Bullen aufs Dach steigen. Dann kannst du zur Agentur zurückkehren und weiter für Kleingeld arbeiten, kannst dich nach ’ner Puppe umsehen, die nicht zu teuer ist, und so geht das weiter und weiter, bis der Colonel beschließt, daß es Zeit für dich wird, dich zurückzuziehen. Dann läßt du dich irgendwo nieder und wartest auf den Tod.

Ich schenkte mir noch einen Drink ein.

Mensch! War ich deprimiert!

Da saß ich nun, dachte an gar nichts, betrank mich und wurde langsam high. Schatten krochen über den Teppich. Noch sechs Stunden, dann mußte ich mich zum Dienst melden, mußte einen alten Irren bewachen.

Das Telefon läutete. Ich schenkte mir noch einen Drink ein und ließ es läuten.

Vielleicht hat Bertha es sich anders überlegt. Aber jetzt wollte ich mich nicht mit Bertha herumschlagen. Sie war wirklich ’ne Qual. Sollte sie doch weiter anrufen.

Nach einer Weile verstummte das Telefon. Trotz meiner Depression hatte ich Hunger. Ich schwankte in die Küche. Im Kühlschrank fand ich nichts weiter als eine Flasche Scotch.

Ich ging zu meinem Sessel zurück, setzte mich und schloß die Augen. Die Zeit verging. Ich träumte, daß ich in meinem Maser saß und darauf wartete, daß eine untreue Ehefrau aus einem schmuddeligen Motel kam, in dem sie es mit einem Romeo getrieben hatte: meine Zukunft.

Dann klingelte es an der Wohnungstür, klingelte ausdauernd. Ich schreckte hoch.

Die Bullen?

Ich stand auf. Der kurze Schlaf hatte mich ernüchtert. Ich warf einen Blick auf meine Armbanduhr. Es war 23 Uhr 05.

Wieder läutete es.

Ich strich mein Haar glatt, zupfte die verknitterte Jacke zurecht und ging in den Flur. Mein Herz hämmerte. Mein Gehirn dachte sich passable Lügen aus, für den Fall, daß Lepski anfing, Fragen auf mich abzuschießen.

Die Türglocke läutete wieder.

Ich öffnete.

Gloria Court rauschte an mir vorbei ins Wohnzimmer.

Die hat mir noch gefehlt, dachte ich. Die ist hinter den zehntausend her, die ich ihr versprochen habe.

Mit schleppenden Schrittten folgte ich ihr ins Wohnzimmer.

»Hör zu, Baby . . .« fing ich an.

»Halt den Mund!« fuhr sie mich an. »Du hörst jetzt mir zu!« Sie ließ sich auf das kleine Sofa fallen und starrte mich mit dem Ausdruck an, den manche Frauen auf ihr Gesicht kleben können und der bei jedem Mann die roten Lichter angehen läßt.

»Möchtest du was trinken?« erkundigte ich mich.

»Hör zu! Ich hau' ab, aber du sollst noch was wisssen, ehe ich verschwinde.«

Sie sah so angespannt aus, daß ich nicht länger nach der Flasche griff, sondern mich in den nächstbesten Sessel fallen ließ.

»Also schön, ich höre«, sagte ich.

»Die Wanze, die du mir gegeben hast. Ich hab' sie in Alphonsos Büro installiert, wie du es mir gesagt hattest. Ich hab' reingehört. Wenn diese Wanze nicht gewesen wäre, dann wäre ich jetzt nicht hier. Dann hätten die mich aus dem Hafen gefischt, mit dem Gesicht nach unten.«

Ich starrte sie an.

»He, jetzt hör mal . . .«

»Hör zu! Dieser Mistkerl von Alphonso will mich umbringen! Ich hab' gehört, wie er diesem Nigger befohlen hat, mir eins über den Schädel zu geben und mich dann in den Hafen zu schmeißen!« Sie lächelte plötzlich. Um dieses Lächeln hätte sie eine Kobra beneidet. »Ich bin ihm zuvorgekommen. Er ist tot, ich lebe.«

Ich starrte sie weiterhin mit offenem Mund an.

»Du hast mir das Leben gerettet, als du mir diese Wanze gegeben hast, und du kannst auch Nancy Hamels Leben retten.«

»Wovon redest du, zum Teufel? Nancys Leben?«

»Ich habe zwei Nächte lang zugehört, was Pofferi und Diaz miteinander besprochen haben. Jetzt kommt was, was ich selbst gerade erst herausgefunden habe: Nancy hat eine Zwillingsschwester. Sie sind eineiige Zwillinge. Nancy und Lucia. Kapiert?«

Das letzte Puzzle-Stückchen komplettierte das Bild. Die beiden Betten im Zelt, die Frau, die ich beobachtet hatte, als sie mit Pofferi und Jones die Jacht verließ. Lucia, nicht Nancy!

Jetzt war ich auf der Hut und vollkommen nüchtern.

»Erzähl weiter«, bat ich.

»Ich habe gehört, wie sie sich gegenseitig versichert haben, wie schlau sie gewesen sind. Weil Lucia Nancy vertreten sollte, haben sie Penny Highbee aus dem Weg geräumt, die Lucia enttarnt hätte. Dann rief Lucia Nancy an, bat sie, in die Alameda Bar zu kommen. Nancy würde alles für ihre Schwester tun. Nancy war es, die die Flucht aus Italien finanziert und die beiden auf der Insel versteckt hat. Als Nancy kam, sperrten sie sie in ein Zimmer. Lucia zog Nancys Kleider an und fuhr Pofferi, der sich im Kofferraum von

Nancys Wagen versteckt hielt, zu Hamels Haus hinüber. Sie hatte keine Schwierigkeiten, den Schlagbaum zu passieren. Der Wächter hielt sie für Nancy. Sie ließ Pofferi im Haus und fuhr mit Jones auf der Jacht davon, um sich ein Alibi zu verschaffen. Als Pofferi Hamel ermordet hatte, kehrte Lucia zurück. Der alte Knabe Palmer dachte, sie wäre Nancy. Er kümmerte sich um die Bullen und die Presse. Gestern abend hat Jones Nancy in Hamels Haus gebracht. Sie war betäubt. Sie, Lucia, Pofferi und Jones sind noch immer da.«

»Dann hat Jones sie im Kofferraum von seinem Wagen transportiert?«

Sie nickte.

Das klang einleuchtend. Lucia alias Nancy mußte O'Flagherty telefonisch davon verständigt haben, daß Jones kommen würde. So gab es kein Problem am Schlagbaum.

»Nancy und Lucia sind eineiige Zwillinge?« fragte ich.

Sie machte eine ungeduldige Bewegung mit der Hand.

»Die sehen sich so ähnlich wie zwei Erbsen. Ich habe einen Blick auf Lucia erhascht. Ich habe keinen Unterschied gemerkt. Und jetzt sag' ich dir noch was. Ich hab' gehört, wie Alphonso mit diesem Nigger über mich gesprochen hat. Er sagte, ich könnte Ärger machen. Als Russ' Ex. Ich würde meinen Anteil haben wollen, wenn sie Russ' Geld hätten. Er forderte Jones auf, mich loszuwerden: mich niederzuschlagen und dann ins Meer zu werfen. Mein lieber, süßer Freund! Kannst du dir das vorstellen?« Sie lächelte, ein eiskaltes, böses Lächeln. »Also hab' ich Alphonso fertiggemacht, bevor der mich fertigmachen konnte.«

Ich starrte sie an.

»Was meinst du damit?«

»Ich wußte, daß Alphonso diese beiden Indianerjungs hatte umbringen lassen. Also hab' ich Joey ausfindig gemacht und ihm eine von Alphonsos Pistolen gegeben. Das war alles, was Joey brauchte.« Wieder lächelte sie. »Dieses Kind hat wirklich ganze Arbeit geleistet.«

»Jesus!« stöhnte ich.

»Jetzt hau' ich ab nach Frisco. Ich hab' immer gewußt, wo diese Schlange von Alphonso sein Schwarzgeld aufhebt. Ich hab' es. Ich hab' keine Sorgen mehr auf dieser Welt.«

Ich spitzte die Ohren wie ein Jagdhund.

»Wieviel hast du?«

»Genug.« Sie stieß ein hartes Lachen aus. »Das geht dich nichts an. Ich bin hergekommen, weil diese Mistkerle Nancy umbringen wollen, wenn sie ihnen ein Bündel Schecks unterschrieben hat. Sie können ihre Unterschrift nicht fälschen. Sobald sie die signierten Schecks haben, geht Nancy baden.«

Ich hörte kaum zu. Ich fragte mich, wieviel Geld sie Diaz abgeknöpft hatte.

»Baby, ich hab' ne tolle Idee«, sagte ich und schenkte ihr mein sexy Lächeln. »Warum gehen wir nicht zusammen fort? Was wäre falsch daran, wenn wir eine wunderbare Partnerschaft aufbauen?«

Der Blick, den sie mir zuwarf, hätte Milch gerinnen lassen.

»Hast du gehört, was ich gesagt hab'? Die bringen die Kleine um, sobald sie sie gezwungen haben, ein paar Schecks zu unterschreiben! Willst du ihren Tod auf dem Gewissen haben?«

»Hör mal, Baby, wieviel Geld hast du aus Diaz rausgeholt?«

Sie sprang aus dem Sessel auf.

»Ist das alles, woran du denken kannst – Geld?«

Ich zwinkerte ihr zu.

»Woran sollte ich sonst noch denken, außer an eine tolle Puppe wie dich?«

»Wenn die Bullen mir nicht gefährlich werden könnten, würde ich's ihnen ja selbst sagen. Du wirst dich nicht mehr ansehen können, wenn du zuläßt, daß die das Mädchen umbringen!«

»Ich will nur dich ansehen, Baby. Wieviel hast du gekriegt?«

Sie funkelte mich an.

»Ich dachte, ich hätte jeden Mistkerl in der Welt kennengelernt, aber du verdienst den Oscar.«

Sie stapfte hinaus und knallte die Tür hinter sich zu.

Ich blies die Backen auf, steckte mir dann eine Zigarette an. Ich hörte auf ihren Wagen, der davondröhnte.

Baby, sagte ich mir, du kannst einfach nicht gewinnen. Ich blieb eine Weile so sitzen und tat mir selbst leid. Dann wanderten meine Gedanken zu Nancy.

Wenn du zuläßt, daß die das Mädchen umbringen.

Also gut, ich würde was machen müssen, aber ich würde mich nicht an die Bullen wenden. Dann dachte ich an Lu Coldwell. Der konnte das in die Hand nehmen und mich decken. Das FBI deckte seine Informanten immer.

Ich bekam Coldwells Privatnummer heraus und wählte. Nachdem ich eine Weile gewartet hatte, meldete er sich.

»Lu, hier ist Bart Anderson. Komm sofort in meine Wohnung! Es handelt sich um einen Notfall!«

»Um Himmels willen!« Coldwell klang wütend. »Ich wollte gerade zu Bett gehen. Was gibt es denn so dringendes?«

»Nicht am Telefon, Lu. Schwing deinen Hintern hier rüber, und zwar pronto. Hat mit 'nem Italiener zu tun.« Ich legte auf.

Ich warf einen Blick auf meine Uhr. 23 Uhr 45. Ich wählte die Nummer von Herschenheimers Haus. Carl antwortete.

»Hier ist Bart«, sagte ich. »Ich komme etwa eine Stunde später. Laß dir von einer Flasche Scotch Gesellschaft leisten, bis ich da bin.« Ich legte auf, ehe er zu zetern anfangen konnte.

Coldwell brauchte zwanzig Minuten, bis er an meiner Tür klingelte. Ich ließ ihn rein.

»Was bedeutet das alles?« wollte er wissen.

Ich erzählte ihm, daß die Information, die ich ihm geben würde, von einem meiner Informanten stammte. Ehe ich redete, wollte ich seine Zusage, daß er mich decken würde. »Könnte mich meinen Job kosten, Lu. Ich bin da drauf gestoßen, als ich eigentlich für die Agentur hätte arbeiten sollen. Wenn du mir nicht dein Wort gibst, daß du mich deckst, dann sage ich nichts.«

»Pofferi?«

»Ja. Ich weiß, wo er sich jetzt gerade aufhält. Aber keine Deckung, keine Information.«

»Versprochen. Wo steckt er?«

Ich deutete auf einen Sessel, setzte mich dann selber und erzählte ihm die Geschichte. Ich achtete sorgfältig darauf, mich selbst aus der Sache rauszuhalten, behauptete, mein Informant sei der Knabe gewesen, der Pofferi auf der Insel entdeckt hatte. Ich beobachtete Coldwell, während ich redete, sah, daß er mir nicht glaubte, aber er hatte versprochen, daß er mich decken würde, und wenn Coldwell so etwas sagte, dann konnte ich mich auf ihn verlassen.

Als ich fertig war, lehnte er sich zurück und starrte mich an.

»Bist du sicher?«

»Ganz sicher. Pofferi und seine Frau Lucia befinden sich

in diesem Augenblick in Hamels Haus. Sie haben auch Nancy da. Wenn der Nachlaß geregelt ist, werden Sie Nancy zwingen, ein Bündel Schecks zu unterschreiben, und dann werden sie sie umbringen. Anschließend werden sie die Konten abräumen und abhauen. Sie haben Hamels Jacht. Es ist nicht weit bis Kuba. Von dort aus werden sie das Geld nach Italien schaffen.«

Er dachte ein paar Sekunden nach. Dann nickte er.

»Ich werde was organisieren. Mach dir keine Sorgen. Ich decke dich. Ich rede auch mit Terrell. Ich brauche ein paar von seinen Männern, um das Haus zu überwachen, bis wir einschreiten können.«

»Du hast alle Zeit der Welt. Die halten still, bis der Nachlaß geregelt ist. Ein besseres Versteck könnten die gar nicht finden.«

»Ja. Wir greifen morgen ein.«

»Sei vorsichtig, Lu. Die drei sind gefährlich. Das gibt 'ne Schießerei.«

Er grinste sein Wolfsgrinsen.

»Dann sparen wir die Kosten für einen Prozeß.«

Als er fort war, ging ich zur Garage hinunter und stieg in den Maser.

Während ich schnell nach Paradise Largo hinüberfuhr, dachte ich an Nancy Hamel. Eine tolle Idee kam mir in meinen erfinderischen Sinn. Wenn sie frei war und all diese tollen Millionen geerbt hatte, konnte ich zu ihr gehen, erklären, wie ich ihr das Leben gerettet hatte, ihr mein respektvolles Lächeln schenken und andeuten, daß sie mich belohnen sollte.

Das, so dachte ich, war ja wohl das mindeste, was sie für mich tun konnte.

Neuntes Kapitel

Ich hockte da oben in meinem Baum und schaute auf das Ranchhaus hinunter. Die Wohnzimmerfenster waren erleuchtet. Von Zeit zu Zeit ging ein Schatten vorbei: Pofferi, dann Jones. Der Rest des Hauses lag im Dunkeln. Nichts rührte sich, aber ich wartete, bis das Licht verlosch und in einem der beiden Schlafzimmer anging. Ich wartete, bis es auch hier dunkel wurde, kletterte dann nach unten und schlenderte ins Häuschen hinüber.

Als ich auf Beobachtungsposten gewesen war, hatte ich fieberhaft nachgedacht. Ich kam zu dem Entschluß, daß meine erste Idee, daß ich nach ihrer Rettung zu Nancy gehen und erklären würde, daß ich es war, der sie gerettet hatte, und wie es mit einer finanziellen Belohnung dafür aussehen würde, nicht gut war. Ich sagte mir, daß ich bereits einmal versucht hatte, sie unter Druck zu setzen. Sie würde mir feindselig gegenüberstehen, wenn der Zeitpunkt gekommen war, an dem ich ihr mein respektvolles Lächeln schenken wollte.

Bart, Baby, sagte ich mir, das mußt du anders anpacken. Du brauchst Hilfe, um das zu managen. Du mußt die Sache noch gründlich durchdenken.

Ich machte es mir auf dem Sofa im Wohnzimmer des Häuschens bequem, aß die Rindfleisch-Sandwiches, die Jarvis mir hingestellt hatte, und marterte mein Gehirn, bis es fast knirschte. Gegen 2 Uhr 15 war ich zu einer akzeptablen Lösung gekommen. Ich dachte lange darüber nach, entschied, daß es machbar wäre, klopfte mir selbst auf die Schulter und ging dann schlafen.

Ich wachte auf, als die Sonne durch die Vorhänge fiel. Es war 7 Uhr 30. Ich stand auf, duschte, rasierte mich, zog mich an und trat dann in die warme Luft hinaus. Hoffnungsvoll hielt ich nach Jarvis Ausschau, der das Frühstück bringen würde.

Als er kam, sah ich aus wie ein wachsamer Posten, der die ganze Nacht über Wache gehalten hatte.

Ich erkundigte mich nach dem alten Irren.

»Er ist noch immer äußerst erregt, Mr. Anderson«, erzählte Jarvis, als er das schwer beladene Tablett auf den Tisch stellte. »Ich gebe ihm noch immer Beruhigungsmittel.«

»Das ist auch das beste«, sagte ich und setzte mich. Es gab Pfannkuchen, Würstchen, Schinken und eine Menge Rühreier.

Jarvis saß neben mir, während ich aß. Er erzählte von seinem Freund Washington Smith. Ich hörte zu und schüttelte oft traurig den Kopf, aber seine Erzählung hinderte mich nicht am Essen.

»Ich kann das einfach nicht verstehen«, sagte Jarvis. »Leute, die reich genug sind, um Diener einzustellen, sind unberechenbar. Nach fünfzehn Jahren Dienst entlassen zu werden! Das ist eine Schande!«

Ich gab ihm recht, trank den Kaffee aus und tätschelte seinen Arm.

»Ich glaube nicht, daß Ihnen so etwas passieren würde, Mr. Jarvis.«

»Ich hoffe nicht, aber Mr. Herschenheimer ist genauso unberechenbar.«

Er nahm das Tablett und verließ mich. Ich ging zum Baum hinüber, stieg hinauf und warf einen Blick auf das Ranchhaus. Josh Jones stand rauchend in der Haustür. Um seine Hüfte hing, wie bei einem Cowboy, ein Pistolengürtel, in dem ein gefährlich aussehender 45er steckte. Im Laub des

Baumes versteckt, beobachtete ich ihn. Er blieb da, atmete die warme Luft ein, reglos und bedrohlich. Ich sagte mir, daß es für Coldwell und seine Männer nicht gerade gemütlich werden würde, wenn sie auftauchten.

Nach einer Weile ging er ins Haus zurück und schloß die Tür. Ich wartete, aber weiter geschah nichts. Ich fragte mich, wie es Nancy erging. Vielleicht wurde sie, wie der alte Irre hier, mit Beruhigungsmitteln betäubt.

Um 11 Uhr 30 kehrte ich ins Häuschen zurück und wartete darauf, daß Carl kam, um mich abzulösen. Als er auftauchte, stieg ich in den Maser und fuhr zu Mel Palmers Büro.

Palmers Sekretärin war eine tolle Puppe mit Sex-Appeal, tizianrotem Haar und einem Busen, bei dem eine ganze Brigade aus dem Tritt kommen würde. Sie musterte mich so, wie sie wohl auch eine Assel in ihrer Suppe beäugt haben würde.

»Mr. Palmer«, bat ich und schenkte ihr mein verführerisches Lächeln. »Bart Anderson.«

»Werden Sie erwartet, Mr. Anderson?« Kühl und unnahbar wie der Mond.

»Sagen Sie es ihm einfach. Ich brauche keinen Termin.«

Sie zögerte, erhob sich dann hinter ihrem Schreibtisch und ging in sein Büro. Sie hatte eine Art, mit den Hüften zu schwingen. Das hat mich schon immer verrückt gemacht.

Dann stand sie in der Tür und erklärte mir mit einer Kopfbewegung: »Mr. Palmer läßt bitten.«

Als ich an ihr vorbeiging, fuhr ich meine rechte Hand aus. Aber das war ihr schon unzählige Male passiert, und meine Hand traf ins Leere.

Palmer, der an einer riesigen Zigarre paffte, starrte mich zweifelnd an.

»Was gibt es, Anderson?«

Ich wählte einen bequemen Sessel und setzte mich.

»Es geht um Ihre Klientin, Mrs. Nancy Hamel«, fing ich an. »Sie ist doch Ihre Klientin?«

»Natürlich. Was ist mit ihr?« Er sah ungeduldig auf seine Armbanduhr. »Ich habe eine wichtige Verabredung zum Lunch.«

»Sie werden das wissen wollen, und es läßt sich nicht überstürzen. Wußten Sie, daß Mrs. Hamel eine eineiige Zwillingsschwester hat?«

Er blinzelte.

»Nein, aber ist das wichtig?«

»Ihre Zwillingsschwester ist Lucia Pofferi, eine italienische Terroristin, die wegen zweifachen Mordes gesucht wird. Ihr Mann, Aldo Pofferi, ist ebenfalls ein Terrorist, einer der Anführer der italienischen Roten Brigade. Er wird gesucht, weil er mindestens drei Menschen ermordet hat, und ich kann beweisen, daß er auch der Mörder von Russ Hamel ist.«

Wenn ich ihm einen Nagel in den dicken Hintern gehauen hätte, hätte er nicht stärker reagieren können. Sein Gesicht lief rot an, seine Augen traten hervor, er sprang auf die Füße.

»Sind Sie betrunken?« keuchte er. »Wie können Sie es wagen, so etwas zu sagen!«

»Das FBI kennt die Fakten, und man wird heute abend einschreiten.«

»Großer Gott!« Er sank auf seinen Stuhl und fing an, sich das Gesicht mit einem seidenen Taschentuch abzutupfen.

»Es ist eine komplizierte Geschichte«, sagte ich. »Besser, Sie hören sie von Anfang an. Wenn das alles rauskommt, ist das brandheiße Werbung. Das kann Hamels Büchern nicht schaden. Wenn man es richtig anpackt, könnte sich der Umsatz sogar verdreifachen. Und Sie sind der Mann, der das richtig anpacken kann.«

Das sorgte dafür, daß er mir zuhörte, genau wie ich es erwartet hatte. Er legte sein Taschentuch beiseite und setzte seine Geschäftsmiene auf.

Ich erzählte ihm dieselbe Geschichte wie Lu Coldwell. Ich schloß mit den Worten: »Es sieht also folgendermaßen aus: Die beiden Terroristen halten Nancy Hamel in ihrem Haus gefangen. Die Frau, die sich zu Ihnen gesellte, als ich den toten Hamel gefunden hatte, war nicht Nancy, sondern Lucia.«

»Verdammt! Ich hätte schwören können, daß es Nancy war«, murmelte er.

»Eineiige Zwillinge, und außerdem haben Sie sie im Zwielicht gesehen und waren natürlich auch entsetzt. Nancy wird umgebracht, sobald man sie gezwungen hat, ein Bündel Schecks zu unterschreiben, mit denen ihre Schwester an Hamels Geld kommt.«

Er saß da, dachte nach und nickte schließlich.

»Das würde alles erklären. Erst heute morgen hat mich diese Frau angerufen. Sie klang hysterisch. Sie behauptete, sie könne nicht an der Beerdigung ihres Mannes teilnehmen und bat mich, alles in die Hand zu nehmen. Sie forderte mich auf, sie in Ruhe zu lassen. Sie wolle ihn allein betrauern.«

»Sicher, das paßt. Lucia würde sich nicht gern den Blikken einer ganzen Reihe von Trauernden aussetzen, und sie kann es nicht riskieren, Sie noch einmal zu sehen.«

»Großer Gott!« Wieder fing Palmer an, sich das Gesicht zu tupfen.

»Ich will Ihnen einen Vorschlag machen, Mr. Palmer«,

sagte ich und machte mein ernstes Gesicht. »Ich wollte Ihnen vorschlagen, daß Sie mich als Mrs. Hamels Bevollmächtigten einsetzen.«

Er brach abrupt in der Bewegung ab und beäugte mich mißtrauisch.

»Mrs. Hamels Bevollmächtigten? Was soll das heißen?«

»Irgendeine Bezugsperson sollte zur Stelle sein, wenn die Pofferis verhaftet werden. Jemand, der Mrs. Hamel fortbringen kann, ehe die Presse eintrifft. Mrs. Hamel wird unter Schock stehen. Sie darf nicht mit der Presse konfrontiert werden, bis sie sich erholt hat.« Ich beugte mich vor und starrte ihn an. »Sie sind Mrs. Hamels Repräsentant. Wollen Sie während der Schießerei anwesend sein? Beim FBI rechnet man damit, daß Pofferi und seine Frau getötet werden. Es wird eine Schlacht. Wollen Sie dabeisein? Oder soll ich auf dem Schlachtfeld in Ihrem Namen handeln? Und in Mrs. Hamels?«

Er reagierte so, wie ich es erwartet hatte. Der bloße Gedanke daran, auch nur in die Nähe einer Schießerei zu kommen, ließ seine dicken Backen erzittern.

»Ja, ja, ich verstehe, was Sie meinen. Würden Sie das tun, Mr. Anderson?«

Ich setzte meine bescheidene Miene auf.

»Das ist schließlich mein Job. Überlassen Sie nur alles mir. Ich garantiere für Mrs. Hamels Sicherheit und auch dafür, daß die Presse nicht in ihre Nähe kommt.«

»Wie wollen Sie das machen?« Er legte die Stirn in mißtrauische Falten. »Wie wollen Sie sie vom Largo bringen, ohne daß sie von den Presseleuten belagert wird?«

Ich hatte mein Gehirn nicht umsonst gemartert. Ich hatte auf alles die Antwort parat.

»In einem Helikopter, Mr. Palmer. Ich habe einen guten

Freund, der einen Hubschrauber besitzt. Sobald die Schlacht vorüber ist, wird er auf Hamels Rasen landen, und wir bringen Mrs. Hamel fort. Ich würde vorschlagen, Sie reservieren eine Penthouse-Suite im Spanish Bay Hotel. Sie haben da einen Hubschrauberlandeplatz auf dem Dach. Dort kann Mrs. Hamel bleiben, bis sie sich völlig erholt hat. Das Hotel wird keinen Unbefugten in ihre Nähe lassen.«

Sein fettes Gesicht leuchtete auf.

»Das ist eine ausgezeichnete Idee. Im Spanish Bay haben sie auch einen ständigen Arzt und eine Krankenschwester, falls Mrs. Hamel medizinisch versorgt werden muß. Ich überlasse Ihnen die Sache mit dem Helikopter, Anderson. Ich kümmere mich um die Reservierung. Ich muß jetzt gehen.«

»Da wären noch zwei Kleinigkeiten, Mr. Palmer«, sagte ich und lächelte ihn jungenhaft an. »Ich brauche von Ihnen eine schriftliche Erklärung, daß ich für Mrs. Hamel tätig bin, sie vertrete. Die vom FBI könnten mir Schwierigkeiten machen, außer sie wissen, daß ich offiziell ermächtigt worden bin.«

»Ja, ja.« Er rief seine hüftenschwenkende Sekretärin herein und diktierte ihr das notwendige Schriftstück. »Tippen Sie das umgehend.«

Sie starrte mich an, ehe sie das Zimmer verließ.

»Und was noch?«

»Kosten. Ich brauche zweitausend für den Hubschrauber und den Piloten.«

Er erstarrte.

»Das ist eine Menge Geld.«

»Gefahrenzulage, Mr. Palmer. Es wird geschossen werden. Außerdem kommt das Geld aus Hamels Vermächtnis, also warum sollte Ihnen das etwas ausmachen?«

»Ja, natürlich.«

Die Sekretärin kam mit der Vollmacht zurück, und Palmer unterschrieb.

»Geben Sie Mr. Anderson zweitausend Dollar in bar, Miss Hills.« Palmer schüttelte mir die Hand und ging zur Tür. »Wann findet die Sache statt?«

»Heute abend.«

»Ich werde im Hotel warten.« Er nickte und war fort.

Miss Hills betrachtete mich.

»Zweitausend, in bar?«

»Das hat er gesagt.«

Ich folgte ihr aus dem Büro, wartete, bis sie das Geld geholt hatte, und verstaute es dann in meiner Tasche.

»Hat man Ihnen schon gesagt, daß Sie große, schöne Augen haben?« fragte ich.

»Oft«, gab sie kühl zurück. »Ich habe zu tun. Bye, Mr. Anderson.« Damit setzte sie sich und fing an zu tippen.

Ich legte sie für spätere Zeiten zu den Akten. An der mußte man arbeiten. Aber jetzt war nicht der richtige Augenblick dafür.

Bart, Baby, sagte ich mir, als ich in den Maserati kletterte, soweit läuft alles nach Wunsch.

Die Stunde Null sollte um drei Uhr kommen.

Als Nancy Hamels Repräsentant und angesichts der Tatsache, daß ich im Ranchhaus gewesen und mit den Örtlichkeiten vertraut war, wurde mir ein Platz am runden Tisch im Konferenzsaal des Bürgermeisters eingeräumt.

Bürgermeister Hedley, Polizeichef Terrell, Sergeant Hess, außerdem Coldwell, Stoneham und Jackson vom FBI waren anwesend.

Coldwell erklärte, daß die Information, die er den anderen Männern übermittelt hatte, von einem Informanten stammte. Niemand stellte Fragen bezüglich des Informanten. Coldwell erklärte weiterhin, daß ich anwesend war, weil ich den Auftrag hatte, Mrs. Hamel vor der Presse in Sicherheit zu bringen, sobald die Pofferis geschnappt worden waren.

Ich zeichnete einen Plan des Ranchhauses, erklärte die elektronische Warnanlage am Tor und erklärte, daß ich als Wächter für Mr. Herschenheimer arbeitete. In dieser Funktion hatte ich das Ranchhaus im Auge behalten und wußte, wo Nancy Hamel untergebracht war. Ich machte ein Kreuz auf der Karte des Hauses.

Nach einigen Beratungen beschlossen wir, den Strom auf der Halbinsel abzustellen, so daß man leise durch die Tore eindringen konnte. Polizisten waren bereits vor Ort. Wenn die Zeit gekommen war, würden drei FBI-Agenten, unterstützt von zehn bewaffneten Polizisten, das Haus stürmen.

Anschließend erzählte ich ihnen, daß ich mit Nick Hardy vereinbart hatte, daß er sich in seinem Helikopter zur Stunde Null über Largo aufhalten sollte. Sobald Nancy Hamel befreit sein würde, wäre ich zur Stelle, um sie auf dem Luftweg ins Spanish Bay Hotel zu bringen, wo Mel Palmer wartete, um sich weiter um sie zu kümmern.

Es gab keine Einwände, und die Versammlung löste sich auf.

Ich hatte Nick Hardy fünfhundert Dollar für seine Dienste gezahlt. Somit hatte ich fünfzehnhundert Dollar in der Hand. Die Versammlung löste sich um 19 Uhr 30 auf. Ich mußte noch viele Stunden totschlagen, ehe Action angesagt war. Ich kehrte in meine Wohnung zurück, zögerte, rief dann aber Bertha an.

Als sie sich meldete, fragte ich: »Spricht da Frau Reich?«

Sie kicherte.

»Ach, du.«

»Wer sonst? Hör mal, Baby, ich fühle mich einsam. Bist du schon verheiratet?«

»Nächste Woche. Paß auf, Bart, ich hab' dir gesagt, mit uns ist es aus. Und wenn ich etwas sage, dann meine ich das auch!«

»Seit wann? Hör zu, Baby, meine Brieftasche platzt vor grünen Scheinchen. Wie wäre es, wenn du und ich uns ein tolles Dinner im Spanish Bay Grill teilten?«

»Wie bist du an das Geld gekommen?« wollte Bertha wissen.

»Stell jetzt keine dummen Fragen. Willst du dieses Essen mit mir teilen oder nicht?«

Eine lange Pause folgte.

»Ich bin verlobt, werde bald heiraten«, kam ihr schwacher Einwand.

»Seit wann hat das eine Puppe, die noch ihren Verstand beisammen hat, abgehalten, eine Einladung anzunehmen?«

»Also schön, Bart, aber das ist das letzte Mal.«

»Fein. Wir essen um 9 Uhr 30. Komm jetzt sofort hierher, Baby.«

»Wenn wir um 9 Uhr 30 essen, warum soll ich dann jetzt sofort kommen?«

»Rate mal.« Ich legte auf.

Gegen 1 Uhr 30 fuhr ich Bertha zu ihrer Wohnung zurück. Es war ein äußerst befriedigender Abend gewesen. Wir hatten zusammen geturnt, bis es Zeit zum Essen wurde. Wir hatten ein wundervolles, ausgiebiges Mahl zu uns genommen, wir hatten getanzt, dann hatten wir auf der überfüllten Terrasse gesessen und im Mondschein Händchen gehalten.

»Bart, ich wünschte, das könnte ewig so weitergehen«,

hatte Bertha geseufzt. »Ich weiß, du bist ein Mistkerl, aber du bist ein wundervoller Mistkerl.«

Ich tätschelte ihre Hand.

»Heirate nur, Baby. Dann hast du Sicherheit. Das ist es doch, was wirklich zählt. Wenn du die hast, kannst du deinen Spaß haben. Dein reicher Knabe wird es nicht merken, wenn du etwas beiseite schaffst. Ich werde in der Nähe sein.« Ich schenkte ihr mein jungenhaftes Lächeln. »Stell dir mal vor: Beim nächsten Mal übernimmst du die Rechnung! Das wird ein erhebendes Gefühl für dich sein!«

Sie lachte.

»Bart! Du bist hoffnungslos!«

Ich verließ sie und fuhr zum Paradise Largo. Zwei Bullen standen neben O'Flagherty am Schlagbaum. Er kam zu mir, mit vor Aufregung vorquellenden Augen.

»Das wird mal 'ne Nacht, Bart«, bemerkte er.

»Das kann man wohl sagen.«

Die beiden Bullen kamen zu uns, musterten mich, nickten O'Flagherty dann zu, und er hob den Schlagbaum.

Beim Meeting waren wir übereingekommen, daß Carl informiert werden sollte. Er öffnete die Tore, um mich einzulassen. Auch er war aufgeregt. Wir gingen zum Häuschen, wo Jarvis mit Drinks und Sandwiches wartete. Ich erzählte ihnen, was passieren würde.

»Das könnte eine Menge Lärm machen«, warnte ich. »Besser, Sie geben dem Alten eine anständige Portion, damit er alles verschläft.«

Jarvis erklärte, daß das schon geschehen sei.

Ich warf einen Blick auf meine Armbanduhr. Noch eine Stunde. Ich aß die Sandwiches, nahm einen Drink, ging dann zu dem Baum hinüber.

Bis jetzt ging alles gut. Das Schlimmste kam, wenn ich rübermarschierte, um Nancy zum Helikopter zu bringen. Mensch! Das konnte verdammt leicht danebengehen!

Angenommen, die erkannte mich und verpetzte mich bei Coldwell? Ich dachte darüber nach, und die Vorstellung rief eine Gänsehaut bei mir hervor. Aber dann sagte ich mir, daß sie in der Hitze des Augenblicks, inmitten des Lärms, der Verwirrung, der überall herumtrampelnden Bullen, mich wohl kaum mit dem Kerl in Verbindung bringen würde, der versucht hatte, sie zu erpressen. Außerdem wäre sie mit etwas Glück halb betäubt. Ich mußte dieses Risiko eingehen.

Ich kletterte auf den Baum. Direkt unter mir konnte ich schattenhafte Gestalten ausmachen. FBI und Bullen sammelten sich bereits. Ich schaute zum Ranchhaus hinüber. Es lag in völliger Dunkelheit.

Ich fragte mich, ob die einen Wächter aufgestellt hatten, Jones oder Pofferi, aber ich bezweifelte es. Die mußten sich hinter diesen elektronisch überwachten Toren völlig sicher fühlen.

Ich erkannte Coldwells große Gestalt.

»Alles dunkel«, rief ich leise nach unten. »Nichts rührt sich.«

Er schaute hoch, brummte, zog dann die Gruppe um sich zusammen und fing an, im Flüsterton seine Anweisungen zu erteilen.

Die Männer standen am Tor.

In der Ferne konnte ich den Helikopter hören. Nick hatte von mir Anweisung erhalten, oben zu bleiben, bis ich mit einer Taschenlampe winkte. Danach sollte er seine Scheinwerfer einschalten und auf Hamels Rasen landen.

Coldwell sagte: »Der Strom ist abgestellt.«

Der Mond tauchte hinter einer dichten Wolkendecke auf und warf Licht auf die Tore.

Ich sah vier Polizisten, die einen Wagen die Straße entlangschoben. Coldwell und seine Männer drückten die Tore auf, und die vier Bullen schoben den Wagen die Auffahrt zum Ranchhaus hoch. Sie mußten ein paar hundert Meter zurücklegen, ehe sie die weite Rasenfläche erreichten. Dort hielten sie. Coldwells Männer schwärmten aus, verteilten sich hinter Büschen, die sie gegen den kahlen Rasen abschirmten.

Der Wagen verblüffte mich, bis plötzlich die Scheinwerfer angingen: keine gewöhnlichen Scheinwerfer, sondern extrastarke Strahler, eine Spezialausrüstung dieses Wagens.

Die Scheinwerfer strahlten die Vorderseite des Hauses an.

Coldwell forderte Pofferi über Lautsprecher auf, das Haus mit erhobenen Händen zu verlassen. Seine Stimme, vielfach verstärkt, schien das Haus mit der Kraft eines Vorschlaghammers zu treffen.

Nichts geschah.

Coldwells Stimme hämmerte weiter gegen das Haus. Ich fühlte, wie mir Schweiß über das Gesicht lief.

Coldwell ging kein Risiko ein. Er brüllte einfach weiter. All seine Männer lagen jetzt flach auf dem Boden, versteckt zwischen den vielen blühenden Sträuchern.

Noch immer geschah nichts.

Coldwell hörte auf zu brüllen.

Über unseren Köpfen hörte ich das laute Brummen des Helikopters. Seine Lichter blinkten. Ich fragte mich, wie Nick diese filmreife Szene gefiel.

Dann klirrte etwas, und die erste Rauchbombe zerschmetterte ein Fenster. Gleich darauf schwebte Rauch über den Rasen.

Jones tauchte als erster auf. Er riß die Haustür auf. Eine Pistole blitzte in seiner Hand, als er versuchte, in den Schatten zu laufen, weg von den blendenden Scheinwerfern.

Eine Waffe knallte, Jones bäumte sich auf, seine Hände griffen in die Luft. Die Waffe knallte erneut, und Jones fiel auf die Knie, streckte sich dann.

Einer am Boden, zwei müssen noch kommen, dachte ich und sah angespannt zu.

Coldwell bellte durchs Mikrofon.

»Pofferi! Kommen Sie heraus, die Hände hinter dem Kopf.«

Die Rauchwolken wurden dünner. Ich dachte an Nancy und hoffte, sie würden nicht noch mehr Rauchbomben werfen.

Dann blitzte im Schatten am anderen Ende des Hauses Pistolenfeuer auf. Einer der Scheinwerfer am Wagen ging aus. Blitze zuckten durch die Dunkelheit. Ich hörte einen Bullen schreien. Ein anderer Bulle sprang auf, taumelte dann zurück und fiel um.

Die anderen Polizisten und Agenten richteten heftiges Feuer auf die Blitze. Dann sah ich Pofferi im Licht des verbleibenden Scheinwerfers, einen Revolver in jeder Hand. Zusammengekrümmt bewegte er sich seitwärts, sein weißes Hemd war blutgefleckt, aber er feuerte weiter.

Schüsse peitschten. Ich sah, wie die Kugeln in seinen Körper einschlugen. Er wurde von den Füßen gerissen und stürzte.

Ich wischte mir den Schweiß vom Gesicht.

»Kommen Sie raus, Lucia!« bellte Coldwell. »Mit den Händen hinter dem Kopf.«

Eine lange Pause. Dann hörte ich Schreie. Lucia kam in das blendende Licht, als wäre sie aus einer Kanone abgeschossen worden.

Ich sah sie ganz deutlich.

Sie trug eine schwarze Hose und eine rote Bluse. Als sie

aus der Tür taumelte, schrie sie: »Nicht schießen!« Sie fuchtelte mit den Händen, in denen sie etwas hielt. Sie hatte noch keine zehn Schritte zurückgelegt, als sie explodierte.

Zwei blendende Blitze zuckten, es knallte zweimal so heftig, daß mein Ast erbebte, und schließlich folgte das Pfeifen von Granatsplittern.

Anstatt gefaßt zu werden, hatte Lucia sich selbst lieber in die Luft gejagt, mit Handgranaten. Ganz der japanische Stil.

Ich starrte auf das Bild, das sich mir bot, und mir wurde übel. Alles, was von Lucia Pofferi noch übrig war, war eine grausige Masse aus zerfetztem Fleisch, Innereien und zersplitterten Knochen.

Das war das Ende!

Ich rutschte am Baum nach unten, lief über die Straße, blieb kurz stehen, um Nick, der sich über uns hielt, ein Zeichen zu geben, und rannte dann die Auffahrt entlang.

Die Agenten und Bullen liefen umher; einige kümmerten sich um die verwundeten Polizisten, andere durchsuchten Jones' Leichnam, wieder andere Pofferis. Coldwell starrte auf die Überreste von Lucia.

Ich blieb nicht stehen. Ich rannte ins Haus, den langen Korridor entlang, blieb nur stehen, um Türen aufzustoßen, bis ich schließlich eine erreichte, die versperrt war.

Der Rauch war nun so dünn, daß er nur meine Augen reizte. Ich ging einen Schritt zurück und trat dann heftig mit dem Fuß gegen das Schloß in der Tür. Genau in dem Augenblick wurde der Strom wieder eingeschaltet, und im Flur wurde es hell.

Die Tür ging auf.

Ich stand in der offenen Tür, schaute in ein großes, beleuchtetes Zimmer: das luxuriöse Schlafzimmer einer Frau. Mir gegenüber stand ein Doppelbett. Auf dem Bett saß, das

Gesicht in den Händen, Nancy Hamel. Sie zitterte und wimmerte ängstlich.

Bart, Baby, dachte ich, wenn sie dich erkennt und aus der Haut fährt, dann geht dein schöner Plan den Bach runter. Langsam trat ich ins Zimmer.

»Mrs. Hamel.«

Sie erstarrte, nahm die Hände vom Gesicht und starrte mich mit großen Augen und offenem Mund an. Wie ein erschrecktes Tier sprang sie dann auf die Füße.

»Es ist alles in Ordnung, Mrs. Hamel«, beruhigte ich sie. »Sie sind in Sicherheit.«

Sie starrte mich weiterhin an.

»Meine Schwester!« Sie schlug die Hände vors Gesicht und stöhnte. »Sie sagte, sie würde sich umbringen. Was ist geschehen?«

Ich fing an, mich zu entspannen. Sie hatte mich nicht erkannt!«

»Es ist vorbei, Mrs. Hamel«, erklärte ich. »Ich bin hier, um Sie von all dem fortzubringen. Mr. Palmer hat dafür gesorgt, daß Sie ins Spanish Bay Hotel gebracht werden, wo Sie sich ausruhen können. Ein Hubschrauber wartet auf Sie.«

»Lucia ist tot?« Sie starrte mich an. »Sie sind alle tot?«

»Ja. Lassen sie uns gehen, Mrs. Hamel. Gibt es irgend etwas, das Sie mitnehmen wollen?«

Sie verbarg ihr Gesicht und fing an zu schluchzen.

Ich wartete, sah sie an. Sie trug einen dunkelgrünen Hosenanzug. Wenn Sie sich im Spanish Bay Hotel verstecken wollte, würde sie andere Kleider benötigen. Ich sah mich hilflos um.

»Mrs. Hamel!« Ich ließ meine Stimme grob klingen. »Sie brauchen ein paar Sachen. Ich helfe Ihnen beim Packen.«

Sie schauderte, wies dann auf den Schrank.

»Der Koffer.«

Ich öffnete die Schranktür und fand einen großen Koffer.

»Lucia hat mir gesagt, ich solle packen«, erklärte Nancy. »Sie wußte, daß alles vorbei war.«

»Gehen wir.« Ich hob den Koffer, als Coldwell durch die Tür trat. »Alles klar, Lu«, sagte ich. »Nimm die Tasche. Ich helfe Mrs. Hamel.«

Ich ging zu ihr und zog sie sanft auf die Füße. Den Arm um sie gelegt, ging ich zur Haustür. Die Autoscheinwerfer waren ausgestellt worden, aber der Gestank von Lucias zerfetztem Körper hing süßlich in der heißen Luft.

Nancy atmete einmal, schrie auf und wurde ohnmächtig. Ich schaffte es gerade noch, sie aufzufangen, hob sie dann hoch und eilte mit ihr zu dem wartenden Helikopter. Coldwell half mir, ihren schlaffen Körper in den Hubschrauber zu heben.

Nick nahm sie uns ab und legte sie quer auf den Rücksitz. Coldwell schob den Koffer hinein und trat dann zurück.

»Auf geht's«, sagte ich, als ich mich auf den Platz neben Nick fallen ließ.

»Mensch! Ich hab' alles gesehen!« rief Nick aus, als er den Motor anließ. »Das hätte ich um nichts in der Welt versäumen wollen!«

Ich hörte nicht zu. Als der Hubschrauber abhob, wandte ich mich zu Nancy um. Ihr Gesicht war bleich, die Augen geschlossen.

So weit, so gut, dachte ich. Sie hat mich nicht erkannt, aber das kommt bestimmt, wenn der Schock nachläßt. Spiel immer nur eine Karte auf einmal aus. Zumindest hast du klargestellt, daß du es warst, der sie gerettet hat.

Keine zehn Minuten später landete Nick auf dem Hubschrauberlandeplatz des Spanish Bay Hotels. Als er die Landescheinwerfer anstellte, konnte ich Mel Palmer, eine Krankenschwester und zwei weiß gekleidete Ärzte sehen, die auf uns warteten.

Als die Maschine landete, rührte sich Nancy, setzte sich dann auf.

»Was ist los?« fragte sie schrill. »Wo bin ich?«

Ich drehte mich zu ihr um. Das Licht in der Kabine war hell genug, um unsere beiden Gesichter zu beleuchten.

»Mrs. Hamel, Sie sind in Sicherheit«, sagte ich. »Sie sind im Spanish Bay Hotel, und Mr. Palmer erwartet Sie. Er wird sich um Sie kümmern.«

Sie starrte mich an, ohne mit der Wimper zu zucken.

»Wer sind Sie?«

»Der Mann, der Sie gerettet hat«, sagte ich und schenkte ihr mein jungenhaftes Lächeln. Aber ich war verwirrt. Es fiel mir schwer zu akzeptieren, daß sie sich nicht an den Tag erinnerte, als wir einander auf der Terrasse des Country Club gegenüber gesessen hatten und ich versucht hatte, sie zu erpressen. Aber ich sah, daß sie sich wirklich nicht erinnerte, und fing an, mich zu entspannen. »Sie müssen sich jetzt um nichts mehr Sorgen machen. Sie sind in Sicherheit.«

Nick öffnete die Tür des Hubschraubers. Ich sprang raus. Nancy kam unsicher auf die Füße. Nick half ihr beim Aussteigen. Dann löste ich ihn ab. Sie stützte sich auf mich, als Palmer geschäftig zu uns herüberkam.

Die beiden Ärzte übernahmen jetzt. Ich trat zurück, damit Palmer sich als Tröster betätigen konnte.

Für heute gab es nichts mehr, was ich hätte tun können. Ich sah zu, wie sie über das Dach geführt wurde, während Palmer sie murmelnd begleitete. Dann, als sie den Lift erreichten, der sie nach unten ins Penthouse bringen würde, drehte sie sich abrupt um.

»Wo ist mein Koffer?«

Ihre dringliche, schrille Stimme verriet sie. Bis zu diesem Augenblick hatte sie mich zum Narren gehalten, aber dieses Klirren in ihrer Stimme sandte mir kalte Schauer über den Rücken. Das war nicht die Stimme einer Frau, die gerade ihre Schwester verloren hatte, ihren Ehemann, einer Frau, die alle als »nett« beschrieben. Dies war die Stimme einer gefährlichen, rücksichtslosen Terroristin!

Einen langen Augenblick stand ich still, kämpfte mit dem Schock. Dann überlegte ich fieberhaft. Das also war der Grund dafür, warum diese Frau, die ich für Nancy gehalten hatte, mich nicht erkannt hatte. *Lucia Pofferi hatte mich nie gesehen! Wie hätte sie mich also erkennen sollen?* Vor meinem inneren Auge tauchte das Bild der Frau auf, die ich für Lucia gehalten hatte, wie sie aus dem Ranchhaus taumelte und schrie: *Nicht schießen!* Lucia hatte ihre Schwester geopfert in dem rücksichtslosen Versuch zu entkommen! Sie hatte scharfe Granaten an Nancys Hände gebunden, sie dann ins Freie gestoßen. Sie wußte, wenn die Granaten explodierten, würde vom Körper ihrer Schwester nur noch eine unkenntliche Masse aus Fleisch und Knochen übrigbleiben, wären ihre Hände und Fingerabdrücke zerstört.

Aber dieser grausame Plan war fehlgeschlagen. Lucia hatte zwei fatale Fehler begangen: Sie hatte mich nicht erkannt, weil sie mich nie zuvor gesehen hatte, und der Koffer, den sie gepackt hatte, war so wichtig für sie, daß sie ihre Maske hatte fallen lassen.

Ich zwang mich zu rufen: »Schon gut, Mrs. Hamel. Ich bringe ihn.«

Die beiden Ärzte nahmen sie in die Mitte. Sie und Palmer traten mit ihr zusammen in den Lift.

Nick reichte mir den Koffer.

»Danke, Nick. Das war's dann. Und kein Wort zur Presse.«

»War mir ein Vergnügen«, grinste Nick. »Mensch! Davon kann ich noch meinen Enkeln erzählen!«

Ich ging zum Fahrstuhl hinüber, wartete, bis Nick gestartet war, und versuchte dann, den Koffer zu öffnen. Er war abgeschlossen. Mit dem Lauf meiner Waffe öffnete ich die Schlösser gewaltsam.

Inmitten von Kleidern fand ich einen 38er Revolver, zwei Handgranaten und ein Scheckheft. Ich hockte mich hin und untersuchte das Scheckheft. Jeder einzelne Scheck trug Nancy Hamels Unterschrift. Ich starrte auf das Scheckheft und begriff, daß es Millionen Dollar wert war. Ich schob es in die Jackentasche. Dann versteckte ich den Revolver und die Granaten in der Abflußrinne des Daches. Sorgfältig schloß ich den Koffer wieder und fuhr dann mit dem Fahrstuhl zum Penthouse hinunter. Mel Palmer stand vor einer Tür im Flur.

»Mr. Anderson. Sie will ihren Koffer.«

»Jede Wette, daß sie den will.«

»Ich verstehe das nicht«, fuhr er weinerlich fort. »Sie verweigert medizinische Betreuung. Sie sagt, sie wolle allein sein. Und dabei hab' ich mir soviel Mühe gemacht, damit sie es bequem hat! Sie hat mich regelrecht rausgeworfen!«

Das konnte ich verstehen.

»Ich werde ihr ihren Koffer bringen«, erklärte ich. »Sie hat einen großen Schock erlitten. Das beste für sie wird sein, wenn sie sich ausruht.«

»Es ist schon fast Morgen!« beklagte er sich. »Ich brauche auch Ruhe! Ich habe heute viele Verpflichtungen! Ich fahre heim.«

»Die beste Möglichkeit, Mr. Palmer«, sagte ich und lächelte ihn ernst an. »Sobald ich Mrs. Hamel ihren Koffer gegeben habe, werde ich dasselbe tun.«

Ich sah ihm nach, als er zum Fahrstuhl ging. Dann lokkerte ich meine Waffe im Halfter und klopfte an die Tür.

»Ihr Koffer, Mrs. Hamel.«

Die Tür wurde aufgerissen.

Die Frau, von der ich jetzt sicher war, daß sie Lucia Pofferi war, starrte mich an. Ihre Augen funkelten.

»Stellen Sie ihn hin«, sagte sie und trat einen Schritt zurück.

Ich trat vor und stellte den Koffer kurz hinter der Tür ab.

»Danke. Und jetzt gehen Sie.«

Mit dem Absatz stieß ich die Tür zu. Gleichzeitig zog ich die Pistole und zielte damit auf sie.

»Nimm's leicht, Baby. Versuch keine faulen Tricks.«

Sie zog eine Braue hoch.

»Wer sind Sie?«

»Mein Name ist Bart Anderson.«

Ich beobachtete, wie sie die Augen zusammenkniff. Der Groschen war gefallen. Diaz mußte ihr meinen Namen genannt haben, möglicherweise auch Nancy.

»Bart Anderson?« Ein dünnes, schlangenartiges Lächeln spielte um ihre Lippen. »Natürlich, der Erpresser. Was haben Sie hier zu suchen?«

»Ich mache meinen Job. Setzen wir uns doch, Baby. Wir müssen über so vieles reden.«

Achselzuckend ging sie zu einem großen Sofa hinüber und nahm Platz. Sie schlug die Beine übereinander und lehnte sich zurück, sah mich an. Sie wirkte so attraktiv wie eine zusammengerollte Kobra. Ich nahm mir einen Stuhl in sicherer Entfernung von ihr und richtete die Waffe weiterhin auf sie.

»Wie fühlt man sich, wenn man seine eigene Schwester umbringt?« wollte ich wissen.

»Diese dumme Kuh? Warum denn nicht? Sie war ein nutzloses Spatzenhirn. Aldo stimmte mit mir überein, daß sie meinen Platz einnehmen sollte. Ich bin für unsere Bewegung wichtig. Sie war ein Nichts.« Ihre Blicke wanderten zu dem Koffer hinüber. »Wie ich sehe, haben Sie die Schlösser aufgebrochen. Haben Sie das Scheckheft?«

»Allerdings.« Ich lächelte sie an. »Die Hardware befindet sich oben auf dem Dach.«

Sie nickte.

»Dann lassen Sie uns keine Zeit verlieren. Wieviel wollen Sie?«

Ich hielt sie immer noch im Schach, während ich das Scheckheft zog und damit wedelte.

»Ich gebe mich mit einer Million zufrieden. Dann bleibt dir noch genug. Laß es uns so machen: Ich behalte die Schecks. Du bleibst hier. Ich schreibe vier Schecks über zweihundertundfünfzigtausend aus. Wenn das Geld auf mein Konto überwiesen ist, gebe ich dir das Heft. Das dauert ungefähr eine Woche. Anschließend verhelfe ich dir zur Flucht. Da ist noch immer die Jacht, Baby. Ich werde einen Seemann finden, und eines schönen Tags dampfst du ab nach Kuba. Gefällt dir die Vorstellung?«

Ihr Gesicht blieb eine Maske aus Stein.

»Ja, sie gefällt mir«, sagte sie schließlich, »aber ich schlage vor, Sie verschwinden von der Bildfläche, wenn Sie Ihr Geld haben.«

Ich grinste. »Schätze, du mußt Vertrauen zu mir haben.«

Sie schüttelte den Kopf.

»Ich hab' noch 'ne bessere Idee. Nehmen Sie sich vier der Schecks, und geben Sie mir den Rest. Ich bleibe eine Woche lang hier. Dann haben Sie Zeit, Ihren Anteil zu kassieren. Anschließend fange ich an, meine Schecks einzulösen. Irgendwas damit nicht in Ordnung?«

Wieder einmal fing ich an davon zu träumen, eine Million Dollar zu besitzen. Und wenn ich von Geld träume, konzentriere ich mich nicht mehr richtig.

»Einverstanden«, sagte ich und machte einen fatalen Fehler. Ich saß weit genug von ihr ab, also legte ich die Waffe auf die Armlehne meines Sessel und fing an, vier Schecks abzuzählen. Dabei wandte ich den Blick von ihr ab: noch ein schwerer Fehler. Dann, als sie sich bewegte, ließ ich das Scheckheft fallen und schnappte nach meiner Kanone, aber es war viel zu spät.

Sie hatte eine Waffe in der Hand und schoß schon, ehe meine Finger meine Pistole auch nur berührten. Sie mußte die Waffe an der Seite des Sofas versteckt haben.

Ich fühlte einen Schlag gegen meine Brust, dann sah ich die Pistole aufblitzen, hörte den Knall. Das war alles, was ich sah und hörte.

Mein Eine-Million-Dollar-Traum zerbarst im Nichts.

Eine Woche durfte ich keinen Besuch empfangen. Ich lag in einem Krankenhausbett, tat mir leid und wurde von einer Krankenschwester mittleren Alters gepflegt, die ungefähr so sexy war wie ein toter Seestern. Von Zeit zu Zeit kam der Chirurg herein und gratulierte sich selbst, weil er mir das Leben gerettet hatte. Er hatte das Lachen einer Hyäne und sah auch so aus.

Während ich im Bett lag, dachte ich nach. Sah so aus, als

wäre ich wieder mal pleite, und sobald ich wieder auf den Beinen war, würde ich mit meinem eintönigen Leben fortfahren und für die Agentur arbeiten müssen. Ich fragte die Schwester, was passiert war. Sie erklärte, sie wüßte es nicht. Das überraschte mich nicht, wenn ich sie mir so ansah. Sie war ein Typ, der nicht über seine Nasenspitze hinaussieht. Also lag ich bloß da und überlegte, bis mein erster Besucher auftauchte: Lu Coldwell.

Als er sich einen Stuhl heranzog und Platz nahm, sagte er: »Bist ja noch mal gut davongekommen, Bart. Was ist passiert?«

»Ich hab' ihr ihren Koffer gebracht«, sagte ich. »Und als ich dann gehen wollte, zog sie eine Pistole und hat auf mich geschossen.«

»Warum, zum Teufel, hat sie das getan?«

»Frag lieber sie, frag nicht mich.«

»Der Schuß ist gehört worden. Der Hoteldetektiv ging nach oben, um die Sache zu überprüfen, und sie hat ihn erschossen. Dann ist sie mit dem Fahrstuhl in die Lobby hinuntergefahren und hinausspaziert, mit dem Koffer und einer Pistole in der Hand. Du kannst dir den Wirbel wohl vorstellen! Ein Streifenwagen kam gerade vorbei, hat sie mit ihrer Pistole entdeckt, angehalten, und schon hat sie zu schießen angefangen. Die haben sie erwischt. Sie war sofort tot.«

»Die muß durchgedreht haben«, sagte ich.

»Das war Lucia Pofferi. Nancy Hamel ist im Ranchhaus ums Leben gekommen.«

Damit ist es vorbei, dachte ich. Keine Million, zurück in die Tretmühle.

»Ich stelle mir das so vor . . .« sagte Coldwell und fuhr damit fort, mir zu erzählen, was ich ihm hätte erzählen können. Ich machte mir nicht die Mühe zuzuhören.

Als er fertig war, kam die Schwester herein und sagte, ich solle mich ausruhen. Coldwell erklärte, er hoffe, mich bald wieder rumlaufen zu sehen, und ging.

In der nächsten Woche kam keiner in meine Nähe. Ich war ziemlich allein. Ich hatte gehofft, Bertha würde wenigstens Blumen schicken: nichts. Wahrscheinlich war sie inzwischen mit dem reichen Knaben verheiratet und kreuzte irgendwo auf seiner Jacht herum.

Ich saß in einem Sessel, als ich zum zweiten Mal Besuch erhielt. Es war Chick Barley. Er kam rein, eine Flasche Cutty Sark in der Hand.

»Hi, Bart! Wie geht's?«

Ich brachte ein tapferes Lächeln zustande und nahm die Flasche an.

»Ich mache Fortschritte«, erzählte ich. »Nett, daß du kommst. Sonst hat sich keiner die Mühe gemacht.«

»Yeah.« Er ging im Zimmer auf und ab, und ich konnte sehen, daß er ein Problem hatte.

»Irgendwas Neues von Bertha?« fragte ich voller Hoffnung.

»Sie hat geheiratet. Ist nach Europa gefahren, Flitterwochen. Der Kerl, den sie geheiratet hat, schwimmt im Geld.«

Ich fühlte mich noch schlechter. Ich beobachtete Chick, wie er hin und her lief, die Hände in den Taschen, mit gerunzelter Stirn. Ich war sicher, daß er voller schlechter Nachrichten steckte.

»Was bedrückt dich, Chick? Du hast doch was?«

»Robertson's Law Index«, sagte er und blieb kurz stehen. »Du hast eine Ausgabe . . . richtig?«

Ich gaffte ihn an.

»Yeah. Weiß der Himmel, warum ich die gekauft habe. Hab' nie einen Blick reingeworfen.«

»Der Colonel hatte sein Buch daheim vergessen und suchte dringend eines. Mir fiel ein, daß du eine Ausgabe hast, also habe ich sie gesucht, in deiner Scotch-Schublade gefunden und ihm gegeben.«

»Na schön, du hast sie ihm gegeben. Und?«

Dann machte mein Herz einen Satz, mir wurde kalt. Mir fiel ein, daß ich eine Kopie meines Erpresser-Berichtes über Pofferi, die Pirateninsel und die Alameda Bar, von dem ich glaubte, daß er Nancy Hamel hunderttausend Dollar entlokken würde, in diesem Buch versteckt hatte. Ich hatte ihn nicht einmal in einen Umschlag getan! Der Colonel würde ihn gelesen haben! Der Colonel war kein Dummkopf. Er würde wissen, daß ich von Anfang an mitgemischt hatte und warum.

Ich sah, daß Chick mich anstarrte.

»Tut mir leid«, sagte er. »Woher sollte ich das wissen? Glenda meinte, ich sollte es dir sagen. Himmel, Bart! Wie konntest du bloß so einen Blödsinn machen?«

»Yeah.« Kalter Schweiß lief mir über den Rücken. »Ich bin eben ein Esel. Sah gut aus, Chick.«

Er verzog das Gesicht.

»Erpressung sieht nie gut aus. Jetzt hör zu, der Colonel hat es der Polizei nicht gemeldet. Er hat Glenda erklärt, wenn er das täte, würde das das Image der Detektei beschmutzen.«

Ich fing an zu strahlen.

»Der Colonel ist schlau.«

»Stimmt, Bart, aber er hat deine Lizenz gestrichen, und alle wissen Bescheid. Mit dir will keiner mehr etwas zu tun haben. Tut mir leid, aber so ist es.« Er streckte die Hand aus. »So long, Bart, und viel Glück.«

Als er gegangen war, starrte ich aus dem Fenster, hinunter

auf die belebte Paradise Avenue. Ich hatte Angst. Ohne Lizenz war ich arbeitslos.

Mensch! War ich deprimiert!

Später kam der Doktor rein, wieder grinsend wie eine Hyäne. Er sagte, in ein paar Tagen könne ich heimkehren. Ich müsse es langsam angehen lassen, aber in einem Monat wäre ich so gut wie neu.

Ich wußte, das wäre nicht der Fall. Nachdem ich allein war, raste mein Verstand wie ein verängstigtes Eichhörnchen im Käfig. Nur noch etwa zweitausend Dollar trennten mich vom Hungertod. Ich mußte die Krankenhauskosten zahlen. Ich mußte mich auf die Suche nach einem Job machen.

Zwei Tage und zwei Nächte kaute ich an diesem Problem, konnte kaum schlafen. Ich fand keine Lösung, wie ich soviel Geld verdienen konnte, wie ich brauchte, um mein gewohntes Leben zu führen.

Chick, mein treuer Kumpel, hatte mir einen Koffer mit Kleidern aus meiner Wohnung geschickt und den Maserati direkt vor dem Krankenhaus geparkt. Dazu hatte er einen Umschlag gesteckt, der eine Fünfzig-Dollar-Note und einen Zettel enthielt: *Zum letzten Mal. Es wird mir fehlen, daß ich Dich nicht mehr aushalten kann, alter Knabe.*

Ich fuhr in meine Wohnung zurück, fühlte mich elend. Ich öffnete die Tür und blieb stehen. Das große Wohnzimmer sah aus wie ein Blumenladen: überall Blumen. Auf einer kleinen Fahne über dem Kamin stand: WILLKOMMEN DAHEIM, DU ALTER GAUNER

Ich durchquerte das Zimmer und stieß die Schlafzimmertür auf. Da war Bertha. Nackt wie mein Handrücken lag sie verführerisch auf dem Bett.

»Man hat dich angeschossen, hm?« fragte sie.

War ich froh, sie zu sehen.

»Man hat mich angeschossen.« Ich schloß die Tür.

»Wo?«

Ich grinste sie an.

»Nicht, wo du denkst«, und fing an, meine Kleider abzuwerfen.

Zwanzig Minuten später lagen wir Seite an Seite. Bertha fuhr mir immer wieder durchs Haar und stöhnte leise. Wenn das ihr Nachspiel war, machte ich mit, aber in Gedanken beschäftigte ich mich schon mit meiner Zukunft.

»Bart, Liebling«, sagte sie. »Ich bin jetzt sicher, daß ich es mit Theo nicht aushalte.«

Ich tätschelte ihren nackten Hintern.

»Theo?«

»Meinem Mann.«

»Um Gottes willen! Heißt der so?«

»Theo Danrimpel: der Knabe mit den Millionen.«

Ich setzte mich auf.

»Heißt das, du hast *diesen* Kerl geheiratet? Der ist so reich wie Ford!«

Sie stieß mich zurück, beugte sich über mich und fing an, an meinem Ohr zu knabbern.

»Ich habe ihn geheiratet, Süßer, aber du kannst es dir nicht vorstellen! Ich weiß, du bist ein Gauner, aber was für ein süßer Gauner! Ich brauche dich. Ich kann nicht mit einem Kerl leben, der bloß dasitzt und mich ansieht. Ein Mädchen muß ein Intimleben haben.«

»Das kann ich verstehen. Aber was hat das mit mir zu tun?«

»Wie würde es dir gefallen, in Palm Springs zu leben, Süßer? Theo hat ein riesiges Grundstück. Da gibt es ein süßes kleines Häuschen für dich. Theo weiß, daß ich einen Freund brauche. Er ist so herrlich verständnisvoll. Na, wie sieht's aus?«

Plötzlich verzogen sich die Wolken, der Himmel war wieder blau, und die Sonne schien.

Als Statussymbol war ein Gigolo einem Erpresser um Längen voraus.

Ich, Bertha und Theo standen am Beginn einer herrlichen, üppigen Partnerschaft.

Wenn ich meine Karten richtig ausspielte (und Mensch! Die würde ich bestimmt richtig ausspielen!), dann würde ich jetzt doch nicht verhungern.